ハヤカワ文庫NV
〈NV1506〉

スパイはいまも謀略の地に

ジョン・ル・カレ
加賀山卓朗訳

早川書房
8912

ジェインに捧げる

本書はフィクションである。なかに出てくる名前、人物、場所、事件は、著者の想像の産物、または架空のものであり、実在するか過去に実在した人物、事業組織、会社、出来事、場所となんらかのかたちで似ていたとしても、まったくの偶然である。

スパイはいまも謀略の地に

登場人物

ナット（ナサニエル）……………イギリス秘密情報部（ＳＩＳ）ロンドン総局〈ヘイヴン〉支局長
ドム（ドミニク）・トレンチ……ロンドン総局長
ジャイルズ・ワックフォード……前〈ヘイヴン〉支局長
フローレンス
デニーズ
リトル・イリヤ
…………………〈ヘイヴン〉のメンバー
セルゲイ・クズネツォフ…………〈ヘイヴン〉が運用する要員。暗号名〈ピッチフォーク〉
ブリン・ジョーダン………………イギリス秘密情報部ロシア課課長
ギタ・マースデン…………………同最高幹部
ガイ・ブランメル…………………同ロシア対策支援課課長
パーシー・プライス………………同監視課課長
ジョー・ラヴェンダー……………同内務保安部門のメンバー
モイラ………………………………同人事課課員
マリオン……………………………保安局（ＭＩ５）の幹部
レナーテ（レニ）…………………ドイツ情報部ロンドン支局長
アネッテ……………………………モスクワ・センターの幹部
フェリックス・イワノフ…………ロシアの休眠工作員
アルカジー…………………………イギリス秘密情報部がかつて運用していた要員。暗号名〈ウッドペッカー〉
ドミートリー………………………アルカジーの息子
〈オルソン〉………………………新興財閥《オリガルヒ》のウクライナ人
〈アストラ〉………………………〈オルソン〉の愛人
エド（エドワード）・
　スタンリー・シャノン…………ナットのバドミントン仲間
プルー（プルーデンス）…………ナットの妻
ステフ（ステファニー）…………ナットとプルーの娘
ジュノ………………………………ステフの婚約者
レイチェル…………………………ドムの妻

1

私たちの出会いは、仕組まれたものではなかった。私によっても、エドによっても、陰でエドの糸を引いていると見なされた操り人形師によっても。私は作戦のターゲットではなかった。エドもそうした任務にはついていなかった。私たちはあからさまにも、ひそかにも、監視されていなかった。彼がスポーツの試合を申しこんできて、私が受けた。そして私たちはプレーした。そこには計略も、陰謀も、結託もなかった。わが人生には、ところどころごくまれにはなっているが、たったひとつの解釈しか許さない出来事がある。エドとの出会いは、そういう出来事のひとつだった。以後、何度説明を求められても、私は動じず同じ話をくり返すだけだった。

土曜の夜。私はバタシーの〈アスレティカス・クラブ〉で、屋内プールの脇に置かれた柔らかいデッキチェアに坐っている。クラブの名誉会長ではあるが、仕事らしい仕事はしていない。醸造所の一部を改築したこのクラブは、垂木《たるき》がむき出しの天井が高くて、だだっ広い。片側にプール、反対側にバーがあり、両者のあいだの通路が、男女別の更衣室とシャワー室につながっている。

私はプールのほうを見て、バーに背を向けている。バーの向こうがクラブの入口、その先はロビーで、ドアを抜けると外の通りだ。したがって、クラブに入ってくる人や、ロビーで掲示物を読み、コートを予約し、ランキング表に名前を書きこんでいる人々の姿は、私の位置からは見えない。バーは混み合っている。プールで若い娘たちとその取り巻きが、水をはね散らかしてしゃべっている。

私はバドミントンの恰好《かっこう》だ——ショートパンツ、スウェットシャツ、買ったばかりの足首にやさしい靴。一カ月前にエストニアの森を歩いたことによる左足首の痛みがまだ残っているので、ごまかすために靴を新調した。国外任務が長々といくつも続いたあとだから、然るべく得られた今回の帰省休暇を愉《たの》しんでいる。職業人生には黒雲がかかっているが、できるだけ無視しようと努めている。月曜にはお払い箱になりそうだ。それならそれでかまわない、と自分に言い聞かせる。もうすぐ四十七歳で、これまでの人生は充実していたし、いずれこの日が来ることはわかっていた。よって不満はない。

だからこそ、この年齢と足首の痛みにもかかわらず、クラブでチャンピオンの座を守っていることの満足感はひとしおだ。ついこのまえの土曜、シングルスで才能ある若い連中を破って優勝したのだ。シングルスは一般に瞬発力のある二十代の独占領域と見なされているが、そこでいまのところなんとか互角に戦っている。そして今日、クラブの伝統にのっとり、新チャンピオンとして、川向こうのチェルシーにあるライバルクラブのチャンピオンと親善試合をおこなって、無事勝利を収めた。その対戦相手は、いま私の横でパイントグラスを手に戦いの余韻に浸《ひた》っている。野心に燃えたいかにもスポーツマンらしい若いインド人の法廷弁護士だ。私は最後の数ポイントまで追いつめられたが、経験と少々の運によって流れがこちらに傾いた。エドが挑戦してきたときにも鷹揚《おうよう》に構えていられたのは、こうした単純な事実の積み重ねがあったからかもしれない。私は一時的であれ、仕事を馘《くび》になっても人生は続くと感じていた。

私は負かした対戦相手と和《なご》やかに語らっている。いまも昨日のことのように憶えているが、話題は双方の父親だった。偶然どちらも熱心なバドミントン選手だったのだ。彼の父親は全インド選手権で準優勝、私の父は全盛期にはシンガポール駐在英国陸軍のチャンピオンだった。そうして話がはずんでいるとき、私はわがクラブのカリブ海生まれの受付兼簿記係のアリスが攻めてくるのに気づく。やたらと背は高いが印象の薄い若者を引き連れている。アリスは六十歳、気まぐれで、太り肉《じし》でいつも少し息を切らしている。私とアリスは会員歴がもっとも長いふたりだ――私は選手として、彼女はクラブの頼みの綱として。私が世界のどこに赴任していても、かならずクリスマスにはカードを送り合ってきた。私は粋《いき》なカードを、彼女は神聖なカードを。〝攻めてくる〟というのは文字どおりで、アリスとその若者は、彼女が先に立って私のうしろから攻撃を仕掛けるように行軍してきて、一度私のまえに出、くるりと振り返った。ふたりの動きが完全にそろっていたのが滑稽《こっけい》だった。

「ミスター・サー・ナット、サー」アリスが高雅な儀式の雰囲気で呼びかける。ふだんは〝ナット卿《ロード・ナット》〟と呼ぶことが多いが、今宵《こよい》はただの勲爵士《ナイト》だ。「このハンサムで礼儀正しい若い人が、折り入ってあなたと話したいそうよ。栄光のひとときに水を差したくはないらしいけど。名前はエド。エド、ナットにご挨拶《あいさつ》を」

私の記憶のなかでエドは彼女の二歩うしろに長いこと立ったままでいる。眼鏡《めがね》をかけた身長百八十センチを超える不恰好なこの若者が、どことなく孤独な雰囲気を漂わせ、当惑して半笑いを浮かべている。ふたつの異なる光が競い合うようにぶつかって彼を照らしていたのを憶えている――バーのオレンジ色のストリップライトが天上の輝きを与え、うしろのプールのダウンライトが彼を大きすぎるシルエットにして。

エドがまえに進み出て、生きた人間になる。大股のぎこちない歩き方で、左足を出し、右足を出し、止まる。アリスはそそくさと去っていく。私は彼が口を開くのを待ちながら、顔の表情を辛抱強い笑みに変える。少なくとも百九十センチはあるだろう。黒髪があちこちにはね、大きな茶色の勤勉そうな眼が眼鏡のせいでどこか浮世離れして見える。膝《ひざ》までの白いスポーツパンツは、どちらかというとヨット乗りかボストンの富裕層の子弟がはきそうだ。歳は二十代なかばだろうが、永遠の学生の風貌だから、もっと上でも下でもおかしくない。

「サー?」ようやく彼が切り出すが、深い敬意は感じられない。

「よければナットと呼んでもらえるかな」私はまた微笑んで訂正する。

彼はそれを聞く。ナット。考えこんで、鷲鼻《わしばな》にしわが寄る。

「あの、ぼくはエドです」アリスがすでに言ったことを、私のためにもう一度くり返す。

私が戻ってきたばかりのイギリスでは、みな苗字がない。

「ああ、初めまして、エド」私は気取って答える。「なんの用かな?」

また彼が考える間。そしていきなり――

「あなたと試合をしたいんです。わかります？　あなたはここのチャンピオンだ。ただ問題は、ぼくがこのクラブに入ったばかりだということで。先週です。そう。ランキング表とかにはエントリーしましたが、忌々《いまいま》しいことに、上まで行くのには何カ月もかかる」——閉じこめられていたことばがあふれ出たように。それから黙って、私たちを順番に見る——まず温和なわが対戦相手を、次にまた私を。

「いいですか」彼は続ける。こちらは何も反論していないのに、理を説こうとして。「クラブの規則は知りませんし、たしかに」怒りで声が大きくなる。「でも、それはぼくの責任じゃない。アリスに尋ねただけです。そしたら彼女が、直接あなたに訊いてみなさい、彼は咬《か》みついたりしないからって。だから、いまこうして尋ねてる」そして説明不足だと思ったのか、「ちなみに、あなたの試合は見ました。わかります？　ぼくはあなたが倒した相手を何人か倒したこともある。あなたに勝ったことのある相手も、ひとりふたり破った。対戦相手になる自信があります。いい相手になれる。そう。というか、かなり手強《てごわ》い相手に」

彼の話し方はどうか。すでにそこそこ判断材料は集まっている。話し方で同国人の社会的地位を当てるイギリス伝統の室内ゲームについては、私はよくて素人《しろうと》プレーヤーだ。外国生活が長すぎた。だが、筋金入りの差別撤廃論者のわが娘ステファニーに聞かせれば、エドの発音は〝ぎりぎり合格〟だろう。要するに、パブリックスクールの目立った訛《なま》りがない。

「どこでプレーしているのか訊いてもいいかな、エド？」私は尋ねる。選手のあいだの標準的な質問だ。

「あらゆるところで。好敵手がいればどこでも。そう」そして思い出したように、「で、あるとき、あなたがここのメンバーだと聞いたんです。プレーして代金を払うクラブもあるけれど、ここはちがう。このクラブはまず会員にならなきゃいけない。ぼくに言わせれば詐欺《さぎ》です。しかたないから会員になった。大くそ出費ですが、やむなしということで」

「ふむ、出費は気の毒だった、エド」不当な〝くそ〟は緊張しているせいだろうと大目に見て、私はできるだけ親切に答える。「だが、試合がしたいなら、こっちはかまわないよ」バーのまわりの会話が減り、みなの顔がこちらを向きはじめたのを意識しながら応じる。「いつか日を決めようじゃないか。愉しみにしてる」

ところが、エドはそれではまったく満足できない。

「いつなら都合がいいんです？　具体的に。〝いつか〟とかではなく」彼は主張し、バーでちらほら笑いが起きたことに――顔をしかめたことから判断すると――苛立《いらだ》つ。

「向こう一、二週間はむずかしいな、エド」私は一応誠実に答える。「真剣に取り組まなければいけない仕事があってね。じつは、延び延びになっていた家族旅行なんだが」相手の笑みを期待したが、無表情の凝視だけが返ってくる。

「戻ってくるのはいつです？」

「来週の土曜だ、骨を折ったりしなければ。春スキーに行くんだよ」

「どこへ？」

「フランスだ。ムジェーヴのあたりに。きみはスキーは？」

「したことはあります。バイエルン州で、ぼくも。それなら翌日の日曜はどうです？」

「申しわけないが、平日しか空いていない、エド」私はきっぱりと答える。いまやプルーといっしょに計画できるようになった家族の週末は神聖不可侵であり、今日はごくまれな例外だから。

「すると次の月曜から始まる平日ですね？　どの日にします？　選んでください。そちらにしたがいます。ぼくはいつでも」

「たぶん、いちばんいいのは月曜かな」私は提案する。毎週月曜の夜は、プルーが無償奉仕《プロボノ》の法律相談で家にいない。

「では、再来週の月曜で。六時ですか？　それとも七時？　いつにします？」

「きみのいちばん都合のいい時間にしてくれ」私は言う。「こちらはまだ予定がはっきりしないので」――つまり、路頭に迷っているかもしれない。

「月曜は立てこんでいるときがあるから」エドの口調は不満げだ。「八時はどうです？

かまいませんか？」

「八時でけっこう」

「取れればですけど、一番コートでいいですか？　アリスが言うには、あまりシングルスにコートは貸さないそうですが、あなたがいれば別だって」

「どのコートでもいいよ、エド」私は請け合う。おそらく彼の粘り強さに対して、バーからまた笑い声とちょっとした拍手が聞こえる。

私たちは携帯電話の番号を交換する。これにはいつも小さな葛藤《かっとう》がある。私は家庭用の端末を使い、何か不都合が生じたらメッセージを送ってくれと伝える。エドも同じことを私に言う。

「あ、それから、ナット」勢いこんだ口調が急に和らぐ。

「なんだね？」

「家族でどうぞ愉しい休暇をすごしてください、いいですね？」と続けて、私がすでに忘れているといけないので、「再来週の月曜午後八時、ここで」

もはや誰もが笑って拍手を送るなか、エドは去り際にひょろ長い右腕を大きく無造作に振り、すたすたと男子更衣室に向かう。

「誰か彼を知っている人は？」私は去っていく彼を無意識に見送っていたことに気づいて

訊く。

　みな首を振る。悪いね、相棒。

「彼のプレーを見たことがある人は？」

　悪いね――二度目。

　私は遠来の対戦者をロビーまで送っていき、更衣室に戻る途中で事務所のドアからちょっとなかをのぞく。アリスが一心にコンピュータのキーを打っている。

「エドの苗字は？」私は訊く。

「シャノン」彼女は顔を上げずに唱える。「エドワード・スタンリー。単独会員。支払いは口座自動振替。市内在住」

「仕事は？」

「ミスター・シャノンの職業は〝調査員〟。誰を調査しているのかは不明。何を調査しているのかも」

「住所は？」

「ハックニー区ホクストン。わたしのふたりの妹と、いとこのエイミーも住んでるわ」

「歳は？」

「ミスター・シャノンは、ジュニア会員の資格がない。その資格よりどれだけ年上なのかは不明。わかってるのは、試合に飢えた若者がはるばる自転車で街なかを横切って、サウス・ロンドンのチャンピオンに挑戦しに来たってことだけ。あなたの噂を聞いて、やっつけに来たのね。ダビデがゴリアテに立ち向かったように」

「本人がそう言ったのか？」

「本人が言わなかったことは、わたしがこの頭で推測した。あなたは歳のわりにシングルスのチャンピオンの座に長くいすぎてる、ナット、ゴリアテみたいにね。彼のママとパパについても知りたい？　住宅ローンがどのくらいあるかも？　何年服役したかも？」

「おやすみ、アリス。ありがとう」

「おやすみなさい、ナット。プルーにもよろしく伝えて。それと、あの若者について不安になる必要はないわ。どうせやっつけるんだから、これまでこしゃくな若造みんなにそうしてきたように」

2

もしこれが正式な作戦報告書であれば、エドのフルネーム、両親、出生の日付と場所、職業、宗教、人種、性的指向、その他アリスのコンピュータに保管されていないあらゆる身体的特徴から始めるところだ。しかし、まず私のそれらから始めよう。

私の洗礼名はアナトリー、のちにイギリス式にナサニエル、略称ナット。身長百七十八センチ、ひげはいつもきちんと剃《そ》り、ふさふさした髪には白いものが混じっている。妻はプルーデンス。シティ・オブ・ロンドンに古くからある事務弁護士法律事務所で、弱者を守る法務一般を扱うパートナーだが、おもに無償奉仕《プロボノ》の訴訟に力を入れている。

私は細身で、プルーに言わせれば〝引き締まっている〟。スポーツをあまねく愛し、バドミントンのほかにも毎週、ジョギング、ランニングをこなし、会員制のジムでワークアウトをしている。〝厳《いか》つい魅力〟を持ち、〝世慣れた人間の親しみやすい性格〟だ。見た目や態度は〝典型的なイギリス人〟で、〝短期的には当意即妙の流暢《りゅうちょう》な議論〟ができる。

〝状況に順応〟し、〝抑えられない罪悪感はない〟。〝気短〟になることがあり、〝女性の魅力に耐性がない〟。〝生来デスクワークや坐りがちな生活に向いていない〟ことは、いくら強調してもしすぎることはない。〝頑固〟になることもあり、〝規律に素直にしたがうほうではない〟。これは〝欠点であると同時に美点〟でもある。

以上の引用箇所は、二十五年にわたる私の仕事ぶりと魅力全般に関する以前の上司たちの機密報告書にもとづく。いざというときには〝要求される非情さ〟を発揮できることもつけ加えたほうがいいだろう。誰が、どの程度の非情さを要求するのかは記されていないが。一方で、私は〝人の信頼を引き出す気さくで寛容な性格〟の持ち主でもある。

もう少し卑《ひ》近《きん》なレベルで言うと、私は複数のルーツを持つイギリス国民で、パリで生まれたひとりっ子だ。亡き父は、母が私を身ごもっていた当時、スコットランド近衛連隊の貧しい少佐で、フォンテーヌブローのNATO本部に出向中だった。母のほうは、パリに住んでいた白系ロシア人（ロシア革命後に国外脱出した非ソヴィエト系の旧ロシア帝国民）の小貴族の娘だった。白系ロシア人といっても、彼女の父方には濃いドイツの血が混じっていて、母はそのことを気まぐれに自慢したり、否定したりした。聞くところによると、ふたりが最初に出会ったのは、自称〝亡命ロシア政府〟が催したパーティの会場だった。母はまだ画学生と称しており、父は四十近かった。翌朝までにふたりは結婚の約束を交わした——少なくとも母はそう言っている。彼女の人生のほかの部分から類推すると、そのことばを疑うべき理由は見当たらない。父がすみやかに除隊になったあと――その有頂天の時期、彼には別の妻のみならず家族までいたからだ――新婚夫妻は、私の母方の祖父母がパリ郊外のヌイイに用意してくれた瀟洒《しょうしゃ》な白い家に落ち着き、そこであわただしく私が生まれて、母は存分にほかの気晴しを探せるようになった。

最後に、敬愛する厳粛な全知の語学教師について語りたい。私の世話人で住みこみの家庭教師だったマダム・ガリーナについて。ロマノフ王朝の血を引くヴォルガ川流域出身の没落した伯爵夫人だったというが、どうしてわが家のようなややこしい家庭に入ることになったのかは、いまだに謎である。母方の大おじに捨てられた愛人だったというのが精いっぱいの推測だ。そのおじは当時のレニングラードから逃げ出し、画商になって二度目の身代を築いたあと、美しい女性を手に入れることに生涯を捧げた。

マダム・ガリーナが初めてわが家に現われたときには、五十は超えていたはずだ。丸々と太っていても、笑みは子猫のようだった。流れるような黒いシルクのロングドレスを着て、帽子は特別に作らせ、うちの屋根裏のふた部屋にすべての所有物を持ちこんで暮らしていた――蓄音機、聖画像《イコン》、レオナルド・ダ・ヴィンチ作だと言い張る真っ暗な聖母マリアの絵、古い手紙と、雪のなかで犬や使用人に囲まれている祖父母の高貴な息子や娘たちの写真が詰まったたくさんの箱を。

　私を健やかに育てることに次ぐマダム・ガリーナの情熱のはけ口は、言語だった。数カ国語に堪能で、英語の基本的な綴《つづ》りを憶えたかどうかというころの私に、キリル文字を教えこんだ。寝るまえには、子供向けの同じ物語をくり返し読んでくれたが、毎晩言語がちがった。パリで急速に人数が減っている白系ロシア人の子孫やソ連からの亡命者の集会では、私は彼女の多言語遣いの模範生を演じた。いまでもロシア語をフランス訛《なま》りで、フランス語をロシア訛りで、ドイツ語をフランス、ロシアの両方の訛りで話すと言われる。それに対して英語は良かれ悪しかれ父親譲りで、スコットランドの抑揚すらあるらしい――酔っ払いの咆哮《ほうこう》はともなわないにしろ。

　私が十二歳の時、父が癌《がん》と鬱《うつ》に倒れ、私はマダム・ガリーナの助けを借りながら彼の臨終の介護をした。母は取り巻きのなかでいちばんの金持ち――ベルギーの武器商人でまったく尊敬できない男――とつき合うのに忙しかった。父亡きあとの落ち着かない三角関係のなかで、私は邪魔者と見なされ、スコティッシュ・ボーダーズ（スコットランドの行政区画）に送り出されて、休日は気むずかしい父方のおばのもとに身を寄せ、学期中はハイランドの厳格な寄宿学校のなかですごした。屋内の科目はいっさい教えまいとする学校側の最大限の努力にもかかわらず、私はミッドランズ工業地帯のとある大学に入学を認められ、ようやく女性とのぎこちない交際を始め、どうにかスラブ学の三級優等学位を取得した。

そしてここ二十五年間は、イギリス情報局秘密情報部《SIS》――事情通の用語では〝オフィス〟――の現役部員である。

★

いまでも、私が秘密の旗下に雇われることは既定路線だったように思える。バドミントンと、ケアンゴームズでの登山を除けば、ほかの職業を考えたり望んだりした記憶がないからだ。〝国のために少々内密の〟仕事をしてみる気はないかね、と大学の指導教官がシェリーのグラス越しにおずおずと訊いた瞬間、私の心はついに来たぞとばかりに舞い上がり、父が亡くなるまで毎週日曜にマダム・ガリーナとかよったサンジェルマンの暗いアパートメントを思い出していた。そのアパートメントで、初めて私は反ボリシェヴィキの陰謀に触れて興奮したのだ。私の遠いいとこや義理のおじ、怖ろしい眼つきの大おばたちがそこに集まり、彼らの多くが足を踏み入れたこともない祖国からのメッセージを小声でやりとりしていた。親戚たちはふと私がいることに気づくと、いま聞いた秘密は意味がわかろうとわかるまいと決して外にはもらさないと私に誓わせた。自分にも共通の血が流れている〝熊〟への関心が湧き、その多様性、広大さ、計り知れない策謀の数々に魅了されたのも、そのアパートメントのなかだった。

私の郵便受けにどことといった特徴のない手紙が舞いこみ、バッキンガム宮殿にほど近いポルティコつきの建物への出頭をうながす。砲塔のように大きな机の向こうから、退官した王立海軍提督が、スポーツは何をする？　と訊いてくる。バドミントンですと答えると、相手は見るからに感激する。

「知っとるかね、私はシンガポールできみの父上とバドミントンをしたことがある。こてんぱんにやられたよ」

私は、いいえ、知りませんでしたと答える。父に代わって謝るべきだろうか。ほかのことも話したはずだが、もう記憶にない。

「それで、どこに埋葬されているのだ、気の毒な彼は？」私が去ろうと立ち上がったときに、元提督が訊く。

「パリです」

「なんと、そうなのか。では、幸運を祈る」

今度はボドミン・パークウェイ駅に、先週発売された《スペクテイター》誌を持って現われよと命じられる。売れ残りはみな取次に返却されたことがわかったので、私は地元の図書館から一冊盗み出す。緑のトリルビー帽をかぶった男が、次のカンボーン行きの列車はいつ出ますかと訊いてくる。自分はディドコットに向かうところなのでわかりません、と答える。少し離れて彼についていくと、駐車場で白いバンが待っている。三日にわたる謎めいた尋問と、私の社交態度やアルコール耐性を調べるための格式張った食事を経て、私はお歴々のまえに召喚される。

「さて、ナット」机の中央から灰色の髪の女性が言う。「あなたについて訊きたいことはすべて訊きました。逆に、私たちについて知りたいことはない？」

「じつはあります」私はまず真剣に考えるふりをしてから答える。「私の忠誠心を信じていいかと何度も訊かれましたが、あなたがたの忠誠心は信じてもいいのですか？」

彼女は微笑む。ほどなく机についた全員が微笑んでいる。悲しげで賢《さか》しらな内向きの笑み——情報部では、それが答えることにいちばん近い。

〝重圧下でも多弁〟。〝潜在的な攻撃性を評価〟。〝推薦する〟。

★

闇の技術の基礎訓練を終えた同じ月に、私はのちの妻プルーデンスに出会う幸運に恵まれた。初対面に明るい兆しはなかった。父の死去とともに、戸棚から一個連隊分の骸骨《がいこつ》がばらばらと落ちるように、家族の秘密が明らかになった。過去十四年にわたって所有権が争われ、訴訟ののちすべてスコットランドの管財人に引き渡されていた遺産に、名前を聞いたこともない腹ちがいの兄弟姉妹が群がって権利を主張した。そこで友人がシティの法律事務所を紹介してくれ、私の悲痛な訴えを五分間聞いたシニア・パートナーが、ブザーを押した。

「とびきり優秀な若手弁護士です」彼は請け合った。

ドアが開き、私と同年代の女性がつかつかと入ってきた。法律家が好む類いの威圧的な黒いスーツに学校教師の眼鏡《めがね》、華奢《きゃしゃ》な足に重厚な黒いミリタリーブーツという恰好《かっこう》だった。私たちは握手した。彼女はそれきりこちらを見ずに、ブーツを音高く鳴らして、曇りガラスに〝ミズ・P・ストーンウェイ　法学士〟の表示がある個室へと私を案内した。

私たちは向かい合って坐る。彼女は厳しい顔つきで栗色の髪を耳のうしろにかき上げ、抽斗《ひきだし》から黄色い法律用箋《ようせん》を取り出す。

「職業は？」彼女が訊く。

「外務省の職員です」私は答え、なぜかわからないが赤面する。

そのあとはっきり憶えているのは、彼女のぴんと伸びた背筋と、気の強そうな顎《あご》、斜《なな》めに射しこむ陽光が頬の産毛《うぶげ》をちらちらと照らしていたこと。私は自分の家族のあさましい物語を、次から次へとくわしく語っていく。

「ナットと呼んでもかまいませんか？」初回の打ち合わせの終わりに彼女が訊く。

もちろん。

「わたしはプ、ル、ー、と呼ばれます」彼女が言い、私たちは二週間後の打ち合わせを設定する。変わらず落ち着いた声で、彼女は私に自分の調査の利点を説明する。

「まずお伝えしなければなりません、ナ、ッ、ト。たとえ亡くなったお父様の係争中の資産が明日すべてあなたのものになったとしても、あなたに請求されている金額を完済することはおろか、当事務所の手数料さえ支払えません。しかしながら、い、い、い、――」私が抗議して、ならばもうあなたの手を煩《わずら》わすのはやめようと言うまえに続ける。「当事務所には、元手が足りない人の価値ある案件を無料で扱える規約があります。幸い、あなたの件はその範疇《はんちゅう》に入ると考えられます」

一週間後にまた打ち合わせが必要だと言われるが、私は延期せざるをえない。ラトヴィアの要員が、ベラルーシにある赤軍の信号基地に潜入しなければならなくなったのだ。帰還後、彼女を食事に誘おうと電話をかけるが、弁護士と依頼人の個人的なつき合いは厳に禁じられているとすげなく告げられる。しかし喜ばしいことに、彼女の事務所の働きによって私への請求はすべて取り下げられた。私は心から感謝し、そうなったからには食事に誘っても問題はないだろうかと尋ねる。問題はない。

私たちはレストラン〈ビアンキ〉に行く。彼女は襟《えり》ぐりの深いサマードレスを着、髪を耳のうしろからおろしていて、店じゅうの男女の注目を一身に集める。私はすぐに、いつもの他愛ないおしゃべりが通用しないことを知る。メイン料理が来るまえに、法と正義のあいだの溝に関する博士号審査の論述を聞かされる。勘定書が来ると、彼女は手に取ってきっちり割り勘にし、チップの十パーセントを加えて、ハンドバッグから取り出した現金をテーブル越しに差し出す。私はこれほど厚顔無恥な誠実さは初めてだと憤慨するふりをし、彼女は椅子から転げ落ちそうになるほど笑う。

半年後、わが雇い主の了承を得たうえで、私は彼女に、スパイと結婚することを考えてみてくれないかと言う。彼女は考える。今度は情報部が彼女を食事に連れ出す。二週間の熟慮の末、彼女は法律家としてのキャリアを保留にして、情報部の訓練を受けることにしたと私に告げる。敵対的な環境に赴任間近の職員の配偶者やパートナーのための訓練コースだ。私への愛ゆえではなく、自由意志でそうすることに決めた、と彼女は強調する。大いに迷ったが、国に対する義務感がまさった、と。

彼女は見事な成績で訓練を終了する。一週間後、私は妻のプルーデンスをともない、モスクワのイギリス大使館に二等書記官（商務担当）として配属される。結局、私たちがいっしょに赴任したのはモスクワだけだった。その理由はプルーにとって不名誉なものではない。すぐあとで説明しよう。

二十年以上にわたって、私はまずプルーとともに、その後は彼女抜きで、外交業務、領事業務の見せかけのもと、わが女王に奉仕してきた。モスクワ、プラハ、ブカレスト、ブダペスト、トビリシ（ジョージアの首都）、トリエステ、ヘルシンキ、そして直近ではタリン（エストニアの首都）において、あらゆる種類の秘密要員をリクルートし、運用してきた。政策決定のハイ・テーブルには呼ばれたことがなく、それを喜んでいる。生まれながらの要員運用者《エージェント・ランナー》は一匹狼だ。ロンドンから命令は受けるかもしれないが、現場に出れば、己《おのれ》の運命と配下の要員の運命をみずから決する。そして現役時代が終われば、年季の入った四十代後半の熟練のスパイにたいした停泊地は残されていない。デスクワークが大嫌いで、履歴書には、合格ラインに一度も達したことのない中堅外交官としか書かれないスパイには。

★

クリスマスが近い。わが報いの日が来た。私はテムズ河畔の情報部の本部ビルのなか、地下墓地《カタコーム》のような奥底にある狭くて息苦しい面接室に案内され、にこやかで頭のよさそうな年齢不詳の女性に迎えられる。人事課のモイラだ。情報部のモイラたちにはどことなく異質なところがある。こちらが自分ですら知らないことを彼女らは知っていて、それが何かを教えてくれないのだ。気に入っているかどうかも。

「ところであなたのプルーは、このまえの法律事務所の合併で無事生き残ったの？」モイラは鋭く訊く。「きっと気が気じゃなかったでしょうね」

お気遣いありがとう、モイラ、そんなことはまったくなかったよ。きちんと宿題をしているのも立派だ。おめでとう。もちろんきみならそうすると思っていたが。

「それで、彼女は満足してる？　あなたがたふたりとも？」――心配そうな口調だが、私はあえて無視する。「あなたが無事わが家に帰ってきて」

「大満足だよ、モイラ。ふたりとも幸せで、仲よくしてる、おかげさまで」

さあ、どうか私の死刑執行令状を読み上げて、さっさと終わりにしてくれ。だが、モイラにはモイラのやり方がある。彼女のリストの次の項目は、私たちの娘のステファニーだ。

「もう成長痛はなくなったのね、無事大学に入ったから？」

「まったくないよ、モイラ、ありがたいことに。指導教官たちは大喜びだ」

だが、私が本当に考えていることは――さあ、私のお別れパーティは木曜の夜だと言ってくれ。金曜はみんな嫌がるから、と。廊下の三つ先にある再就職課でアイスコーヒーでもいかが？　軍需産業や民間請負業、ほかにもナショナル・トラストとか、自動車協会とか、会計係の臨時の手伝いを探している私立学校とか、元スパイの落ち着き先についてとても魅力的な話が聞けると思うわよ、と言ってくれ。だから、モイラが晴れやかにこう宣言したときには、正直言って驚いた。

「じつは、ナット、あなたにどうかと思うポストがひとつあるの。気が向けばだけど」

気が向けば？　モイラ、私は地球上の誰よりも気が向いている。だが、あくまで用心深く。きみがこれから何を提案するかわかるような気がするから。彼女が現在のロシアの脅威について子供向けの講義を始めたとき、私の疑念は確信に変わった。

「あなたには言うまでもないことだけど、いまモスクワ・センターはロンドンでわたしたちをずたずたにしている。世界じゅうでそうよね、ナット」

そう、モイラ、言うまでもないことだ。私自身、もう何年も本部に同じことを警告してきたのだから。

「過去のどんなときより卑劣で、あつかましくて、おせっかいで、数も増えている。これは正当な批判だと思う？」

思うよ、モイラ、まったくそのとおり。陽光あふれるエストニアからの私の帰還報告書を読んでくれ。

「それで、わたしたちが合法なスパイを追放したところ」――外交官を装ったスパイ、つまり私のような人員のことだ――「非合法な連中がどっと押し寄せた」彼女は憤慨して続ける。「あなたも同意してくれると思うけれど、いわゆるスパイのなかでも彼らがいちばん厄介《やっかい》で、見破るのもむずかしい。質問があるのね？」

訊いてみろ。その価値はある。失うものはない。

「話が先に進むまえに、モイラ」

「ええ、ナット」

「ふとロシア課に私向きのポストがあるのかなという気がしたんだが。あそこには優秀な若い内勤の職員が大勢いる。それは誰もが知っているが、経験豊富な珍客は必要ないかな？　ネイティブ並みにロシア語が話せて、指示ひとつでどこへでも飛んでいき、誰もロシア語をひと言も話さない駅にひょっこり現われたロシアの潜在的な亡命者や諜報員に最初に対応する、私みたいな人間は？」

モイラはすでに首を振っている。

「いいえ、残念ながらはずれよ、ナット。ブリンに打診はしてみたけれど、彼は強情だから」

情報部にブリンはひとりしかいない――フルネームはブリン・サイクス＝ジョーダン、通常はつづめてブリン・ジョーダン、ロシア課の終身支配者にして、私がモスクワにいたときの支局長だ。

「どうしてかな？」私はもうひと押しする。

「あなたもよくわかってるでしょう。ロシア課の平均年齢は、ブリンを入れても三十三歳。たいてい博士号を持っていて、全員活発な頭脳の持ち主で、全員コンピュータの達人よ。いくらあなたがあらゆる点で完璧でも、そうした基準は満たしていない。でしょう、ナット？」

「交渉しようにも、ブリンはいまロンドンにいないのか？」最後のあがきで私は尋ねる。

「ブリン・ジョーダンは、いまこのときもワシントンDCにどっぷり首まで浸かってるわ。トランプ大統領配下の諜報コミュニティとの〝特別な関係〟をブレグジット後も存続させるために、ブリンにしかできないことをしている。だから何があっても邪魔をしてはいけない。たとえあなたであってもね。ブリンからは、あなたに哀悼の意を表し、くれぐれもよろしくということだった。わかった？」

「わかった」

「しかしながら」と顔を輝かせて続ける。「ひとつだけ空きがあるの。それも見事なほどあなたにうってつけの。うってつけすぎると言ってもいいくらい」

ほら来た。最初からこうなるとわかっていた悪夢の提案だ。

「悪いが、モイラ」私はさえぎって言った。「もし訓練部門ということだったら、引退させてもらう。いずれにせよ、親切にいろいろ考えてくれてありがとう」

　モイラの機嫌をそこねてしまったようなので、私はまた悪かったと謝り、訓練担当のきちんとした職員を侮辱するつもりはない、申し出はありがたいが、それでも無理だ、と返した。すると意外にもモイラの顔に、多少憐《あわ》れみを含みながらも温かい笑みが浮かんだ。

「訓練部門じゃないの、ナット。そこでもあなたが活躍できるのはまちがいないけれど。ドムがぜひあなたと話したいんですって。それとも、あなたは引退すると伝えたほうがいい？」

「ドム？」

「ドミニク・トレンチ。就任したばかりのロンドン総局長。あなたがブダペストにいたときには、そこの支局長だった。彼が言うには、あなたたちふたりは大親友だったそうね。またそうなると思うわ。どうしてそんな顔で見てるの？」

「ドム・トレンチがロンドン総局長？　本当の話なのか？」

「わたしがあなたに嘘をつく理由はないと思う、ナット」

「いつそうなった？」

「ひと月前。あなたがタリンで部のニューズレターを読まずに潜伏していたあいだに。ドムは明日の朝十時きっかりに会うそうよ。まずヴィヴに確認して」

「ヴィヴ？」

「彼のアシスタント」

「だろうね」

3

「ナ、ナ、ナット！　元気そうじゃないか！　まさに海から戻ってきた水兵だな。贅肉《ぜいにく》ひとつついてなくて、年齢の半分に見える！」ドミニク・トレンチが大声で言い、総局長の机から弾かれたように立ち上がって、両手で私の右手をつかむ。「ジムでしっかり鍛えてるんだろう、まちがいなく。プルーは元気かな？」

「意気軒昂《けんこう》ですよ、ドム、ありがとう。レイチェルは？」

「最高さ。私は地上一の果報者だ。ぜひ会ってやってくれ、ナット。プルーもいっしょに。食事をしよう、われわれ四人で。あいつのことが大好きになるぞ」

レイチェル。王国の貴婦人、保守党の実力者、ドムが最近再婚したばかりの相手だ。

「お子さんたちは？」私は慎重に訊く。ドムには、好人物の最初の妻とのあいだに子供がふたりいた。

「上々だ。セイラはサウス・ハムステッドですばらしい成績を収めている。オクスフォードまっしぐらだな」

「サミーは？」

「日の出前だ。すぐに抜け出して、姉に続くだろう」

「タビーは？　もし訊いてよければ」タビサは彼の最初の妻で、別れるころには神経をやられていた。

「立派なものだ。知るかぎり新しい男はいないようだが、人は希望とともに生きる」

どんな人の人生にも、ドムのような男が――決まって男性のようだが――いるのではないだろうか。人を脇へ呼んで、世界に友人はきみひとりだと言い、こちらがあまり聞きたくもない自分の人生をくわしく語って喜ばせ、助言を求め、助言などしていないのにそのとおりにすると誓い、翌朝まったく知らないふりをする男が。ブダペストにいた五年前、ドムは三十になりかけていたが、いまも三十になるところだった――カジノのディーラーのような整った顔、ストライプのシャツ、二十五歳の男に似合いそうな黄色のズボン吊り、白い袖《そで》に金色のカフスリンク、全天候型の笑みも同じなら、椅子の背にもたれ、両手の指先をウェディングアーチの形に合わせて、その上から思慮深そうに微笑む腹立たしい習慣も同じだった。

★

「まずはおめでとうですね、ドム」私は幹部用の肘《ひじ》掛け椅子と、情報部の三等級以上の者が使う陶製の天板のコーヒーテーブルを指して言う。

「ありがとう、ナット。さすがだ。気がまわるね。この昇進には驚いたが、お呼びがかかれば、われわれは参集する。コーヒーはどうだ？　お茶でも？」

「コーヒーを、よければ」

「ミルクは？　砂糖は？　ちなみにミルクは大豆《ソイ》だ」

「ブラックで、ありがとう、ドム。大豆《ソイ》はけっこう」

大豆《ソヤ》のことだろうか。最近、気の利いた人間は〝ソイ〟と言うのか？　ドムは磨《す》りガラスのドアの向こうに顔を出し、ヴィヴと芝居がかった雑談を交わして、また坐る。

「ロンドン総局は昔ながらの権限を持っているんですか？」私は軽い調子で訊く。昔、ブリン・ジョーダンが私に聞こえるところで、あそこは情報部の迷い犬のたまり場だと言っていたことを思い出しながら。

「もちろん、ナット。昔どおり。同じだよ」

「つまり、ロンドンを拠点とする支局はすべてあなたの配下にある」

「イギリス全域だ、ロンドンだけではなく。北アイルランドを除くイギリス全土。しかも喜ばしいことに、完全な自治が認められている」

「管理業務についてのみですか？　それとも作戦行動も含めて？」

「どういう意味だ、ナット？」――的はずれにもほどがあると言わんばかりに眉をひそめて。

「つまり、あなたはロンドン総局長として、みずから作戦を許可することができる？」

「そこは微妙な線だ、ナット。いまのところ、支局が提案する作戦には、その地域に関連した課の承認が必要だ。いままさに、そこを正そうと闘っているところだ」

ドムは微笑む。私も微笑む。私も闘いに加わるということだ。まったく同じ動作で私たちは大豆《ソイ》なしのコーヒーを飲み、カップを受け皿に置く。ドムはこれから、新妻に関して私が知りたくもない胸中を打ち明けるのだろうか。それとも、いきなり私をここに呼んだ理由を説明する？　まだのようだ。そのまえに、古き良き時代について話さなければならない――私が調教師《ハンドラー》として、彼が無用の監督者として、ともにかかわった要員たちについて。彼のリストの最初に来るのは、近年〈シェイクスピア〉ネットワークに組みこまれた〈ポローニアス〉だ。数カ月前、私はリスボンの任務があったついでに、ポルトガルのアルガルベ州にいる老〈ポローニアス〉に会ってきた。人気《ひとけ》のないゴルフコースの横に立つ、こだまの響くだだっ広い新築の家に住んでいる。再定住パッケージの一部として情報部が買い与えたものだ。

「ご心配なく、ドム。うまくやっています、おかげさまで」私は熱心に言う。「新しい身元も問題なく、奥さんの死も乗り越えて。彼は元気だ、じつに」

「その声に〝しかし〟が聞こえる気がするな、ナット」ドムは非難めいた口調で言う。

「われわれは彼にイギリスのパスポートを与えると約束した。でしょう、ドム？　もし憶えていれば。だが、あなたがロンドンに戻ったあとのあわただしさで忘れられたようだ」

「すぐに調べてみよう」――証拠としてボールペンでメモをとる。

「それと、われわれが彼の娘をオクスフォードかケンブリッジに入れてやれなかったことで、少々気を悪くしている。ほんのひと押しすれば入れたのに、われわれ、あるいはあなたがそうしなかったと本人は思っているらしくて」

ドムは罪悪感を覚えない男だ。濡れ衣だと主張するか、反応しないか。今回は前者を選ぶ。

「オクスブリッジはコレッジの集まりだよ、ナット」彼はげんなりして不満をもらす。

「誰もが古い大学はひとつの経営体だと思っているが、ちがうのだ。謙虚な姿勢でひとつずつコレッジにうかがいを立てなければならない。まあ、やってみよう」――またボールペンのメモ。

ドムの話題その二は〈デリラ〉だ。ハンガリーの個性豊かな七十がらみの女性議員だったが、当時手元にあったロシア・ルーブルを、崩壊前にイギリス・ポンドに換えたいと思った。

「〈デリラ〉も元気です、ドム、おかげさまで。私の後任が女性だったことに少し辟易《へきえき》しているけれど。私が面倒を見ていたときには、いつも愛はすぐそこにあると夢見ることができたと言っていました」

ドムは〈デリラ〉と彼女の数多《あまた》の愛人たちを思い出して、にやりとするが、肩をゆするだけで笑い声は出てこない。コーヒーをひと口。カップを受け皿に戻す。

「ナット」――憂《うれ》いを帯びた口調で。

「ドム」

「今回のことは、きみがフラッシュライトを浴びる瞬間になると思ったのだ」

「どうしてです、ドム？」

「どうしても何も！　長く不遇をかこっていた本邦内のロシア支局を単独で立て直す、すばらしいチャンスを与えるのだから。きみの経験をもってすれば見事に立て直せるだろう、たとえば――どのくらいだ――六カ月以内に？　クリエイティブな運用の仕事、要するに、きみ向きだ。その年齢でこれ以上のことが望めるかね？」

「なんの話をしているのかわかりませんが、ドム」

「わからない？」

「そう」

「つまり、彼らから聞いていない？」

「あなたと話せと言われた。だから話している。そこまでしかわかりません」

「何も知らずにここに入ってきたのか？　なんてことだ。あのくそ人事の連中の仕事はなんなんだろうと思うことがあるよ。会ったのはモイラか？」

「たぶん彼女は、どんな内容にしろ、あなたから直接聞くほうがいいと思ったんでしょう、ドム。いま、長く不遇をかこっている本邦内のロシア支局と言いました？　私が知っているなかで唯一それに当てはまるのは〈安息所《ヘイヴン》〉だが、あれは支局ではない。ロンドン総局の管理下にあるまったく機能していない下部組織で、再定住させた無価値の亡命者と、落ち目の五流の情報屋をまとめて捨てる廃棄物処分場だ。最後に聞いた話では、大蔵省がすぐにも潰そうとしているということでしたが、それすら忘れられたにちがいない。本気で私にそこを提案している？」

「〈ヘイヴン〉は廃棄物処分場ではないぞ、ナット。大ちがいだ。私の監視のもとで、そうなることはありえない。たしかに老人が二、三人いることは認めよう。まだ潜在能力を発揮していない情報提供者も。しかし、見るべきものがわかっている者が見れば、あそこには一級の情報がある。それにもちろん」――と、あとから思いついて――「〈ヘイヴン〉で功績が認められた者にはみな、ロシア課への昇進の道が大きく開ける」

「だとすると、ドム、もしかしてあなた自身もそれを念頭に置いているとか？」私は尋ねる。

「それとは、なんだね？」

「ロシア課への昇進を。〈ヘイヴン〉を弾みにして」

ドムは眉をひそめ、同意できないと口をすぼめる。傍目《はため》にわかりやすいのが彼の取り柄だ。ロシア課、なかんずくその長はドムの生涯の夢である。ロシアの土地にくわしい、赴任経験がある、ロシア語が話せる――ドムにはそのどれも当てはまらない。彼はシティから遅れてやってきた男で、どういう理由でヘッドハントされたのかは、本人も見当がつかないのではないか。語学的な資格はゼロなのだから。

「もしそういうつもりなら、ドム、喜んで同じ旅に出ます。私でよければですが」私は冗談めかして、ふざけて、怒って――どれだかわからない――続ける。「もしかして、また私の報告書からラベルをはがして自分のにつけかえるつもりですか？　ブダペストでそうしたように。いや、たんに確認しているだけです、ドム」

ドムはそのことについて考える。つまり、まず指のウェディングアーチ越しに私を見、中空を見つめ、またこちらに眼を戻して、まだ私が部屋のなかにいることを確かめる。

「私からの提案はこうだ、ナット。交渉の余地はない。受けるか去るかだ。ロンドン総局の長として、きみに〈ヘイヴン〉支局長ジャイルズ・ワックフォードの後任を正式に提案する。臨時雇用とし、その間は私の配下で働く。ジャイルズが擁していた要員に加えて、支局の前渡し資金もそのまま引き継いでもらう。彼に託されていた接待費もだ、残っている分についてだがね。ただちに全力で取り組んでもらいたい。帰国休暇の残りは後日に先延ばしだ。質問があるかな？」

「都合が悪いんです、ドム」

「それはどういうことだ？」

「このことすべてについてプルーと相談しなければならない」

「プルーと相談したあとは？」

「娘のステファニーがもうすぐ十九歳になる。その誕生祝いで、ブリストル大学に戻るまえに家族そろって一週間のスキー旅行に行く約束をしています」

ドムは首をまえに伸ばし、わざとらしく壁のカレンダーに顔をしかめる。

「いつから？」

「娘はいま大学の二学期目です」

「いつ旅行に出発するのかと訊いている」

「土曜の午前五時のスタンステッド空港発、もしいっしょに来たいのなら」

「そのときまでにプルーと相談して、満足のいく結論が出たとしよう。翌週いっぱいであれば、ジャイルズを説得して〈ヘイヴン〉の砦を守らせることができるだろう、彼が止まり木から落ちなければだが。それで満足かな？　それともみじめな気分か？」

いい質問だ。私は満足だろうか。情報部には残るわけだし、ターゲットもロシアだ、たとえドムのテーブルからおこぼれをもらって生きるにしても。

だが、プルーは満足するだろうか。

★

今日《こんにち》のプルーは、二十年前の情報部員の献身的な妻ではない。たしかに、相変わらず私心はなく、真っ正直で、髪をおろしたときにはたいへん愉《たの》しい。そしていまも世界全体に奉仕する意志は固いけれど、もう二度と秘密の任務にはつかない。対監視《カウンター・サーベイランス》、暗号通信、秘密文書受け渡し場所《デッド・レター・ボックス》の利用法の講義を受けた頼もしい若手弁護士は、本当にモスクワまで私についてきた。そこからの苦労続きの十四カ月、私たちはもっとも親密なやりとりさえ盗聴、監視され、人間的な弱さや保安上のゆるみはないかと分析されるという、果てしないストレスをともに耐え忍んだ。当時の支局長――いまワシントンの不安な秘密会議でパートナーたちと同席している、現ロシア課課長のブリン・ジョーダンその人――のすぐれた指導のもと、プルーは敵の盗聴者を欺《あざむ》く台本にしたがい、見え透いた夫婦の場面で主役を務めた。

だが、連続して二度目のモスクワ滞在中に、プルーは妊娠していることに気づき、それを機に突然、魔法が解けたように情報部とその仕事に対する興味を失った。欺騙《ぎへん》の人生が彼女の心をとらえることは、たとえ過去にあったとしても、もうなかった。わが子の生誕地を外国にすることにも心惹《ひ》かれなかった。私たちはイギリスに帰った。赤ん坊が生まれれば、プルーもまた考えを変えるかもしれない、と私は自分に言い聞かせたが、まだまだプルーのことがわかっていなかった。ステファニーが生まれた日、プルーの父親が心臓発作であっけなく死んだ。遺産を得るが早いか、プルーは広い庭にリンゴの木が生えたバタシーのヴィクトリア様式の家を即金で購入した。彼女が地面に旗を立てて「われここに住む」と宣言したとしても、あれほど明確な意思表示はできなかっただろう。娘のステフ――とすぐに呼ぶようになった――は、私たちが嫌というほど目にした外交官の子弟のようにはならない。乳母にべったりで育ち、母親や父親のあとについて国から国、学校から学校へ移る子にはならず、われわれの娘は社会の自然な環境で暮らし、私立学校や寄宿学校ではなく、公立学校にかようのだ。

一方、プルー自身は残りの人生で何をする？　彼女は中断したところから始める。公民権を専門とする弁護士、抑圧された者たちを助ける法律の第一人者になる。もっとも、それは唐突な路線変更ではなかった。プルーは私が女王を、国を、情報部を愛していることを理解していた。私は彼女が法律と人間的正義を愛していることを理解していた。彼女は情報部に自分のすべてを捧げたので、もう捧げるものが残っていなかった。ほとんど新婚のころから、情報部のチーフのクリスマス・パーティや、尊敬された部員の葬儀、若い職員の家庭での飲食会を心待ちにするタイプではなかったのだ。私のほうも、プルーの同僚である急進思想の弁護士たちの集まりにはあまり向いていなかった。

とはいえ、ポスト共産主義のロシアが、あらゆる希望と期待に反して、世界じゅうの自由民主主義に対する明白な現実の脅威として台頭するにつれ、私の外国駐在が次々と続き、事実上不在の夫かつ父親になってしまうことまでは、われわれも予見できなかった。

そんな私がいま、ドムが親切に指摘してくれたように、海から戻っている。これまでは私たち、とくにプルーにとって楽ではなかった。今後私がずっと陸の上にいるとプルーが期待する理由はいくらでもある。彼女が少々しつこいほど〝現実世界〟と表現する新しい生活に私が入る努力をする、と。私の元同僚がバーミンガムの恵まれない子供のためのアウトドア活動クラブを開設して、人生でこれほどの喜びはなかったと言っていた。私も昔、まさにそういうことをしたいと言っていたのではなかったか？

4

その週の残り、スタンステッド空港からの夜明けの出発に至るまで、私は家族の調和のために、情報部から提案された〝怖気《おぞけ》立つ仕事〟を受け入れるか、プルーの長年の説得にしたがっていまの仕事ときっぱり決別するか、考えこんでいるふりをした。プルーは待ってくれた。ステフはどちらでもいいと言った。ステフから見れば、私は何をやってもぱっとしない中堅官僚だ。ステフは私を愛してはいるが、はるか高みからそうしていた。

「正面から向き合おうよ。どっちにしたって、北京駐在大使になったり、爵位を授けられたりはしないんでしょ？」この問題が食事の話題になったときに、ステフは明るく諭《さと》した。私はいつものように冷静に受け止めた。海外赴任の外交官でいるかぎり、少なくともそれなりの身分があったが、母国に戻ると、ぼんやりした灰色の集団のひとりなのだ。

スキー場に着いて二日目の夜、ステフが同じホテルに滞在しているイタリアの若者たちと遊びに出かけ、プルーと私が〈マルセル〉で静かにチーズフォンデュとキルシュ（キルシュヴァッサー。サクランボを醗酵させたスピリッツ）の食事を愉《たの》しんでいたとき、ようやく私はプルーに、部内の新しい仕事の申し出について洗いざらい――いっさい隠し事なしに――打ち明けたい衝動に駆られた。それまでの計画どおり爪先立《つまさき》って歩きまわることも、辻褄《つじつま》合わせの作り話もやめて、心から思っていることを話してしまおう。長年苦労をかけてきたプルーには、最低限でもそこまではしてやらなければ。プルーの落ち着いたあきらめの雰囲気から、私の〝恵まれない子供のためのアウトドア活動クラブ〟の開設には時間がかかることをすでに察しているのがうかがえた。

「ロンドンにある見捨てられた支局で、冷戦時代の栄光に満足して、価値あるものは何ひとつ生み出していないんだ」私は暗い声で言う。「主流からは何光年も離れた控えチームだよ。私の仕事は、そいつをもう一度立て直すか、さっさと墓場に導くかだ」

　情報部の仕事についてプルーとくつろいで話す機会はめったにないが、そうするときに自分が流れに乗っているのか、逆らっているのかはわかったためしがない。そこで両方の要素を少しずつ混ぜる。

「管理職になるのは嫌だというのが口癖だと思ったけど」プルーはやんわりと反論する。

「金勘定とかあれこれ人に命令することじゃなくて、補佐の立場がいいと」

「いや、命令はしないんだ、プルー」私は慎重に請け合う。「依然として補佐の立場だ」

「だったらいいじゃない。でしょう?」彼女はにっこりと笑う。「ブリン・ジョーダンがしっかり見ていてくれるわよ。あなたはブリンを尊敬していた。わたしもそう」立派なことに、心のなかの疑念を脇に置いている。

私たちはモスクワでスパイとしてすごした短いハネムーンを思い出して、ノスタルジックな笑みを交わす。支局長だったブリンはつねに用心深いガイド、われわれのよき指導者だった。

「だが、直属の上司はブリンじゃないんだ。ブリンはこのところロシア全土を治める皇帝《ツァー》だから。〈ヘイヴン〉のようなみすぼらしい片手間仕事は彼の給料に見合わない」

「だとすると、あなたの上に立つラッキーな人は誰?」彼女は訊く。

もはや私が考えていた全面開示ではない。プルーはドムを忌み嫌っている。私がブダペストにいたときに、プルーがステフといっしょに訪ねてきてドムと会い、彼の神経衰弱の妻と子供たちをひと目見るなり気配を嗅《か》ぎ取ったのだ。

「公式には〝ロンドン総局〟ということになる」私は説明する。「だがもちろん、本当に重要な案件が生じた場合には、ピラミッドを上がってブリンが出てくる。彼らが私を必要とする期間だけ働くんだ、プルー。一日だってよけいには働かない」慰めるためにつけ加えるが、慰める相手がプルーなのか自分なのかは、ふたりともわからない。

プルーはフォーク一回分のフォンデュを食べ、ワインをひと口、キルシュをひと口飲むことで力を得、テーブルの向こうから両手を伸ばしてきて、私の手を握った。もしやドムだと推測したのだろうか。直観した？　プルーの超能力者並みの洞察力は、ぞっとする領域に近づくことがある。

「いい、聞いて、ナット」彼女はしっかり考えたあとで言った。「あなたには、やりたいことを好きなだけ長くやる権利がある。あとはどうでもいいと思う。わたしも同じようにする。今回はあなたが行動して、わたしがつけを払う。まるごとね。それがわたしの厚顔無恥な誠実さよ」と定番の冗談で締めくくる。

そうした幸せな雰囲気のなか、ふたりでベッドに横たわり、私がプルーの長年の心の広さに感謝し、彼女が私にやさしいことばを返し、ステフが夜を踊り明かしていた――そうであればいいのだが――とき、私はいまこそ自分の本当の仕事について娘に正直に打ち明ける理想的な機会だと思い立った。もちろんステフに対しては、本部が許すかぎり正直に、ということになるが。ステフも知るべき時期だし、ほかの誰より私自身から知らされるほうがいい、と自分に言い聞かせた。懐かしいわが家に帰ってから、ステフの私を見下した態度に徐々に苛立《いらだ》ってきているとプルーに言ってもよかったが、やめておいた。思春期の名残《なごり》で、私をつき合わざるをえない家庭の厄介者《やっかいもの》と見なすか、人生の黄昏《たそがれ》に入った時代錯誤の老人にそうするように膝に飛び乗ってきて、たいてい直近の彼氏のために何かやってもらおうとする、そういうステフの態度が気に入らなかった。さらに自分にとって酷なほど正直になれば、公民権弁護士プルーの当然といえば当然の名声によって、ステフは私がすっかり取り残されているように感じていて、それが癪《しゃく》に障るのだ。

弁護士であり母であるプルーは、最初は慎重だ。具体的にどこまで言うつもり？　制限はあるはずよね。それは正確に言うと何？　誰が設定するの？　情報部、それともあなた？　いろいろ質問されたらどう答えるの？　そのことについて考えた？　あと、感情に流されない自信はある？　あのとおりステフの反応は予測不可能で、あなたたちはすぐにお互いむきになる、いままでもずっとそうだった、云々《うんぬん》。

プルーの警告はいつもながらきわめて堅実で、事実の裏づけがある。彼女に言われるまでもなく、思春期に入ったころのステフは歩く悪夢さながらだった。男たち、ドラッグ、怒鳴り合いの喧嘩《けんか》――すべて現代のありきたりの問題だと言われるかもしれないが、ステフはそれらを芸術の域にまで高めた。私が国外の支局に引き寄せられているあいだ、プルーは空き時間をすべて費やして、校長や風紀担当教員を説得し、ＰＴＡの会合に出席し、暴走娘をうまく制御する方法を探して本や新聞記事やネットの相談コーナーを読みあさり、すべては自分のせいだと思いつめていた。

一方、私のほうも非力ながら、できるだけ彼女の負担を減らそうと、週末のたびに飛行機に乗っては家に帰り、精神分析医《サイカイアトリスト》やら心理学者《サイコロジスト》やら、最後に〝イスト〟がつくあらゆる人々と話をしたが、どうやら彼らの唯一共通する見解は、ステフは高度に知的で――それは大きな驚きではなかった――同年代の仲間に退屈しきっており、規律を自己存在への脅威として拒否し、教師たちを耐えがたく凡庸《ぼんよう》と見なし、挑戦しがいがあって彼女の頭の回転にふさわしい環境を必要としているということだった。私に言わせれば、そんなことは最初から火を見るより明らかだったが、専門家の意見を私よりも重んじるプルーは納得していた。

かくしてステフは挑戦しがいのある知的な環境を得た。ブリストル大学で、哲学と純粋数学を専攻している。その二学期目だ。

だから言ってやればいいのだ。

「自分のほうがうまく説明できると思ってるわけじゃないだろう、ダーリン？」気弱になった私はプルーに訊いてみる――家族の叡智《えいち》の守護者に。

「ええ、ダーリン。言おうと決めているのなら、あなたから直接言うほうがはるかにいいわ。ただ、あなたは本当にカッとしやすいから、忘れないで。それから、卑下も禁物よ。卑下したとたんに、あの子は怒り狂うから」

危険を承知で潜在的な情報提供者に近づくときのように計画し、可能な場所をざっと検討したあと、ステフと話すのにもっとも自然で好適な環境は、グラン・テランの北斜面を登る、ほとんど使われていないスラローム練習用のスキーリフトにちがいないと結論した。古いタイプのTバーリフトで、左は松林、右は険しい谷間というところを横並びで登っていくから、眼を合わせなくてすむし、ほかの誰にも聞かれる心配がない。短い急斜面についた唯一のリフトなので、離ればなれにならず、頂上に着けば嫌でも話が途切れ、追加の質問を次に登るときまで引き延ばせる。

★

キラキラ輝く冬の朝で、雪の状態も完璧だった。プルーは偽の腹痛を訴えて、この日は買い物に出かけた。ステフは若いイタリア人たちと何時まで遊んでいたのか知らないが、まったく疲れた様子はなく、父親としばらくふたりきりですごすのを愉しんでいた。明らかに、私の暗い過去についてステフに話せるのは、本物の外交官ではなくそのふりをしていたというところまでだ。だから爵位も授けられず、北京駐在大使にもならずに、家に帰ってきた。私自身も不本意に思っているのだから、ステフによけいな説明を聞かせる必要はない。

本心では、なぜステフの十四歳の誕生日に電話ができなかったのか、説明したかった。いまだにステフが恨みに思っているのはわかっていた。深い雪のなか、ロシア国境のエストニア側にいて、配下の要員がどうか国境を越えられますようにと材木の山の陰で祈っていたのだ、と話してしまいたかった。情報部のモスクワ支局員として、夫婦で四六時中監視されて暮らすというのがどういうことか、多少なりと教えてやりたくてたまらなかった。ほんのわずかな手ちがいで要員が地獄のような死の危険にさらされることがわかっているから、秘密文書受け渡し場所《デッド・レター・ボックス》の文書のやりとりに十日もかかるあの街で。しかしプルーは、モスクワにいたころの生活はもう持ち出さないでほしいと主張し、いつもの歯に衣着せぬ物言いでこうつけ加えた。

「わたしたちがロシアのカメラのまえでファックしたことを、あの子に知らせる必要はないでしょう、ダーリン」——復活したわれわれの性生活を愉しく味わいながら。

★

ステフと私はTバーをつかんで登りはじめる。最初の回では、私の帰国のことや、人生の半分を捧げてきた祖国についてほとんど何も知らないことを気軽に話す。だからな、ステフ、学ぶことも慣れるべきこともたくさんあるんだ、わかっていると思うが。

「たとえば、あたしたちが訪ねるときに買っていった免税のお酒がもう飲めないこととか！」ステフが叫び、私たちは父娘で仲よく笑う。

頂上で別れ、ステフが先になって斜面を颯爽《さっそう》とすべりおりる。打ち明け話《テット・ア・テット》には最適のいい雰囲気だ。

「それから、どんな立場であれ、自分の国に奉仕するのは決して不名誉なことじゃないわよ、ダーリン」――プルーの助言が記憶の耳のなかで響く――「愛国心について、あなたとわたしは意見がちがうかもしれない。でも、とにかくステフは、それを宗教に次ぐ人類への呪いと見なしている。あと、ユーモアもほどほどにね。真剣な場面でのユーモアは、ステフから見ればただの逃げだから」

バックルを留めて、また丘を上がりはじめる。いまだ。ジョークはなし、自己卑下も、謝罪もなし。プルーと私が議論を尽くした筋書きにしたがい、そこからはずれない。前方を見すえ、まじめだが偉そうに聞こえない口調を選ぶ。

「ステフ、お母さんと相談したんだが、私についてそろそろ知らせておくべきことがある」

「あたしは実の子じゃないのね！」ステフが勢いこんで言う。

「実の子だ。だが、私はスパイなんだ」

ステフも前方を見すえている。こんなふうに切り出すつもりはなかった。まあいい。私は草稿どおりに話し、彼女は聞いている。アイコンタクトがないから、ストレスもない。手短に、最後まで落ち着いて話す。そういうことだ、ステフ、言うべきことは言った。私はこれまで必要に迫られて偽りの人生を生きてきた。おまえにはそこまでしか話せない。落伍者のように見えるかもしれないが、情報部では一定の地位にある。ステフは何も言わない。私たちは頂上に着き、別れてすべりはじめる。まだひと言もない。ステフは私より速いので——あるいは、速いと思いたがっているので——先に行かせる。私たちは麓《ふもと》のリフトのまえでまた合流する。

順番待ちの列でも互いに話しかけず、ステフはこちらを見ないが、私は焦《あせ》らない。ステフは彼女の世界で生きていて、いまや私も私の世界で生きていることを彼女は知った。そして私の世界は、外務省の不出来な職員のための廃馬処理場ではない。ステフは私のまえにいたので、先にTバーをつかむ。登りはじめるなり、さもなんでもないことのように、人を殺したことはあるのかと訊く。私は吹き出し、いや、ないよ、ステフ、ぜったいない、ありがたいことに、と答える。それは事実だ。そういうことに間接的にであれ、かかわった者もいるが、私はかかわらなかった。英米以外の国でも、それに近づくことすらなかった。情報部で言う〝否定可能な関与〟すら。

「誰も殺してないなら、スパイとしてお父さんがした次にひどいことは何？」――同じ無《む》頓着《とんちゃく》な口調で。

「おそらく、ステフ、私がやった次にひどいことは、ほかの連中に、私が説得しなければやらなかったようなことをやらせたことかな、いわば」

「悪いこと？」

「かもしれない。柵のどちら側に立っているかによる」

「というと、たとえば？」

「まあ、祖国を裏切らせるとか」

「そうしろと説得したのね？」

「本人がまだ自分を説得していなければ、そう、私がやった」

「連中って、男だけ？　それとも女性も説得した？」ステフがフェミニズムについて語るのを聞いたことがあれば、見せかけより真剣な問いであることがわかる。

「たいてい男だ、ステフ。そう、圧倒的にね」私は請け合う。

頂上に着き、私たちはまた別れてすべる。ステフが先に流れていく。また麓のリフト乗り場で合流。待ち行列はない。これまでステフはリフトに乗るときゴーグルを額に上げていたが、今回はつけたままだ。ミラーレンズで、なかが見えない。

「説得って、具体的にどうするの？」登りだしたとたんに訊く。

「親指を締めつける拷問具《サムスクリュー》とか、そういうものは使わないぞ、ステフ」私は答えるが、操縦ミスだ――〝真剣な場面でのユーモアは、ステフから見ればただの逃げだから〟。

「それならどうやって？」あくまで説得の方法にこだわる。

「まずだな、ステフ、多くの人は金のために多くのことをする。恨みやエゴのために行動する者も大勢いる。理想のために行動し、金は口から押し入れても受け取らない者もいる」

「それは正確に言ってどういう理想なの、パパ？」――ミラーグラスのゴーグルの奥から。ステフが私を〝パパ〟と呼んだのは数週間ぶりだ。悪態もつかない。ステフがそうなると、いくらか赤い警告ランプだ。

「いや、たとえばだ、民主主義の母としてのイギリスを理想に掲げる人もいれば、われらが親愛なる女王を説明不能の熱意で愛する人もいる。もうイギリスはわれわれのために存在していないかもしれないが――かつてそうだったとしてだが――彼らは国がわれわれのためにあると思っている。それはそれでいいことだ」

「パパもそう思ってる？」

「留保つきで」

「厳しい留保？」

「いやまあ、それこそ厳しい留保をつけない人間がいるか？」国の急速な凋落《ちょうらく》をぼんやり見逃しているかのようなほのめかしに、気を悪くして答える。「もはや少数政党となった保守党が寄せ集めた最低の閣僚たち。私が仕えることになっている、あのどうしようもなく無知な外務大臣。労働党も似たり寄ったりだ。そしてブレグジットの完全な狂気」私はことばを切る。私にも感情はある。あとは怒りの沈黙に語らせよう。

「つまり、厳しい留保をつけるのね？」ステフは純粋そのものという口調で続ける。「きわめて厳しい、と言ってもいいような？」

自分をさらけ出しすぎたと気づいても、もう遅い。だが、思えば最初からこうしたかったのかもしれない――娘を勝利させ、自分が彼女の優秀な教授陣の基準に満たないことを認め、おのおの本来の自分に戻るのだ。

「つまり、こういうことね」次の登りに取りかかりながら、ステフは続ける。「厳しい留保、というか、きわめて厳しい留保をつける国のために、ほかの国の人を説得して、彼らの国を裏切らせる」そして、あとから思いついたように、「なぜなら、彼らは自分の国には留保をつけても、パパの国にはパパのように留保をつけないから。そういうこと？」

これに私は明るい感嘆の声をあげ、潔《いさぎよ》く敗北を認めながら、同時に情状酌量を求める。

「だが、彼らも無垢《むく》な羊ではないんだ、ステフ！　みずから志願するのだから。全員ではないとしても、ほとんどは。そしてわれわれは彼らの面倒を見る。暮らしを支えてやる。金がいると言えば、大金を手渡す。神に入れこんでいるのであれば、いっしょに崇《あが》めてやる。なんでも便宜を図る。われわれは彼らの友人だ。彼らに信頼されている。こちらは彼らの要求を満たし、彼らはこちらの要求を満たす。それが世界のあり方だ」

しかし、ステフは世界のあり方に興味がない。私のあり方に興味があることは、次の登りで明らかになる。

「ほかの人たちにこうあれと言うときに、自分がどうなのか考えたことはあった？」

「自分が正しい側にいることはわかっていたよ、ステフ」プルーの最善の禁止命令があったにもかかわらず、答えながら苦々しさが募ってくる。

「それはどういう側？」

「情報部。わが国。たまたまおまえの国でもある」

私が落ち着きを取り戻したあと、これがまちがいなく最後の登りだ。

「パパ？」

「言ってしまいなさい」

「外国にいるときに関係したの？」

「関係？」

「浮気ってこと」

「私が浮気したとお母さんが言ってたか？」

「言ってない」

「だったらくそくだらない勘ぐりはやめないか」自分を制止する間もなく言ってしまう。

「あたしはくそくだらないママとはちがうから」ステフも同じくらい勢いこんで叫び返す。

そんな気まずい雰囲気で最後に別れ、別々のルートでスキー村におりていく。夜になると、ステフは、またくり出して派手に愉しもうというイタリア人の友だちからの申し出を、もう寝る時間だからとみな断わる。そして、そのことばどおり寝る――ブルゴーニュの赤ワインを一本空けてから。

私は然るべき時間を空けたあと、この会話のあらましをプルーに伝える。お互いのために、ステフの別れ際の不当な質問については伏せておく。これにて任務完了と言いたいところだったが、プルーは納得するには私を知りすぎている。翌朝、ロンドンに帰る飛行機で、ステフは通路を挟んだ反対側に坐る。そして次の日――ブリストルに戻る前夜――ステフとプルーはすさまじい喧嘩《けんか》をする。ステフの怒りの原因は、父親がスパイだったことではない。男女を問わず、ほかの連中を説得してスパイにしたことでもない。もっぱら、長く苦労してきた母親がこれほど重大な秘密を娘に打ち明けず、女性同士の神聖なる信頼を裏切ったことに憤慨している。

プルーは、その秘密を打ち明けるかどうか判断するのは彼女ではなく私である、ことによると私ですらなく、情報部かもしれないと穏やかに指摘する。するとステフは家から飛び出していき、ボーイフレンドの部屋に落ち着いて、彼に家まで荷物を取りにこさせたあと、ひとりでブリストルに向かい、新学期の大学に二日遅れで到着する。

★

この家族のメロドラマのどこかにエドは特別出演したか？　するわけがない。なぜそんなことがありうる？　彼はずっとイギリスにいたのだから。それでも、プルーと私がスキー場全体を見渡せるレストラン〈トロワ・ソメ〉で、クルート・オ・フロマージュ（ワインに浸したパンをチーズで覆い、卵、ハム、タマネギなどを加えて焼き上げた料理）と白ワインのカラフェの食事をとっていたときに、記憶に残るひと幕があった。エドに生き写しの若者が現われたのだ。人ちがいか？　いや、他人の空似ではなく、生きて動くエド本人だ。

ステフは朝寝坊していて、プルーと私は早朝のスキーを愉《たの》しみ、食事のあとで楽なゲレンデをおりてベッドに入るつもりだった。すると見よ、エドそっくりの人物が、ボンボンつきの毛糸の帽子をかぶって入ってきて――身長も同じ、孤独で不満そうで少し途方に暮れた雰囲気も同じ――入口でうしろにいる人たちにもかまわず足踏みをしてブーツの雪を落とし、ゴーグルをむしり取って、どこかに眼鏡《めがね》を置き忘れたかのようにまばたきしながら部屋のなかを見まわしたのだ。私は思わず声をかけようと手を上げかけた。

しかし、いつもながら目ざといプルーが、その動作をさえぎった。私がいまもよくわからない理由で、なんでもないと抗弁すると、彼女は私の率直で完全な説明を求め、しかたなく私は手短に話した――〈アスレティカス〉にこれこれこういう若者が来て、私が試合に同意するまで梃子《てこ》でも動かなかった、と。しかし、プルーはさらに説明を要求した。そんなに短い出会いで、その若い人の何がそれほど印象に残ったの？　なぜ彼に似た人にそれほど激しく反応するの？　いつものあなたらしくない。

それに私はよどみなく答えたようだが、さすがはプルー、内容は私よりはるかに多く憶えている――変わり者で、どこか精神的な強さがあって、とそんなことを彼女に話したらしい。クラブのバーにいた失礼な連中が彼をからかおうとしたが、本人は見向きもせず、私を責めたてて得たいものを得ると、彼らに引っこんでろと言いたげな態度で去っていった、と。

私のように山を愛していれば、下界におりるとかならず気が滅入るものだが、雨にそぼ濡れた月曜の朝九時、カムデンの路地に立つ醜い赤煉瓦《れんが》の三階のビルをまえに、なんのためにそこに入るのかもわからない気分は輪をかけてひどかった。

★

情報部のどんな支局であれ、なぜこんなところに行き着いたのかは、それ自体謎だった。さらに〈安息所《ヘイヴン》〉などという皮肉なあだ名をつけられた理由も。一九三九年から四五年の戦争中に捕虜にしたドイツ人スパイの隠れ家《セーフハウス》として使われていたという説もあった。元情報部チーフが愛人を囲っていたという説も。そしてまた、果てしなく迷走する本部の方針のひとつとして、最大限のセキュリティを得ようとロンドンじゅうに紙吹雪《かみふぶき》のように支局をばらまくことにしたが、その方針が捨てられたときに〈ヘイヴン〉だけ見落とされたという説もあった。

ひびの入った階段を三段上がる。エール錠に古びた鍵を差し入れる間もなく、ささくれだったドアが開き、すぐ目のまえに、かつては侮《あなど》りがたかったジャイルズ・ワックフォードが立っている。肥満体で眼も潤んでいるが、全盛期には情報部が抱えるもっとも聡明な要員運用者《エージェント・ランナー》と言われた。私よりほんの三つ年上だ。

「いやはや、懐かしいな」ジャイルズは昨晩のウイスキーのにおいをさせながら、しゃがれ声で言い放つ。「いつもながら時間に正確だ。最敬礼を捧げるよ。なんという名誉！これ以上の後任者は考えられん」

わがチームを紹介しよう。狭い木の階段の上下にふたりずつ入る部屋がある。

イーゴリ。ふさぎこんだ六十五歳のリトアニア人で、情報部が冷戦期のバルカン半島に持ちえた最高のネットワークの運用責任者《コントローラー》だったが、現在は比較的平和な在外大使館に雇われた清掃係やドアマンやタイピストの管理者に落ちぶれている。

次はマリカ。イーゴリの愛人と噂されるエストニア人の寡婦《かふ》で、夫の元情報部員はまだレニングラードと呼ばれていたサンクトペテルブルクで亡くなった。

それからデニーズ。ずんぐりして怒りっぽい、ロシア語を話すスコットランドの娘だ。両親はノルウェーの血を引いている。

そして最後に、リトル・イリヤ。五年前に私がヘルシンキで二重スパイとしてリクルートしたイギリスとフィンランドの混血の若者で、眼つきが鋭く、ロシア語を話す。イギリスへの再定住を引き替え条件に、私の後継者のもとで働くことになっていたが、当初、本部は彼に寄りつこうとしなかった。私が再三ブリン・ジョーダンに説明して、ようやく秘密の世界の最下層メンバーとして受け入れることに同意したのだ――情報開示レベルCの簡易事務補助として。彼はフィンランドふうの喜びの声を発して私をつかみ、ロシアふうに抱擁《ほうよう》する。

　さらに、永遠の闇に閉ざされた最上階には、ふたつの文化に通じ、初歩の運用訓練を受けた男女の事務補助員からなる、みすぼらしいわがサポート部隊がいる。

　建物内のグランドツアーがどうやら終わり、約束されたナンバーツーは存在するのだろうかと私が思いはじめたころ、ようやくジャイルズが儀式めいた仕種《しぐさ》で、彼のかび臭い部屋から隣につながる曇りガラスのドアを叩く。私はなかに入り、おそらくかつてはメイドが使っていたその部屋で、若々しく凜《りん》とした不敵な面立ちのフローレンスと初めて顔を合わせる。ロシア語を流暢《りゅうちょう》に話す見習い二年目、〈ヘイヴン〉支局に最近加わったメンバーで、ドムによれば、期待の新人だ。

「それほど優秀なのに、どうして彼女はロシア課に直接配属されないんです？」私はドムに訊いた。

「少々未熟なところがあるという評価なのだ、ナット」ドムは、自分がさもその人事決定の中心にいたかのように、借り物の口調で答えた。「たしかに才能はあるが、あと一年、落ち着くための期間を与えようと考えた」

　〝才能はあるが、落ち着きが必要〟。モイラに頼んで見せてもらったフローレンスの個人ファイルにはそう書いてあった。ドムは例によって、いちばんいい文を盗んだのだ。

★

突如として〈ヘイヴン〉の仕事はすべて、フローレンスが原動力となる。少なくとも、私の記憶のなかではそうだ。ほかにも有意義なプロジェクトはあったかもしれないが、私がたまたま〈ローズバッド〉作戦の下書きを目にした瞬間、それは辺鄙《へんぴ》な田舎町《いなかまち》で唯一の演《だ》し物になり、フローレンスがその唯一のスターだった。

彼女はみずから動いて、暗号名〈オルソン〉という男の不機嫌な愛人をリクルートしていた。〈オルソン〉はロンドンに住む新興財閥《オリガルヒ》のウクライナ人で、モスクワ・センターとも、ウクライナ政府の親プーチン分子ともつながっていることを示す証拠文書が山ほどあった。

派手にぶち上げられたフローレンスの意欲的な計画は、本部の潜入チームを駆り出して、パーク・レーンにある〈オルソン〉の七千五百万ポンドの二階つきアパートメント《デュプレックス》に侵入するというものだった。垂木《たるき》に盗聴器を仕掛け、パノラマビューのラウンジに上がる大理石の階段の踊り場にスチールドアがあるのだが、そのうしろに設置されたコンピュータ群に情報入手用の改変を加える。

その説明から判断して、情報部の運営理事会が〈ローズバッド〉にゴーサインを出す可能性はゼロだった。不法侵入の要請は競争相手が多い。潜入チームは貴重な資源だ。〈ローズバッド〉は現状なら、雑音の多い市場でまたしても耳を傾けられない声になるだろう。

ただ、フローレンスの計画をくわしく聞くにつれ、徹底的に手直ししてタイミングをうまく計れば、〈ローズバッド〉は、作戦行動に役立つ高度な情報をかならず提供してくれるように思えてきた。しかも、ジャイルズが夜になると〈ヘイヴン〉の奥のキッチンから出してくる〈タリスカー〉を飲みながらくどいほど力説するには、〈ローズバッド〉を推進しているのはフローレンス、妄執じみた執念深さを持つとびきりの人材だ。

「あの娘《こ》は全部自分の足で調べて、書類仕事も全部やっている。〈オルソン〉をファイルから掘り出したその日から、〈オルソン〉とともに生き、〈オルソン〉の夢を見ている。こいつに恨みでもあるのかと一度訊いたことがあるが、彼女は笑いもしなかった。人類に取り憑《つ》いた胴枯病《どうがれびょう》だから、排除する必要があるとさ」

長々とウイスキーを飲む。

「彼女は〈アストラ〉と仲よくして生涯の親友になっただけじゃない」――〈アストラ〉とは〈オルソン〉に幻滅した愛人の暗号名だ――「くだんの建物の夜勤のフロント係を丸めこんで、取引させたのだ。ロンドンのオリガルヒのライフスタイルを特集する《デイリー・メール》紙の秘密取材をしている、とだまくらかした。フロント係は恋に落ち、彼女が言うことを何から何まで信じている。ライオンの檻《おり》のなかが見たいと言って、新聞社の秘密資金から五千ポンドを渡せば、フロント係はいつでもおとなしくしたがう。彼女は怖いいいもの知らずなのだ。ゾウみたいにタマがでかい」

★

私は監視課の全能の課長パーシー・プライスに連絡して、内密の昼食を手配する。監視課はそれ自体が帝国だ。手続き上、これにはドムも招待せざるをえない。パーシーとドムの反《そ》りが合わないことはすぐに明らかになるが、私とパーシーは長いつき合いだ。痩《や》せこけた、口数の少ない五十代の元警官。そんなパーシー率いる潜入チームと、私が運用していた要員の力を借りて、十年前に国際兵器見本市のロシアの展示場から、試作段階のミサイル一基を盗み出したことがあった。

「うちの連中は至るところでこの〈オルソン〉という男にぶつかる」彼は考えながら不満をもらす。「ロシアのパイに指を突っこんだずる賢い億万長者をひっくり返すたびに〈オルソン〉が飛び出す。われわれは要員の運用者じゃない。監視者だ。見張れと言われたものを見張るだけだが、ついにやつを追おうという人間が現われたのは非常にうれしいな。

〈オルソン〉とその一味には長いこと悩まされてきたから」

パーシーは、こちらにまわせる余力があるかどうか見てみると言う。だが、きわどいところ《タッチ・アンド・ゴー》だぞ。もし土壇場《どたんば》で運営理事会が別の案件のほうが有望だと決定すれば、おれにしろ誰にしろ、できることは何もない、とパーシーは警告する。

「それともちろん、すべて私を経由してくれ、パーシー」ドムが言い、私たちふたりは、ああ、ドム、もちろん、と応じる。

三日後、パーシーが私のオフィス用の携帯電話に直接かけてくる。少し余裕ができそうだから、ナット、ひとつやってみるか。ありがとう、パーシー、ドムにも伝えておくよ。つまり、伝えるのはできるだけ先延ばしにするか、いっさい伝えないという意味だ。

フローレンスの部屋は私の事務室のすぐ隣だ。これから先は、〈オルソン〉に幻滅した愛人、暗号名〈アストラ〉とできるだけ長く充実した時間をすごしてくれ、と私は彼女に言う。田舎のドライブに連れていくもよし、買い物に遠出したり、〈アストラ〉が大好きな〈フォートナム&メイソン〉内のレストランで女性同士のランチを愉しんでもよし。例のビルの夜勤のフロント係との関係もいっそう強化する。そのために、ドムは放っておいて、私のほうから五百ポンドの前金の支払いを許可しよう。それと、私の指導のもと、運営理事会にかける正式な提案書の下書きを作ってほしい。潜入チームを派遣してもらって、

〈オルソン〉のデュプレックス内の最初の秘密捜索をおこなうのだ。この早い時期に運営理事会を噛《か》ませるのは、われわれが真剣に取り組んでいることを知らせるためだ。

★

私の最初の思いつきは、フローレンスを注意深く愉しもうということだった。ポニーに乗りながら育った上流階級の子女のひとりで、胸の内で何を考えているのかわからない。ステフはひと目で大嫌いになるだろう。ブルーなら心配する。眼は大きく、茶色で、笑っていない。職場では体型を隠すためにゆったりしたウールのスカートを好み、底の平らな靴をはいて、化粧はしない。個人ファイルによると、ピムリコに両親と住んでいて、特定のパートナーはいない。性的指向は本人の希望により〝未申告〟。思うに立入禁止のサインとして、薬指にこれ見よがしに男物の印章指輪をはめている。大股で一歩一歩、軽やかに跳ねるように歩く。声もまた軽やかで、純粋なチェルトナム・レディーズ・コレッジ訛《なま》りに、煉瓦《れんが》職人の悪たれ口をちりばめた英語をしゃべる。そんなありそうもない組み合わせに私が初めて気づいたのは、〈ローズバッド〉作戦について議論したときだった。出席者は五人——ドム、パーシー・プライス、私、そしてエリックという気取った情報部の住居侵入担当と、見習いのフローレンス。エリックの作業員たちが〈オルソン〉のデュプレックスで仕事をしているあいだは、たいてい陽動のために停電にするという話題になると、それまでおとなしかったフローレンスが急に生き返った。

「でもね、エリック」彼女は反論する。「〈オルソン〉のコンピュータの電源はなんだと思ってるの？　まさか懐中電灯用のくそ電池？」

私の喫緊《きっきん》の課題は、彼女の作った運営理事会向けの提案書の下書きから、道徳的な怒りの記述を取り除くことだ。私は情報部の書類仕事の無冠の王ではないかもしれない——私の個人ファイルに書かれていることはむしろその逆だ——が、親愛なる理事たちの神経を逆なでするものはわかっている。フローレンスに簡潔な表現で書くようにと話すと、彼女はたちまち憤慨する。目のまえにいるのはステフだろうか。それともわがナンバーツー？

「まったく」彼女はため息をつく。「くだらない副詞に一家言あると言いたいんですか？」

「そういうことじゃない。同意してくれると思うが、〈オルソン〉がこの惑星でもっとも堕落した男なのか、それともあらゆる美徳の見本なのかということは、運営理事会とロシア課の双方にとって、ただでさえややこしい問題だ。だから大義名分や、世界じゅうの抑圧された人々から奪われた途方もない額の金に関する記述は省こう。意図と、成果、リスクのレベル、否認の可能性に焦点を絞って、すべてのページに〈ヘイヴン〉の略号の透かしがかならず入るように気を配り、不思議な手順でほかの透かしが入らないようにする」

「たとえば、ドムの?」

「誰であれ」

フローレンスは足音高く自分の部屋に戻り、ドアをバタンと閉める。ジャイルズが彼女に惚《ほ》れるのも無理はない——彼には娘がいないから。私はパーシーに電話をかけ、〈ローズバッド〉の提案書の準備は着々と進んでいると告げる。また、これ以上遅らせる言いわけが立たなくなったところで、ドムにここまでの進捗《しんちょく》を完全かつ率直に説明しておく——つまり、彼がおとなしくしている程度まで。そして私は月曜の夜、感じたとしてもいたしかたない自己満足とともに、〈ヘイヴン〉に別れを告げ、延び延びになっていた調査員エドワード・スタンリー・シャノンとのバドミントンの試合のために〈アスレティカス〉に向かう。

5

私の予定を書きこんだ手帳——バスや家に置き忘れたときに困る情報はいっさい記入しないように、ふだんから注意している——によると、エドとバドミントンの試合をしたのは十五回、すべて〈アスレティカス〉で、いつもではないがたいてい月曜、ときには週に二回していて、十四回は〝墜落《フォール》〟のまえ、一回はそのあとだ。〝墜落《フォール》〟ということばは適当に選んだ。季節の〝秋〟とも、アダムとイヴの〝堕罪〟とも関係がない。この件に当てはまるかどうかはわからないが、ほかにいいことばが見つからなかった。

北から〈アスレティカス〉に近づくと、最後はバタシー公園を横切る気持ちのいい歩きになるのがうれしい。家から直接行くと、ほんの五百メートルたらずの距離だ。一見私とは縁がなさそうなクラブだが、大人になってからの人生の大部分で世話になっている。日頃の憂《う》さを忘れる場所で、プルーに言わせると、私のベビーサークルだ。外国にいるときにも脱会せず、帰国休暇を使ってはランキング表にとどまってきた。情報部で作戦の打ち合わせがあると、かならず時間を見つけて試合をしてきた。〈アスレティカス〉の全員にとって、私はただのナットだ。私であれ、ほかの会員であれ、何で生計を立てているかなど誰も気にしないし、尋ねもしない。中国などのアジア人の会員数が、われわれ白人を三対一で上まわっている。ステフは「ノー」と言えるようになって以来そこでプレーするのを拒否したが、私がクラブに連れていって、アイスクリームを食べさせたり、泳がせたりしていた時期もあった。人のいいプルーは誘えば来るかもしれないが、嫌々《いやいや》ながらであることはわかるし、ことに最近は、無償奉仕《プロボノ》の法律相談に加えて、勤める事務所が巻きこまれた集団訴訟などもあって、とてもそれどころではない。

バーテンダーは、中国汕頭《スワトー》から来た年齢不詳の眠らない男で、名前をフレッドという。クラブとしては大赤字になる若手の会員もいるが、それも二十二歳までで、そこからは年会費二百五十ポンドで、高額の入会費もかかる。アーサーという中国人の会員が、思いがけなく十万ユーロの匿名《とくめい》の寄付をしてくれなかったら、クラブを閉鎖するか、さらに会費を上げなければならなかったところだ。これにはひとつ逸話がある。私はクラブの名誉会長として、アーサーに多大な寄付の礼を述べた数少ない人間のひとりだった。ある晩、彼がバーにいると言われた。歳は私と同じくらいだが、すでに白髪で、しゃれたスーツにネクタイという恰好《かっこう》で前方を見つめ、酒は飲んでいなかった。

「アーサー」私は彼の横に坐りながら言う。「いくら感謝してもしきれません」

こちらを向くのを待ったが、アーサーは中空を見つめたままだ。

「息子のためだ」ずいぶんたったあとで答える。

「すると、今夜は息子さんもいっしょに？」私はプールのまわりにいる中国人の子供たちを見ながら言う。

「もういない」彼は依然として振り向かずに答える。

もういない？　どういう意味だろう。

私は慎重に調べる。中国人の名前はむずかしい。どうやら寄付者と同じ苗字の若い会員がひとりいたが、年会費の支払いが半年遅れ、通常の一連の督促状も無視していた。アリスに訊いて、ようやく話がつながった。キム、と彼女は思い出した。あの痩《や》せっぽちの熱心な男の子。すごくやさしくて、十六歳と言っていたけれど、六十歳ぐらいに見えた。中国人の女の人がいっしょに来ていた。とても物腰の柔らかな人で、お母さんだったのかもしれないし、もしかすると保育士だったのかも。六回分のレッスンを現金で前払いしたけれど、シャトルが当たらないどころか、手に持って下から打つこともできない。コーチは、家でやってみなさいと勧めた。眼と手が連動するように、シャトルをラケットにのせて練習して、数週間たったら戻ってきなさい、と。でも、あの子は戻ってこなかった。保育士も。あきらめて中国に帰ったんだろうと話してたんだけど。ああお願い、言わないで。どうかかわいそうなキムに神様のご加護がありますように。

なぜこの話をくわしくしたのか、自分でもよくわからない。ただ、私はあの場所が大好きで、長年にわたってあそこが自分にとってどんなところかを伝えたかった。エドと十五回試合をしたのもあのクラブだった。最後の一回を除いて、どれもじつに愉《たの》しい試合だった。

★

最初に約束した月曜日は、のちの記録が示唆するような浮き浮きした気分では始まらなかった。私は時間にうるさい男だ。ステフに言わせると、どうでもいいことへのこだわりだが。たっぷり三週間前に約束した試合だったが、エドはわずか三分ほどまえに息を切らして現われた。着たまま寝たのかというようなタウンスーツ姿で、茶色の模造皮革のブリーフケースをたずさえ、両足首には自転車用のズボンの裾《すそ》留めバンドを巻いて、ひどく不機嫌だった。

私がエドに会ったのは、バドミントン用の服を着た一度きりだったことを思い出してもらいたい。彼が私より二十歳は年下で、友人たちが見守るなか私に挑戦状を突きつけ、私が少なからず彼の面目を保つために挑戦に応じたことも。さらに、私はクラブのチャンピオンであるだけでなく、午前中には、もっとも筋が悪く何も生み出しそうにないジャイルズの要員ふたりと立てつづけに引き継ぎの打ち合わせをし——ふたりともたまたま女性で、もっともな理由から運用者の交替に腹を立てていた——昼食時には、廊下のテーブルに置き忘れた携帯電話を要求するステフからのメールに傷ついたプルーを慰め——見たこともない住所の〝ジュノ〟気付に書留で送れという内容だったらしいが、ジュノとはどこの誰だ？——午後にはまた作戦提案書の下書きから〈オルソン〉の恥ずべき生活に対する根拠のない非難を削らなければならなかったこと——それもフローレンスに削れと二度指示したあとで——も考慮してほしい。

最後に、エドが逃亡者よろしく更衣室に飛びこんできたときには、私は完全に試合ができる恰好ですでに十分間、時計を見ながら苛々《いらいら》して待っていたことを考えてもらいたい。エドは服を脱ぎながら、半分聞き取れない声で、「自転車いじめのくそトラック運転手が」といったことをつぶやいた。信号で意地の悪いことをされたらしい。〝くそ理由もなく職場に引き留めた〟雇用主にも文句を言っていたが、それらすべてに対して、私はただ「気の毒に」としか言えず、ベンチに腰かけて、鏡に映ったエドの大騒ぎの着替えを見つめる。

このときの私は、数週間前にエドが会ったときほどくつろいでおらず、目のまえにいるエドもまた、私に近づくのにアリスの助けを必要とした内気な少年のような男ではなかった。上着を脱ぎ捨てると、膝《ひざ》を曲げずに上体を一気に屈《かが》めて、ロッカーを引き開け、シャトルの入った筒とラケット二本、それからシャツとハーフパンツと靴下とシューズを丸めた束を取り出す。

大きな足だ、と私は心に留める。動きが鈍いかもしれない。そんなことを考えていると、エドは茶色のブリーフケースをロッカーに放りこんで、鍵をかける。なぜ？　すでに半分バドミントンの恰好になっていて、あと三十秒もすれば、着ている服をいま脱いでいるのと同じ狂ったような勢いでロッカーに突っこむのに。なぜいま鍵をかける？　三十秒後にまた開けるために？　背中を見せているあいだに誰かにブリーフケースを盗まれるのが怖いとでもいうのか。

私は意識してそう考えたわけではない。これが私の職業的にゆがんだ思考《デフォルマシオン・プロフェシオネル》だ。そうしろと教わり、最初の仕事からずっとそうしてきた。たとえ観察の対象が、バタシーの鏡台のまえで化粧をしているプルーだろうと、カフェの隅にいつまでも居坐ってひどく熱心に話しこみ、こちらをいっさい見ようとしない中年カップルであろうと。

エドはシャツを頭の上に引き上げ、裸の上体をさらしている。痩せ気味だが鍛えてあり、タトゥーも、傷痕《きずあと》も、ほかに目立った印もない。私が坐っているところからは、見上げるほど背が高い。エドは眼鏡《めがね》をはずし、ロッカーの鍵を開け、眼鏡を入れて、また鍵をかける。Tシャツを着、最初に私に声をかけてきたときと同じハーフパンツと、もとは白かった足首までの靴下をはく。

彼の膝が私の顔の高さだ。眼鏡を取ったむき出しのエドの顔は、最初に近づいてきたときよりもさらに若く見える。せいぜい二十五歳に。私のほうに身を乗り出し、壁の鏡をのぞきこむ。コンタクトレンズをつけているのだ。何度かまばたきして、視界をはっきりさせる。これだけ体を曲げたりひねったりしているのに、まだ膝を曲げていないことにも私は気づく。靴紐《くつひも》を結ぶにしろ、コンタクトをはめるために首を伸ばすにしろ、蝶番《ちょうつがい》のように曲がるのはすべて腰のところだから、これだけ上背《うわぜい》はあっても、シャトルを低く左右に振れば届かないかもしれない。またしても彼はロッカーの鍵を開け、スーツ、シャツ、靴を詰めこみ、肩をすくめ、扉をバタンと閉めて、鍵をかけ、鍵穴から抜き取る。掌《てのひら》にちゃんと収まっているのを見つめたあと、鍵についている紐をほどき、足元のゴミ箱を蹴り開けて紐を放りこみ、ハーフパンツの右側のポケットに鍵をしまう。

「用意はできましたか？」彼は訊く。待たせていたのが彼ではなく、私だったかのように。

私たちはコートに向かう。エドがラケットをくるくるまわし、まだ自転車いじめのくそトラック運転手か、頭の悪い雇用主か、明らかにされていない苛立《いらだ》ちの原因に文句をつぶやきながら、大股で先を歩いていく。行き方を知っているということは、ここでひそかに練習していたにちがいない。おそらく、私に挑戦状を叩きつけてからずっと。職業柄、私はふだん静かな場所でいっしょにすごしたくないような連中とうまくやっていくしかないが、この若者には堪忍袋《かんにんぶくろ》の緒が切れかけていた。バドミントン・コートは、目にもの見せてやるのにふさわしい場所だ。

★

その最初の夜、私たちは苛酷な七ゲームを戦った。記憶にあるかぎり、選手権も含めて、あのときほど若い対戦相手を打ち負かそうと固く決意したことも、必死でプレーしたこともなかった。私は四ゲームに勝ったが、いずれも辛勝だった。エドはうまいが、幸いショットが安定せず、それが私には有利に働いた。それでも若いわりに巧みだし、リーチも私より十五、六センチ長いことを考えれば強敵だ。ありがたいことに、集中力にはむらがある。最初の十数点まではスマッシュやロブやドロップショットで攻めたて、足を踏み出し、こちらの攻撃を拾い、予想外のあらゆる角度に体を動かすので、私もついていくのに苦労する。だが、そこからの三、四ラリーはスイッチが切れて、勝つ気も失せたかのように見える。そのあとまた復活するのだが、時すでに遅しなのだ。

最初のラリーから最後のラリーまで、私たちはひと言も交わさなかった。たんにエドが勝手に責務として引き受けたスコアの几帳面《きちょうめん》なコールと、しくじったときの「くそ！」という声が響くだけだった。最終ゲームに入るころには十数人の観客が集まっていたにちがいない。最後にはまばらな拍手も起きた。そしてそう、エドは足の動きが鈍かった。さらにそう、上背があるにもかかわらず、低い位置のショットにまごつき、最後の瞬間に間に合わなくなった。

とはいえ、すべて終わってみれば、エドは意外にも品位ある態度で戦って敗れたと言わざるをえなかった。ラインの判定に抗議することも、プレーのやり直しを要求することも、一度もなかった。〈アスレティカス〉にかぎらず、ほかのどんな場所でも、つねに見られる態度ではない。しかもエドは試合が終わるとすぐに、どうにかにっこりと笑ってみせた。笑ったのは、近づいてきて以来初めてだった。悔《くや》しがってはいるが、あくまで堂々としていて、予期していなかっただけにいっそういい笑顔だった。

「本当に、すばらしい試合でした、ナット。いままでいちばんだった、そう」エドは私の手を握って上下に振りながら、心をこめて請け合う。「時間があったら、ぐいっと《スヌート》どうです？　おごりますけど」

〝スヌート〟？　私はイギリスから離れすぎていた。それとも〝一服《スノート》〟と言ったのか？　エドがブリーフケースからコカインを出して私に吸わせようとしているという馬鹿げた考えが頭に浮かんだ。が、たんにバーで品よく一杯飲みませんかと誘っていることに気づいたので、悪いがエド、今晩は遠慮しておく、用事があるから、と断わった。用事があるのは本当だった。またしてもジャイルズから夜中の引き継ぎ事項があったからだ。今回は、ひとりだけ残った女性要員、暗号名〈スターライト〉で、どうにも手が焼けてまったく信用ならない相手だと私は思っているが、ジャイルズは彼女の価値を見抜いたと確信している。

「それなら来週、リベンジ・マッチは？」そろそろ私にもわかってきた彼の資質である粘り強さで、エドがたたみかける。「どちらかがキャンセルすることになってもかまわないので。ぼくが予約しておきます。どうです？」

これにも私は正直に、いまは少々厳しい時期なのでまたにしよう、いずれにせよ次の予約は私がする、今度は私の番だ、と答える。また奇妙な上下運動の握手があり、別れたあと最後に見たときには、エドはまた体をふたつに折ってズボンの裾留めをつけ、たいそう時代遅れの自転車から盗難防止のチェーンをはずしている。歩道に置いたら邪魔だろうと誰かに言われ、エドは、失せやがれと返す。

結局、翌週の月曜はできないとエドにショートメールを送らざるをえなかった。フローレンスがしぶしぶ道徳的な怒りをトーンダウンし、私の舞台裏での交渉も功を奏して、〈ローズバッド〉の足場が固まりつつあったからだ。エドから代わりに水曜を提案されたが、この週はずっと忙しいと断わるしかなかった。翌週の月曜になってもまだ綱渡りの状態は続き、やむなくエドにきちんと謝ったうえで試合をふたたび延期した。その週の残りの日も都合がつかず、度重《たびかさ》なるキャンセルに気がとがめたので、そのたびに礼儀正しく「問題ありません」と言われることにずいぶん救われた。三度目の金曜の夜になっても、翌週月曜だろうとほかの日だろうと、クラブに行けるかどうかは依然としてわからなかった。キャンセルすれば三週連続となる。

退勤時間をすぎた。〈ヘイヴン〉のシフトが週末の体制に移っていく。リトル・イリヤがまた居残りを申し出る。金が入り用なのだ。私の部屋の電話が鳴る。ドムだ。そのまま鳴らしておこうかと思うが、結局受話器を取る。

「喜ばしいニュースがあるのだ、ナット」ドムが公開の会合のときの口調で宣言する。「〈ローズバッド〉という名のレディがロシア課のお偉方に気に入られた。すでにわれわれの提案を運営理事会に上げて、最終決議と行動を待っている。愉《たの》しい週末をすごしてくれ。こう言ってよければ、それに値する仕事をしたよ」

「われわれの提案ですか、ドム？　それとも、たんにロンドン総局の提案？」

「われわれの共同提案だ、ナット、以前合意したとおり。〈ヘイヴン〉とロンドン総局は手に手を取って前進している」

「正式に認められた起案者は誰ですか、具体的に？」

「きみの果敢なナンバーツーが、見習いという地位にもかかわらず、この作戦の起案者に指定され、その立場で慣行にしたがって、来週金曜の午前十時半きっかりに運営理事会室で正式なプレゼンをおこなう。これで満足かな？」

書面で確認するまでは満足できない、ドム。私の協力者になりかけているヴィヴに電話をかけると、正式な確認のメールを送ってくれる。ドムと私が同等の立場で、フローレンスが公認の立案者。それでようやく、エドに心置きなくメールを送ることができる。急な話で申しわけないが、もしかして来週月曜に対戦できる可能性は？

ある、とエド。

★

今回は汗まみれのスーツも裾留めバンドもない。自転車いじめのくそトラック運転手や、頭の悪い雇用主への不平も、模造皮革のブリーフケースもない。たんにジーンズ、スニーカー、開襟シャツという恰好《かっこう》で、自転車ヘルメットの顎紐《あごひも》をはずしながら、本当にうれしそうな特大の笑みを浮かべている。まる三週間の昼夜の重労働のあとでは、そのうれしそうな笑みと上下運動の握手はさながら一服の清涼剤だったと言わざるをえない。

「最初は怖かったけど、ついに勇気を奮い起こしたというわけですね？」

「いまも足が震えてるよ」軽歩兵のきびきびした足取りで更衣室に向かいながら、私は陽気に応じる。

試合はまた接戦だった。ただ、今回は観客がいないので、よけいな緊張はなかった。前回同様、最後の数ラリーまで競り合いが続いたが、エドが小差で、しかし堂々と勝利した。私は腹立たしかったが、同時に安心もした――毎回こちらばかりが勝つ対戦相手を誰が求める？　試合が終わると、私は彼よりも早く例の〝スヌート〟のためにバーに移動しようと提案していた。月曜のバーにはちらほらとしか人がいないが、私は衝動か身についた習慣から、伝統的な〝監視者の隅〟へとまっすぐ進む。プールから離れて壁に面したふたり用の錫板《すずいた》のテーブルで、入口まで視線をさえぎるものがない。

これ以降、ふたりのどちらかが言いだしたわけでもないのに、そのぽつんと離れた錫板のテーブルが、ふだんの月曜の夜であれ、人目を忍ぶほかの平日の夜であれ、ドイツ語を話す気分になったときに私の母が言う〝いつもの席《シュタムティッシュ》〟になった――わが親愛なる同僚たち《シェール・コレーグ》に言わせれば、私たちの〝犯行現場〟に。

★

初めてのバドミントン後のビールは、よくある形式張ったものだろうと思っていた。敗者が最初の一杯を支払い、もしどちらかが続けて飲むなら勝者が次の一杯を買い、ありきたりな世間話をして、次の試合の約束をし、シャワーを浴びて、解散。エドは人生が夜九時から始まる年齢だから、こちらは一パイントだけ飲み、家に帰って目玉焼きでも作るつもりだった。ブルーはサザークで愛するプロボノのクライアントの世話に全力を注いでいる。

「仕事はロンドンですか、ナット？」ふたりのグラスがそろうと、エドが尋ねる。

私は、そのとおりだと答える。

「具体的には？」

これはクラブの通常の話題を超えているが、まあいい。

「じつはあちこち当たっているところでね」私は答える。「ここしばらくは外国で働いて生計を立てていた。いまは戻って、打ちこめる仕事を探している」そして、「とりあえず、古い友人のビジネスを手伝っているところだ」と定番の説明をつけ加える。「きみはどうなんだ、エド？　アリスからちらっと聞いたところでは、調査員だそうだが。そうなのかな？」

エドは、それまで誰からもそんな質問をされたことがなかったかのように、黙って考える。答えを先取りされたことに少々苛立っているように見える。

「調査員、まあ、そうですね」またしばらく考えたあと、「調査。なんというか、材料が入ってきて、仕分けして、それを顧客に渡す、そう」

「すると基本的に、毎日のニュースを扱う？」

「ええ、あらゆる種類の——国内、国外、フェイク」

「企業に勤めているんだね？」雇用主を罵《ののし》っていたのを思い出して、訊いてみる。

「そう、企業精神にあふれてますね。一線を越えると袋叩きにされる」

言いたいことはみな言ったのだろう。また黙って考えに沈んでいるから。しかし、彼は続ける。

「それでもドイツで二年ほど働いたんですよ」と自分を慰めるように言う。「あの国は大好きだったけど、仕事はあまり好きじゃなかった。だから帰ってきました」

「同じような職場に？」

「そうですね、たしかに同じ雑用だけど、部署はちがうんで。多少はましだろうと思って」

「だが、そうでもなかった」

「ええ。でも最後までがんばる、できる範囲で精いっぱいやる、ってとこです」

私たちがそれぞれの職業について話したのは、ほぼこれだけだった。私には充分だったし、エドも同様だったと思う。というのも、その後どちらかが仕事の話を持ち出した記憶がないからだ――わが親愛なる同僚《シェール・コレーグ》たちが、どれほど熱心にそうではないと願ったとしても。一方、今晩のことのように憶えているのは、職業について話すのをやめたとたん、あまりにも急に話題が変わったことだ。

しばらくエドは中空を睨《にら》みつづけ、その強張《こわば》ったしかめ面から判断すると、心のなかで深刻な問題について議論していた。

「ひとつ質問しても、ナット？」エドはふいに決意したように切り出す。

「もちろん」私は親切に答える。

「あなたを大いに尊敬していればこそなんです。知り合ったばかりだけど、試合をすれば、どういう人かすぐにわかりますからね」

「先をどうぞ」

「ありがとう、そうします。いろいろ考えた末、ナット、ぼくはこう思うんです。イギリスとヨーロッパ、ひいては世界じゅうの自由民主主義にとって、ドナルド・トランプの時代にイギリスがEUから離脱し、結果として、根深い人種差別とネオファシズムにまっすぐ向かっているアメリカに全面的に依存することは、まぎれもなく、最低最悪の大《クラスターファ》くそ災害《ツク》だ。で、質問は、この意見にあなたは大筋で賛成しますか？　それとも、腹立たしいからいますぐ席を立って消えてくれと思いますか？　イエスかノーで」

まだろくに知らない若者から唐突に政治的な同意を求められたことに驚き、私はプルーの表現でいう慎み深い沈黙を保つ。エドはいっとき、プールでしぶきを立てている人たちを見るともなく見て、私に眼を戻す。

「要するに、自分を偽ってあなたのまえに坐っていたくないんです。あなたのプレーも人柄も尊敬しているから。ぼくに言わせれば、ブレグジットは一九三九年以来、イギリスが踏みきったもっとも重大な決断です。人は一九四五年だと言うけれど、正直なところ、どうしてなのかわからない。だから訊きたいことはひとつだけ、ぼくの意見に賛成ですか？熱くなりすぎているのはわかってます。よく言われるので。ぼくを嫌ってる人間も大勢いる。はっきりものを言いすぎるから。事実、そうですからね」

「職場の話かね？」私は時間を稼《かせ》ぐために訊く。

「言論の自由ということで言えば、うちの職場はどうしようもない。どんな話題についても、強い信念にもとづいてものを言っちゃいけないんです。でないと、爪弾《つまはじ》きにされる。だから職場では口を固く閉じている方針です。無愛想だと思われている。とはいえ、みんなが厳しい真実を聞きたがらない場所は、ほかにいくらでもあります。少なくとも、ぼくからは聞きたがらない。みな西洋の民主主義は称《たた》えても、迫りくる敵のファシストと戦う義務は認識せず、楽な生活を送っていたいというわけです。ところで、あなたはまだぼくの質問に答えてませんね」

いまここではっきりさせたい。わが親愛なる同僚《シェール・コレーグ》たちに対して、まったく同じことを嫌《アド》というほど《・ノージアム》くり返したのだが、〝大くそ災害《クラスターファック》〟ということばはまだ語彙《ごい》になかったものの、私自身もブレグジットにはずっと腹を立てていた。私はヨーロッパで生まれ育ち、フランス、ドイツ、イギリス、旧ロシアの血を受け継いで、バタシーと同じくらいヨーロッパ大陸に懐かしさを覚える人間だ。トランプのアメリカで白人至上主義が優位になっているという、より大きな問題についても、まあ、エドと対立する立場ではない。わが親愛なる同《シェール・コ》僚《レーグ》たちの多くも、同じ意見のはずだ、たとえあとでどれほど中立なふりをしたがるにせよ。

だとしても、彼が求めている答えを返すのはためらわれた。第一の疑問はつねに、罠を仕掛けているのではないか、だ。私の口を割らせようとしている、あるいは、弱みを握ろうとしている？　これに対しては、絶対の自信で否定することができた。この若者にかぎって、この先もずっとそれはない。そこで第二の疑問は、汕頭出身のバーテンダー、フレッドがバーカウンターのうしろの鏡に貼りつけた手書きのメッセージ――〝ブレグジットの議論禁止！〟――を無視するのか？

そして最後に、秘密の任務を帯びているとはいえ、私も一公務員であり、政府の方針（などというものがあるとして）を支持すると誓ったことを忘れるのか？　それとも、ここにいるのは勇敢かつ誠実な若者で、たしかに変わり者だからみなに気に入られるわけではないが、それだけに私に言わせればむしろ好人物だ、と自分に言い聞かせる？　正しいことに心を向け、話に耳を傾けてくれる人を求めていて、あらゆる話題に過激な考えを抱いていることが家族の常識であるわが娘とほんの七、八歳しかちがわず、技術も態度も立派なバドミントンをする男だと？

ここにもうひとつ材料を加えよう。私としてもいまようやく認める気になったことだが、最初のありそうもない彼とのやりとりから心のなかで感じていたと思う。それまでの人生でめったに出会ったことのないものが、よりによってこれほど若い人間のなかにあることに気づいたのだ――すなわち、利得や嫉妬、復讐、権力拡大といった動機のない真の確信、本物の、交渉条件なしの確信が。

フレッドが冷えたラガーを紋章入りのフルートグラスにゆっくりと、慎重につぐ。そのグラスをまえにエドは考えこみ、霜のついた側面を長い指の先でつつきながらうなだれ、私の答えを待っている。

「うむ、エド」私はまじめに考えたようにとれるだけの時間をおいてから答える。「こう言おうか。そう、ブレグジットは実際、最低最悪の大くそ災害《クラスターファック》だが、時計の針を戻すために私たちにできることはあまりない。これで足りるかな？」

足りないのはふたりともわかっている。私の〝慎み深い沈黙〟など、エドの長々と続く沈黙のまえでは無に等しい。やがて私も、この長い沈黙が私たちの会話の自然な特徴だと考えるようになる。

「じゃあ、ドナルド・トランプ大統領はどうです？」彼はそれが悪魔の名前であるかのように、一音一音はっきりと発音する。「ぼくと同じく、彼を品位ある世界全体に対する脅威かつ攪乱《かくらん》要因と見なすかどうか。加えて、アメリカ合衆国の際限のないナチス化を粛々《しゅくしゅく》と進める主導者だと思いますか？」

すでに私は微笑んでいたにちがいないが、エドの打ち沈んだ顔にそれに応える光は見えない。エドは、私の柔らかな表情を除いた声だけの答えが聞きたいかのように、そっぽを向いている。

「それほど根本的ではないにしろ、そう、きみの意見に賛成だ。こう言って慰めになるかどうかはわからないが」私はいたわるように認める。「だが、彼も永遠に大統領じゃないだろう？　それに、憲法が彼を止める。好き放題はできない」

これでもエドには充分ではなかった。

「彼のまわりにいる視野狭窄《きょうさく》の狂信者どもはどうなんです。強欲を発明したのはイエスだと考えているキリスト教原理主義たちは？　彼らはいなくならない。でしょう？」

「エド」私はからかう口調で言う。「トランプがいなくなれば、連中も風に散る灰のようにいなくなるよ。さあ、もう一杯飲もう」

そろそろすべてを押し流す大きな笑みが見られるはずだと思ったが、見られない。その代わりに、テーブルの向こうから、エドが大きな骨張った手を伸ばしてくる。

「それならうまくいきそうだ。でしょう？」

私は握手に応じて、ああ、そうだねと言い、そこでようやく彼がわれわれのビールのお代わりを買いに行く。

★

その後の十数回の月曜夜の会合において、私はエドが言うことをいっさい否定もしなければ、水で薄めるようなこともしなかった。つまり、二度目の出会い——手帳によると

〝試合2〟——からこちら、バドミントンのあとのいつもの席《シュタムティッシュ》で、エドがそのときの火急の政治問題について独演会を始めない日はなかったということだ。

しかも、彼は回を重ねるにつれ上達した。最初の乱暴な集中砲火は忘れていい。エドは乱暴な男ではなく、ただ真剣に考えているだけだった。真剣すぎて取り憑《つ》かれたようになっていた、といまは断言できる。また、遅くとも〝試合4〟までに、最新情報まで知りつくしたニュース中毒者であることがわかった。ブレグジットであろうと、トランプ、シリア、あるいはほかの長期にわたる惨事だろうと、世界政治の舞台で変わったことがあるたびに、それはエドにとって重大な関心事になり、すげなくあしらうのはあまりにも思いやりに欠けると感じられるほどだった。われわれが若者に与えてやれる最大の贈り物は、時間である。私には、ステフにそれを充分与えられなかったという負い目がつねにあった。おそらくエドの両親も、息子の話を熱心に聞くほうではなかったのだろう。

わが親愛なる同僚《シェール・コレーグ》たちは、エドに時刻を教えるだけでも、私が彼を指導したことになると信じて疑わなかった。年齢差もあるし、私には〝職業的魅力〟があるのだから、と。それはまったくの戯言《たわごと》だ。彼の単純な寓話のなかでほぼ意見を同じくする聞き手と見なされたあとは、私などバスでたまたま隣に坐った他人と変わらなかった。私自身の意見がどれほど同情的だろうと、彼になんらかの印象を残したことは一度もなかった。いま振り返ってもそう思う。エドとしては、彼を不快にしたり、反論したり、たんに離れていって他人に話をもらしたりしない聞き手が見つかったことを、単純に喜んでいた。そうでない聞き手に対して彼が腹を立てずにイデオロギー的、政治的な議論ができるか、はなはだ疑問だからだ。どんな話題についても、口を開くまえから彼の意見がわかったことは、とくに気にならなかった。いわゆる単一争点の人間なのだ。そういうタイプは知っているし、何人かリクルートしたこともある。エドは地政学にうるさい。若くて、凝《こ》り固まった自説の範囲内ではきわめて知的で、そうした意見に反対すれば——私にそれを試す機会は結局訪れなかったが——たちまち怒りだす。

バドミントン・コートでの厳しい戦い以外に、私個人はふたりの関係から何を得たか？これもわが親愛なる同僚《シエール・コレーグ》たちがしつこくくり返した質問だ。審問されたときには、明確に答えられなかった。あとになってようやく、エドから分け与えられた道徳観が、良心への訴えのように自分に影響していたことを思い出したのだ。演説のあとには、少し恥じ入った、すべてを押し流す大きな笑みが続いて、それらすべてがまとまると、絶滅危惧種にある種の安全な隠れ場所を提供したという感覚になった。エドを家に招いて一杯やるか、いっしょに日曜のランチでもどうだろうとプルーに提案したときにも、そういうことを話したにちがいない。しかし、賢明なプルーは首を縦に振らなかった。

「あなたたちはお互いのためになってるみたい、ダーリン。あなただけが相手をするほうがいいわ。わたしが入ると邪魔になる」

そこで私は喜んで彼女のアドバイスにしたがい、ひとりでエドの相手をした。私たちのルーティンは最後まで変わらなかった。コートで力のかぎりプレーし、上着をはおり、ときにはスカーフを首に巻いて、いつもの席《シュタムティッシュ》に向かう。その日の敗者が最初の一杯をおごり、しばらく世間話をする。プレーの一部を振り返ったり、彼が私の家族のことをなんとなく訊いたり、私が彼の週末はどうだったかと尋ねたりして、互いに当たり障りのない答えを返す。やがて彼が気を持たせるように沈黙し——そこでしゃべってはいけないことを私はすぐに学んだ——そのときどきのテーマについて滔々《とうとう》と述べはじめる。私はそれに大なり小なり賛成するか、せいぜい、まあ落ち着きなさいとなだめつつ、年長の知恵者として笑う程度。辛辣《しんらつ》すぎる決めつけには、最大限に穏やかな口調で疑問を投げかけるが、それもめったになく、つねに用心しながらだった。初対面のときから、エドは傷つきやすいと直感していたからだ。

別の人間が彼のなかから話しているような気がすることもあった。ふつうに話すといい声なのだが、政治のことになるとそれが一オクターブ跳ね上がり、あるレベルに達するとずっと説教調でそこにとどまる。一度に長くは続かないが、ああ、この声の調子は知っている、ステフにもある、と考えるには充分だ。この声になると反論はできない。私などそこにいないかのごとく続くので、終わるまでうなずきながら聞いているのがいちばんなのだ。

話の内容？　ある意味で毎回同じものの寄せ集めだった。ブレグジットは自滅の道である。イギリスの大衆は、国民の味方であるふりをするひと握りのイートン校出身超富裕層の政治家たちによって、崖から落ちるまで行進させられている。トランプは反キリストで、プーチンも然り。瑕疵《かし》はあっても偉大な民主主義、そのもとで育った徴兵忌避の金持ちトランプには、現世だろうと来世だろうと救済はない。民主主義をついぞ知らないプーチンには、まだしも酌量の余地はある。このような段階を経て、断固たる反体制派というエドの思想が演説の顕著な特徴になった。

進展はあった、ナット？　わが親愛なる同僚《シェール・コレーグ》たちは訊いた。彼の見解は進化した？　何か絶対的な解決に向かっているような感じがした？　ここでも私は彼らを満足させることができなかった。エドは、この聞き手——つまり私——はだいじょうぶだと自信を深めると、いっそう自由に、遠慮なく発言したと言えるかもしれない。私のほうも、時とともに彼にとっていっそう感じのいい聞き手になったかもしれない。そもそも最初にビールを飲んだときから、感じが悪かった記憶は一度もないけれど。

ただ、いつもの席《シュタムティッシュ》ですごした何回かで、私はステフやプルーのことをあまり心配せず、勝手な行動をとる新しい要員や、運用者のあいだで数週間インフルエンザが流行して半分が使いものにならなくなっていることも忘れかけて、ほとんどの注意をエドに向けていた。それは認める。そんなときには、いつもより過激になったエドの発言のひとつふたつに対して、議論を吹っかけるというよりは、口調の激しさをたしなめるかたちで話に加わりたくなったかもしれない。だからその意味では、そう、進展とは言わないにせよ、親密の度合いが増すのは感じたし、エドもためらいがちにではあれ、ときどき自分を笑いとばすようにもなった。

だが、ひとつ言いわけをさせてほしい。己《おのれ》の無実を証明したいというのではなく、たんに事実を述べるだけだ。つまり、私はいつも身を入れて聞いていたわけではないし、完全にスイッチを切っていることもあった。〈ヘイヴン〉が厳しい状況にあるときには——そうなることがますます増えていたが——いつもの席《シュタムティッシュ》につくまえに忘れずオフィス用の携帯電話を尻ポケットに入れ、なんの役にも立たないのはわかりながら、エドがまくしたてているあいだにもこっそり確認していた。

それに、ときおりだが、若さゆえに無邪気で決めつけの激しい長広舌が癇《かん》に障ることもあって、そうなると私は、最後に彼と上下運動の握手を交わして別れたあと、まっすぐプルーのもとに帰る代わりに、遠まわりになる公園を通り抜けるルートをたどって、頭のなかが落ち着くのを待った。

★

最後に、バドミントンというスポーツがエドに、さらに言えば私にとって、どういう意味を持ったかについてひと言。不信心者から見ると、バドミントンは、心臓発作を怖れる肥満男向けのスカッシュの軟弱バージョンだ。だが、真の信者にとって、バドミントンはほかのどんなスポーツともちがう。スカッシュは叩き切って燃やすように戦う。一方バドミントンは、秘密行動、忍耐、スピード、予想外の反撃がすべてだ。じっと待ち伏せして、シャトルがゆっくりと弧を描いているあいだに奇襲を仕掛ける。スカッシュと異なり、バドミントンは社会階級と無縁で、パブリックスクールとは結びついていない。テニスやフットサルのような戸外の魅力もなく、美しいスイングをしても報われない。容赦《ようしゃ》のないスポーツであり、膝《ひざ》の負担は比較的少ないが、腰にはひどく悪いと言われている。しかし、スカッシュより速い反応が必要なのは周知の事実だ。選手同士の陽気なつき合いはほとんどなく、総じて孤独な連中がやっている。ほかのアスリートたちからは、幾分変人で友だちがいないように見られる。

私の父はシンガポール駐在時に現地でバドミントンをした。シングルスだけで。体力が衰えるまで陸軍のチームでプレーした。私とも。夏の休暇中には、ノルマンディーの浜辺で。あるいは、ヌイイの庭でネット代わりに洗濯紐《ひも》を張り、空いた手にスコッチの入ったマホガニーのタンブラーを持って。父はバドミントンをしているときが最高だった。私はスコットランドにある父の母校のろくでもないパブリックスクールに送りこまれたときにも、彼と同じくバドミントンをし、ミッドランドの大学に入ってからもプレーした。情報部で所在なく最初の海外赴任を待っているあいだも、同年代の訓練生を集め、ひそかに〈非正規要員《イレギュラーズ》〉というチーム名までつけて、飛び入りの参加者全員と対戦した。

エドは？　スポーツのなかのスポーツにどうやって改宗した？　われわれはいつもの席《シュタムティッシュ》に坐っている。エドは水晶占い師のようにラガーのグラスを見つめている。世界の問題を解決しているとき、自分のバックハンドのどこが悪いのか頭をひねっているとき、あるいはたんにしゃべらず考えこんでいるときにする仕種《しぐさ》だ。こちらのどんな質問も、彼にとっては単純ではない。万事について源《みなもと》までさかのぼらなければならないのだ。

「かよったグラマー・スクール（公立の中等教育機関）の体育教師が美人で」彼はついに口を開く。大きな笑み。「ある晩、ぼくたち数人を彼女のクラブに連れていってくれた。それが始まりでしたね。あの短いスカートと、まぶしいほど白い太腿《ふともも》を見たことが。そう」

6

ここで、わが親愛なる同僚《シェール・コレーグ》たちを啓蒙する材料として、私が〝墜落《フォール》〟前にたまたま知りえた、エドのバドミントン以外の生活についてすべて記しておく。いざ書き出してみると、それなりの分量だ。自分は訓練と習慣によって、聞いたことをいちいち記憶する人間だとわかっていなければ、われながら驚いたかもしれない。

エドは、イングランド北部のメソジスト派の鉱山労働者の旧家に十歳ちがいで生まれたふたりの子のうちのひとりで、曾祖父は二十代のときにアイルランドから移住してきた人だった。鉱山が閉鎖されると、エドの父親は商船員になった。

〝そのあと顔を合わせることはあまりありませんでしたよ。で、家に帰ってきて、待ち伏せされていたかのように癌《がん》になった〟――エド。

父親は古いタイプの共産主義者だったが、ソ連がアフガニスタンに侵攻した一九七九年に、党員証を燃やした。エドは彼の最期を看取ったようだ。

父親の死後、家族はドンカスターの近くに引っ越した。エドはグラマー・スクールに合格したが、どの学校かは訊かないでほしい。母親は空いた時間をめいっぱい使って成人教育の授業を受けていたが、やがてその授業は廃止になった。

〝母さんは、頭はよくても一定以上使わせてもらえなかったし、ローラの面倒も見なきゃならなかった〟――エド。

ローラは学習障害を抱え、体も一部不自由な妹だ。

十八歳になると、彼はキリスト教信仰を捨て、本人の言う〝包括的人間主義〟に移行した。私に言わせれば、神不在の反体制主義だが、気を遣って、彼にそう指摘するのはやめておいた。

エドはグラマー・スクールから〝新しい〟大学に進んだ。これもどの大学かは知らない。コンピュータ科学を専攻し、選択科目のドイツ語を学んだ。どういう学位を取得したのかは明かさなかったが、まずまずのレベルだろう。〝新しい〟というのは、エドらしい自己卑下の表現だ。

女性に関しては――これはエドにとってつねにデリケートな分野で、私もうながされないかぎり立ち入らなかった――女性たちが彼を好まなかったか、彼が女性たちを好まなかったかだ。国際問題への異様な執着と、ほかにも多少奇異なところがあったから、エドは人生の伴侶にするにはつらい相手だったのかもしれない。本人が自分の魅力に気づいていなかった節もある。

男友だちは？　いっしょにジムに行き、世直しを語り、ジョギングやサイクリングをし、パブで飲むような相手はいなかったのか。エドはひとりもそういう友だちについて話したことがなかった。人生にその種の人間がいなかったのではないかと思う。どこか心の奥で、名誉の勲章のように孤独を抱えていたのではないか。

私のバドミントンのことは人伝《ひとづて》に聞き、定期的な対戦相手として確保した。私は〝賞品〟だった。彼は私を誰とも共有したくなかった。

メディアが大嫌いなのに、なぜわざわざそういう仕事をしているのかというもっともな質問をぶつけると、エドは最初ことばを濁した。

〝どこかで求人広告を見て面接を受けた。筆記試験のようなものがあって、合格だ、入りたまえと言われた。まあ、そんなところです〟――エド。

職場に親しい同僚はいないのかと訊くと、無意味な質問だと言わんばかりに、黙って首を振るだけだった。

そして、私が知るかぎり孤独な彼の宇宙でただひとつの朗報は？　ドイツ。あくまでドイツだ。

エドはかなりドイツに入れこんでいた。私にもその傾向はある——母があまり認めたがらなかったドイツの遠い血縁が理由だとしても。エドはチュービンゲンで一年間学び、ベルリンのメディアで二年間働いた。なんにせよ、ドイツは最高、ドイツ国民は最上のヨーロッパ人だった。〝ドイツに敵《かな》う国はありませんよ、欧州の団結というものの理解に関しては〟——傲慢《ごうまん》な態度のエド。すべてをなげうってドイツで新しい生活を始めようかとも思ったが、そのときつき合っていたベルリン大学の研究生に反対された。私が思うに、その彼女の影響で、エドは一九二〇年代にドイツで昂揚《こうよう》したナショナリズムについて一種の研究をおこなった。彼女の研究テーマだったらしい。確実に言えるのは、そうした気まぐれな学習経験にもとづいて、エドが自信満々にヨーロッパの独裁者たちの台頭とドナルド・トランプの台頭とのあいだに不穏な共通点を見いだしていることだった。このテーマで話しはじめると、彼はいちばん高飛車《たかびしゃ》になった。

エドの世界では、ブレグジットの狂信者とトランプの狂信者を分ける線はなかった。どちらも人種差別主義で、外国人を嫌い、同じノスタルジックな帝国主義の祭壇に祈りを捧げている。話題がこの件に及ぶや、エドは客観性を完全に失った。トランプ主義者とブレグジット主義者が共謀して、生来ヨーロッパ人である彼の権利を奪おうとしているというのだ。ほかの点では孤独でも、ヨーロッパのことになると、エドはなんら良心の咎《とが》めなく自分の世代の代表だと宣言し、私の世代を指弾した。

いつもの厳しい試合のあと、〈アスレティカス〉の更衣室で、ふたりともいっとき疲れ果てて坐っていたときのこと。エドがいきなり自分のロッカーに手を突っこんでスマートフォンを取り出し、ある動画をぜひ見てほしいと言ってきた。トランプの重要閣僚が机のまわりに集まって、親愛なる指導者に永遠の忠誠を誓っている場面だった。「再生です、ナット。ほら」

「総統《フューラー》へのくそ宣誓ですよ」と息を詰めたような声で打ち明ける。

私は言われたとおり見た。そしてそう、胸が悪くなった。

エドに直接尋ねたことはないが、彼の世俗的なメソジストの魂にもっとも強く訴えかけたのは、ドイツの過去の罪に対する贖罪《しょくざい》だったと思う。暴れまわった偉大な国家は、世界に対してその罪を償《つぐな》わなければならない、という考えだ。あんなことをほかのどの国がしました？　エドは問いかけた。トルコがアルメニア人やクルド人の虐殺について謝ったことがありますか？　アメリカはヴェトナム人に謝りました？　イギリス人は地球の四分の三を植民地化して、そこにいる無数の人々を奴隷にしたことを償いましたか？

上下運動の握手について。エド自身は語らなかったが、ベルリンでつき合っていた娘のプロシア人家族のもとに下宿していた折に身についたのではないかと思う。その後もある種の奇妙な忠誠心によって、それが習慣になっていたのだろう。

7

陽光降り注ぐ春の金曜の朝十時。鳥たちもみなわかっている。フローレンスと私は早めのコーヒーで落ち合い――私はバタシーから、彼女はおそらくピムリコから――テムズのエンバンクメントを本部に向かって歩きだす。かつて情報部内の打ち合わせや帰省休暇で遠い外地の支局から戻ってくると、何基もの塔が飛び出して目立ちすぎる本部ビルの外観に圧倒されたものだ。ささやくような音で上下するエレベーター、病院のように明るい廊下があって、外の橋から観光客が見とれているこのキャメロット（アーサー王の宮廷があったという伝説上の町）に。

今日はちがう。

あと三十分たらずのうちに、ここ三年で初めてのロンドン総局総がかりの特別作戦について、フローレンスが〈ヘイヴン〉の認印の入ったプレゼンテーションをおこなう。しゃれたパンツスーツに、わずかな化粧。あがり症なのだとしても見た目にはわからない。この三週間、私たちふたりは完全に夜型の人間だった。〈ヘイヴン〉の窓のない作戦室に置かれた坐りの悪い架台式テーブルで向かい合い、街路地図、監視報告、電話やメールの傍受記録、〈オルソン〉に幻滅した愛人〈アストラ〉からの最新の連絡内容を、夜中すぎまで眺めて検討していた。
〈オルソン〉が点数稼《かせ》ぎのために、キプロス共和国に住む親モスクワのマネーローンダラーふたりにパーク・レーンのデュプレックスをまもなく使わせるという情報は、〈アストラ〉から初めてもたらされた。そのふたりはスロヴァキア人の子孫で、ニコシア（キプロス共和国の首都）に個人銀行を、シティに支社を持ち、ともにウクライナのオデーサ（旧表記はオデッサ）を拠点とするクレムリン承認の犯罪シンジケートに所属している。彼らが来ることを聞きつけた〈オルソン〉は、デュプレックス内の電子機器の一斉探索を命じたが、盗聴装置は見つからなかった。パーシー・プライスの潜入チームがその状況を変えるときだった。

不在の課長ブリン・ジョーダンの同意を得て、ロシア課もいくつかの点でこの件に独自にかかわっていた。ひとりの課員が、フローレンスの偽の勤務先である《デイリー・メール》紙の編集長に扮し、デュプレックスの夜勤のフロント係と取引した。〈オルソン〉のデュプレックスにガスを供給する会社も説得に応じて、ガスもれを報告した。気取り屋のエリックが率いる三人の潜入チームがガス会社の作業員を装い、コンピュータ室につながる強化スチールドアの錠前を写真に撮った。イギリスの鍵屋がすでに合鍵を作製し、コンビネーション解除の指導をしている。

あとは〝運営理事会〟として知られる本部のお偉方の全体会議で、〈ローズバッド〉に公式のゴーサインが出るのを待つばかりだった。

★

フローレンスと私は、手にしろ体のほかの部分にしろ、偶然触れることがないように双方気を遣いすぎるほど遣っていたが、それほど接触がなかったとしても、ふたりの関係は親密だった。年齢は離れているが、意外にもいろいろなところで人生が重なっているのがわかったのだ。フローレンスの元外交官の父親は、二期連続でモスクワのイギリス大使館に駐在し、妻と、フローレンスを長子とする三人の子供を帯同していた。私たち夫婦とは半年ちがいの赴任だった。

モスクワのインターナショナル・スクールにかよいながら、フローレンスは若い情熱のすべてをロシアの詩神《ミューズ》に捧げた。しかも、彼女の〝マダム・ガリーナ〟さえいた――ソ連時代の〝公認〟詩人の寡婦《かふ》である。その人は古《いにしえ》の芸術家のコロニー、ペレデルキノに壊れかけの別荘《ダーチャ》を持っていた。フローレンスがイギリスの寄宿学校に入るころには、情報部の人材発掘者がすでに注目していた。彼女がAレベル試験（イギリスの公立大学入学のための統一試験）を受けたときには、部内のロシア語担当学者を派遣して、その言語能力を調査した。結果、フローレンスは非ロシア人としては最高レベルと評価され、わずか十九歳でリクルートの声がかかったのだった。

大学では、情報部の監督のもとで勉強を続け、休暇のたびに訓練を兼ねて重要度の低い仕事をしていた。場所はベオグラード、サンクトペテルブルク、最後はタリンで、そこでも彼女が林業を学ぶ学生を装って働き、私が外交官の役柄を演じていなければ、出会っていてもおかしくなかった。フローレンスもランニングが大好きで、私が走るのはバタシー公園だが、彼女は驚いたことにハムステッド・ヒースを走るという。ハムステッドはピムリコからずいぶん離れているが（十キロ弱）と指摘すると、彼女は即座に、ドアツードアで現地まで行けるバスがあるからと答えた。時間ができたときに調べてみたところ、たしかにあった――二十四番線がハムステッドまで行っている。

フローレンスについて、ほかに何を知っていたか？　自然的正義（人為的正義に対して、自然法にもとづく正義）に対する身を焦がすような熱意がプルーを思い出させること。作戦行動の刺激が大好きで、それに並はずれた才能を有していること。情報部にたびたび憤慨すること。私生活についてはあまり語らず、守りが堅いと言ってもいいくらいであること。ある夜、長い一日の仕事が終わったあとで、ふと彼女のほうを見ると、自室で屈《かが》んで両手の拳《こぶし》を握りしめ、頰には涙が流れていた。私はステフとのつらい経験から学んだことがある——どうしたのと決して訊いてはならない。そっとしておくことだ。そこで何も訊かず、そっとしておいた。涙の理由は彼女だけが知っている。

しかし、今日の彼女は〈ローズバッド〉作戦以外、何も眼中にない。

★

あの朝の情報部最高幹部たちの集まりは、夢のような雰囲気で私の脳裡《のうり》に残っている。おそらくこんなふうだったという感覚、勤務時代終盤のいろいろなものの記憶として——最上階の会議室の陽光きらめく天窓や蜂蜜色のパネル、机の原告側に並んで坐ったフローレンスと私を見つめ、話を聞いている顔の数々。聞き手はみな前世から知っているような人たちばかりで、それぞれにちがった意味で尊敬に値する。ギタ・マースデンは、私がトリエステにいた時期の支局長で、最上階に昇りつめた最初の非白人女性。パーシー・プライスは、情報部でますます拡大する監視部門の長。リストは続く。ガイ・ブランメルは、恰幅《かっぷく》がよく狡猾《こうかつ》な五十五歳のロシア対策支援課課長で、目下ワシントンで呻吟《しんぎん》中のブリン・ジョーダンの代理を務める。われわれの姉妹組織、保安局《MI5》の幹部マリオンも来ている。そして、ガイ・ブランメルの覚えめでたいふたりの女性部員、ベス（北カフカス出身）とリジー(ウクライナ東部出身)。最後に、断じて軽んじてはならないロンドン総局長のドム・トレンチ。彼は地位の低い席に案内されるのを怖れて、ほかの全員が坐るまであえて部屋に入ってこない。

「フ、フ、フ、フローレンス」ガイ・ブランメルがテーブルの向こうから寛大な調子で切り出す。「きみの提案を聞かせてもらおうか」

気づくともう始まっている。彼女は私の横に坐っておらず、二メートルほど離れてパンツスーツ姿で立っている――年長者たちに知恵を語って聞かせる、むら気だが才能あふれるわが二年目の見習いフローレンス。〈ヘイヴン〉からはリトル・イリヤだけが来て、小妖精よろしく台本を手に映写ブースにうずくまり、スライドを操作している。

今日のフローレンスの声に情熱のうずきはない。ここ数カ月、彼女のなかで燃え盛っていた炎も、〈オルソン〉のために予約してある頭のなかの地獄の特等席も、ちらとも感じられない。私からは、感情を抑えて明快なことばを使うよう指示してあった。情報部の監視者の頂点に立つパーシー・プライスは熱心に教会にかよう男で、アングロサクソン流の虚辞には聞く耳を持たない。ギタも同様だろう、われわれ不信心者の流儀には寛容だとしても。

ここまでフローレンスは既定方針にしたがっている。〈オルソン〉の犯罪事件簿を読み上げるときにも怒っていないし、演説調でもない。いつもはほんの些細《ささい》なことでそうなるのに、法廷にいるプルーのごとく落ち着いている。私はプルーが礼儀正しく相手をぼろぼろに引き裂くのを見たいがために、ときどき法廷に寄って十分ほど傍聴するのだ。

まずフローレンスは、〈オルソン〉の説明できない富について話す――巨額のオフショア資産で、管理はガーンジー島とシティからされている。ほかにどこがある？　〈オルソン〉の海外資産は、マデイラ諸島、マイアミ、ツェルマット、黒海地域にもある。ブレグジット支持者を集めたロンドンのロシア大使館のパーティに〈オルソン〉が出席したことも、脱退推進者を支援する独立財団に百万ポンドの軍資金を寄付したことも、説明がつかない。フローレンスは、〈オルソン〉がブリュッセルでロシアのサイバー技術専門家六人と秘密裡に打ち合わせたことを指摘する。その六人には、西側の民主的なインターネットフォーラムに大規模なハッキングを仕掛けた容疑がある。ほかにもいくつかつけ加えるが、フローレンスは声ひとつ震わさない。

ターゲットのデュプレックスに隠しマイクを設置する提案をするときに初めて、彼女の冷静さが消える。イリヤのスライドが一ダースの隠しマイクをそれぞれ赤い点で示していたとき、マリオンが割りこんだのだ。

「フローレンス」彼女は厳しい口調で言う。「わからないんだけど、どうして未成年の子供たちに特別な装置を用いるの？」

このときまで、フローレンスが意表を衝《つ》かれて黙るのを見たことはなかったと思う。私は彼女の部門長としてあわてて助け船を出す。

「マリオンが気にしているのは、誰の部屋かに関係なく〈オルソン〉のデュプレックスのすべての部屋をカバーすることだと思う」と舞台袖《そで》でつぶやく。

しかし、マリオンは手をゆるめない。

「子供部屋に盗聴と監視の両方の装置をつけることは倫理的に問題ではないかと訊いているの。住みこみのベビーシッターの寝室にも同じことが言える、子供部屋ほどではないにしろ。それとも、〈オルソン〉の子供たちもベビーシッターも諜報的に重要ということ？」

フローレンスはすでに落ち着きを取り戻している。あるいは、私のように彼女を知っている者から見れば、戦闘準備を整えている。ひとつ息を吸うと、最上級のチェルトナム・レディーズ・コレッジの声で答える。

「子供部屋は、マリオン、とりわけ内密の話があるときに〈オルソン〉が仕事の友人たちを連れこむ場所なのです。ベビーシッターの部屋は、子供たちが休暇でソチの海岸に行っていて、ベビーシッターと妻が〈カルティエ〉で宝石を買っているときに、彼が娼婦と性行為をする場所です。情報源〈アストラ〉によると、〈オルソン〉は女性としているあいだに自分の賢い取引について自慢するのが好きなようです。それは傍受すべきと考えました」

だが、問題は解決している。誰もが笑っていて、ガイ・ブランメルの笑い声がいちばん大きい。マリオンでさえ笑っている。ドムもだ——つまり、笑い声は出なくても、相好《そうごう》を崩して体を揺すっている。参加者は立ち上がり、コーヒーテーブルのまわりにいくつか小さなグループができる。ギタがフローレンスに姉のような祝福を与える。私は見えない手に二の腕をつかまれる。最高に機嫌がいいときでも不愉快になることのひとつだ。

「ナット、すばらしい会合だった。ロンドン総局の株も上がるよ。〈ヘイヴン〉の株も、きみ自身の株も」

「愉《たの》しんでいただけて何よりです、ドム。フローレンスは将来有望な職員です。起案者として認識されたのはよかった。こういうことは見落とされがちだから」

「それと、うしろからずっと声をかけて調整していただろう」ドムは、私がチクリとやったことには気づかないふりをして返す。「よく聞こえたよ。あの父親のような思いやり」

「それはどうも、ドム、ありがとう」私は気前よく応じ、この男は何を企んでいるのだろうと思う。

首尾よく運んだ仕事の余韻に浸りながら、フローレンスと私は陽の当たる川沿いの歩道をのんびりと歩いて帰る。互いに話しかけるが、話しているのはほとんどフローレンスだ。〈ローズバッド〉が自分たちの予言の四分の一の成果でもあげれば、まず確実に言えるのは、〈オルソン〉のロンドンにおけるロシアの傀儡《かいらい》としての役割は終わる。そして、まわりつづけるシティの洗浄機によって南半球に蓄えられた〈オルソン〉の汚れた金の山も消え去る。それこそフローレンスの切なる願いだ。

★

ふたりとも何も食べていなかった。何日も夜更かしが続いたせいで時間の感覚もおかしくなっていた。私たちは地下鉄に乗るのをあとまわしにして、パブに飛びこむ。ふたりきりで話せる奥の席を見つけ、フィッシュパイとブルゴーニュの赤のボトルを頼んで——ブルゴーニュはステフも好きで、魚が大好きなところも同じだ、とフローレンスに教えずにはいられない——今朝《けさ》の会議を、適度にぼやかしたことばで振り返る。実際には、ここに記したよりはるかに長く、技術的な会議だった。たとえば、パーシー・プライスと気取り屋の住居侵入担当エリックは、監視対象の選別と傍受、対象となる靴や衣類への装置挿入、ヘリコプターまたはドローンの使用といったことについて情報を提供した。さらには、潜入チームがまだ対象のデュプレックス内にいるあいだに〈オルソン〉と取り巻きたちが予定より早く帰ってきたらどうするか。答えは、この建物で空き巣狙いの通報がありましたと制服警官から伝え、皆さん、捜査のあいだどうか警察のバンでお茶でも飲んでいてくださいと案内する。

「これで終わり、ですね？」フローレンスは二杯目、もしかすると三杯目の赤ワインのグラスをまえに物思いにふける。「無事生還。市民ケーン、おまえの時代がついに来た」

「太ったレディが歌うまでオペラは終わらない」私は釘を刺す。

「それはいったい誰のこと？」

「大蔵省の小委員会の祝福が必要なんだ」

「メンバーは？」

「大蔵省、外務省、内務省、国防省から高級官僚がひとりずつ。加えて、入会を認められ、言われたとおりに働く点で信頼できる国会議員数名」

「何をするの？」

「作戦にゴム印を押して、本部に実行を求める」

「たんなる時間の浪費ね、わたしに言わせれば」

地下鉄で〈ヘイヴン〉に戻ると、イリヤがいち早く帰っていて、時のヒロイン、フローレンスによる偉大なる勝利を報告していた。六十五歳のリトアニア人で気むずかし屋のイーゴリでさえ、部屋から出てきて彼女と握手し、ジャイルズの異動には後任が誰だろうとロシアの陰謀が絡んでいたと心中ひそかに考えているにもかかわらず、私とも握手する。私は自室に逃げこみ、ネクタイと上着を椅子の背にかけて、コンピュータを終了しようとするが、そこで家庭用の携帯電話が鳴る。プルーだろうと思い、もしかするとついにステフがかけてきたのかと期待して、上着のポケットに手を突っこむ。出てきたのはエドで、暗い声だ。

「あなたですか、ナット？」

「驚いたな。そうだ。きみはエドにちがいない」私は茶化して答える。

「ええ、そう」長い間。「ローラのことなんです。月曜ですが」

学習障害の妹、ローラだ。

「かまわないよ、エド。ローラのことで忙しいなら、キャンセルしてまたにしよう。日を言ってくれれば、空いてるかどうか確かめる」

しかし、エドがかけてきた理由はちがう。別のことが起きている。エドの場合、いつもそうだ。充分長く待てば、話しはじめる。

「四人がいいと言うんです」

「ローラが？」

「バドミントンをやりたいと、そう」

「ああ、バドミントンか」

「そういう気分になると、もうあとには引かなくて。うまくはありません。というか、すごくうまくはない。でも、まあ、懸命にプレーする」

「なるほど。いいじゃないか。で、どういう四人でやる？」

「ミックスです。あとひとり女性が必要です。あなたの奥さんとか」エドはプルーの名前を知っているが、口に出せないようだ。私は「プルー」と言ってやり、彼は「そう、プルーです」と言う。

「プルーは無理だ、エド、残念ながら。訊いてみることもできない。月曜の夜は不運なクライアントのための法律相談があってね。話しただろう？　そっちで誰か見つけられないか？」

「いや、頼む相手がいません。ローラはすごく下手《へた》なんです、じつは」

すでに私の眼は、フローレンスの部屋と自室を隔てる曇りガラスのドアに移っている。彼女はこちらに背を向けて坐り、同じようにコンピュータを終了している。だが、何かを感じたらしい。私は話すのをやめたが、電話を切ってはいない。彼女が振り返り、こちらをじっと見て、立ち上がり、ガラスドアを開けて首を突き出す。

「ご用ですか？」

「ああ。きみはすごく下手なバドミントンができるか？」

8

エド、ローラ、フローレンスとダブルス戦をすることになっている月曜の前夜。プルーと私は、私のタリンからの帰還以来まぎれもなく最高の週末をすごしている。ふたりとも、私が家にずっといることにまだ実感が湧かず、互いに注意しつつ慣れていかなければならないと感じている。プルーは庭仕事が大好きだ。私は草を刈り、重いものを持ち運ぶ担当だが、ほかの最良の仕事は、六時になると同時にジントニックを作って彼女に渡しに行くことだ。彼女の法律事務所が請け負った大手製薬会社相手の集団訴訟はうまくいっており、ふたりとも喜んでいる。もっとも、日曜の朝が彼女のひたむきな弁護士チームとの〝ワーキング・ブランチ〟につながりがちなことは、ほんの少し喜ばしくない。彼らの討議をわずかながら聞いた範囲では、年季の入った弁護士団というより、陰謀を企てるアナーキストの寄り合いという感じがするからだ。プルーにそう言うと、大声で笑い、「だってまさにそのとおりだから、ダーリン！」と言う。

午後はふたりで映画を観に行った。憶えているのは愉《たの》しんだことだけで、何を観たかは忘れてしまった。帰宅すると、プルーがいっしょにチーズスフレを作るわよと宣言した。スフレ作りは往年のダンスの料理版だとステフは断言するが、私たちは大いに気に入っている。私がチーズをおろし、プルーが卵を泡立てる。フィッシャー＝ディースカウを大音量でかけていたので、プルーがミキサーから親指を離すまで、オフィス用の携帯電話が鳴っているのがわからなかった。

「ドムだ」私が言い、プルーが顔をしかめる。

私はリビングルームに移動してドアを閉める。情報部の仕事ならプルーは知りたくないというのが暗黙の了解になっているからだ。

「ナット、日曜に邪魔をして申しわけない」

私はそっけなくではあるが、かまわないと言う。ドムの穏やかな口調から、〈ローズバッド〉に大蔵省のゴーサインが出たと言うつもりだろうと推測する。月曜まで待ってもなんら差し支えない情報でありながら、待たなかったのだ。

「いや、厳密にはまだだ、あいにく、ナット。いつ出てもおかしくないんだがね、ぜんぜん」

厳密には？　どういう意味だ？　たとえば、厳密には妊娠していないなんてことがあるか？　とにかく彼がかけてきた理由はちがう。

「ナット」最近ドムの癖になった、一文おきに〝ナット〟を入れるこの話し方が、私に警戒を命じる。「無理を承知で、ひとつどうしても頼みたいことがある。ひょっとして明日は空いてないか？　月曜は何かとむずかしいのはわかってるが、今回だけでも？」

「何をするんですか？」

「私に代わってノースウッド（イギリス軍の軍事司令部が集まっている町）に行ってもらいたいのだ。多国籍司令部だ。ノースウッドに行ったことは？」

「ありません」

「ふむ、ならばこれが千載一遇のチャンスだ。われわれのドイツの友人たちが、モスクワのハイブリッド軍事作戦（正規戦、非正規戦、サイバー戦などを組み合わせた作戦）について、とびきりの情報を仕入れたらしい。NATOの専門家も出席する。きみの得意分野だと思うが、どうだろう」

「その場で何か発表しろとか？」

「いや、いや。そういうことはぜったいしないほうがいい。まったく場ちがいだ。きわめて汎ヨーロッパの集まりだから、イギリスの声は歓迎されない。いい知らせがある。きみのために車を手配した。最高級車で、運転手つきだ。現地まできみを送り届け、会議がどんなに長くてもずっと待っていて、またバタシーに連れ帰ってくれる」

「ロシア課の仕事でしょう、ドム」私は苛立《いらだ》って言い返す。「ロンドン総局ではなく。まして、どう考えても〈ヘイヴン〉ではない。ロシア課の手伝いのようなものじゃないですか」

「ナット。ガイ・ブランメルが資料を見て、この会議でロシア課として果たすべき役割はないと私に直接言ってきたのだ。つまり実質上、きみはロンドン総局だけでなくロシア課もひとまとめにした代表ということになる。だから気に入ってもらえると思った。二重の名誉だ」

名誉でもなんでもない。ただのうんざりする雑用だ。とはいえ、好むと好まざるとにかかわらず、私はドムの部下であり、それはどうしようもない。

「わかりました、ドム。車は必要ありません。自分で運転するので。ノースウッドに駐車場はあるでしょう？」

「それはいかんぞ、ナット！　ぜひ使ってくれ。ヨーロッパの品のいい会議だ。情報部もいいところを見せないと。車の件はどうしても譲れない」

私はキッチンに戻る。プルーが眼鏡《めがね》をかけてテーブルにつき、スフレがふくらむのを待ちながら、《ガーディアン》紙を読んでいる。

★

ついに月曜の夜。エドとのバドミントン、彼の妹ローラのためのミックスダブルスゲームの夜だ。しかし、私も私なりに待ちわびていた。ノースウッドの要塞の地下室に幽閉されて、ドイツ人の発表する統計に耳を傾けるふりをする暗い一日をすごしたあとだったからだ。会議の合間の休憩時間には、ビュッフェのテーブルのまえに従僕よろしく突っ立って、ヨーロッパのさまざまな諜報の専門家たちにブレグジットの件を謝っていた。到着と同時に携帯電話を取り上げられたので、篠《しの》突く雨のなか、運転手つきのリムジンで帰宅の途についてようやく、ヴィヴに電話をかけることができ――ドム本人は〝手が空いていない〟という新しい技を使っている――〈ローズバッド〉に関する大蔵省小委員会の決定は〝一時的に保留〟になっていると告げられた。ふだんなら必要以上に心配はしないのだが、ドムの〝厳密にはまだだ〟が頭から離れない。

雨のラッシュアワー、バタシー・ブリッジで渋滞につかまる。私は運転手に〈アスレティカス〉に直行してくれと伝える。建物のまえに乗りつけたところで、ビニールのレインコートに身を包んだフローレンスがポーチの階段を上がって消えていくところに追いつく。

ここからの出来事は注意深く記録しなければならない。

情報部のリムジンから飛び出し、フローレンスに大声で呼びかけようとした矢先、あわてててダブルスの話を決めたせいで彼女との口裏合わせができていなかったことに私は気づく。われわれは誰なのか。どうやって知り合ったのか。エドが電話をかけてきたときに、どうしてたまたま同じ部屋にいたのか。すべて説明をつけるために、できるだけ早く相談しなければならない。

★

エドとローラがロビーで私たちを待っている。エドは大きな笑みを浮かべ、古風なオイルスキンのコートを着て浅い帽子をかぶっている。商船員だった父親の形見だろう。ローラは彼のコートの陰に隠れて脚につかまり、出てこようとしない。小太りで、髪は茶色い縮れ毛、輝かしい笑みに、青いチロルふうのドレス。彼女にどう挨拶《あいさつ》するか――立ったまま陽気に手を振るか、エドのうしろにまわって握手するか――決めかねていると、フローレンスが跳ねるように彼女に近づいて、「まあ、ローラ、なんてすてきなドレス！　買ったばかり？」と訊く。それにローラはにっこりと微笑んで、「エドが買ってくれたの、ドイツで」とハスキーな深い声で答え、憧れるように兄を見上げる。

「世界でドレスを買うべきただひとつの場所ね」フローレンスは断定すると、ローラの手を取り、肩越しに「じゃああとで」と言い残して、颯爽《さっそう》と女子更衣室に向かう。エドと私は呆然《ぼうぜん》と彼女を見送る。

「いったいどこであんな人を見つけたんです」明らかに興味をかきたてられたエドが、それを隠しながら不満げにつぶやく。私はまだフローレンスと合意していないその場しのぎの作り話を半分聞かせるしかなくなる。

「誰かの有能な秘書ということしか知らない」とことばを濁し、次々と追加の質問を投げられるまえに男子更衣室に歩きはじめる。

だが安心したことに、更衣室に入るやエドは、オバマ時代のイランとの核合意から離脱したトランプについて怒りを爆発させる。

「これをもって今後アメリカのことばは公式に無効とします」と宣言する。「あなたも同意しますか？」

「同意する」私は答える。どうかこのまま、私がフローレンスに話を吹きこむまで怒りつづけてくれ。エドの頭に、私が職探しをしているビジネスマンではない、という考えが浮かぶかもしれないと思うと気が気ではなく、できるだけ早くフローレンスを捕まえるつもりだった。

「それと、あの輩《やから》がオタワでしたこと」——ハーフパンツをはきながら、まだトランプについて語っている——「知ってます？」

「なんだね？」

「イランに関してあのロシアが善人に見えるようなことをしでかしたんですよ。どんなに金をかけても、これはできないことだと思う」彼は暗く満足した様子で言った。

「とんでもないことだな」私は同意し、フローレンスと少しでも早くコートに立つのがいちばんだと考えている。もしかすると彼女は〈ローズバッド〉について私の知らないことを聞きつけているかもしれない、それも訊こう、と。

「そしてわれわれイギリス人は、アメリカとの自由貿易を欲するあまり、はい、ドナルド、いいえ、ドナルド、なんでも仰せのとおりに、ドナルド、アルマゲドン（新約聖書「ヨハネの黙示録」に出てくる善と悪の最終決戦）までついていきます」顔を上げて、こちらをまっすぐ、まばたきせずに見つめる。「でしょう、ナット？　どうです？」

　私はふたたび同意し——いや、三度目だったか——通常、エドが世界を正そうとするのは、いつもの席《シュタムティッシュ》でラガーを手にしてからだったことにふと気づく。だが、エドはまだ話し終えていない。私には好都合だ。

「あれは純粋なヘイターです。ヨーロッパが大嫌いだと本人も言っているし、イランを憎み、カナダを憎み、条約を憎んでいる。誰を愛してるんでしょうね」

「ゴルフとか？」私は言ってみる。

三番コートは隙間風が入り、ガタがきている。クラブ裏手の独立した建物のなかにあるので、観客も通りかかる人間もいない。だからエドはここを予約したのだろう。ローラのための試合だから、ほかの誰にも見られたくなかったのだ。私たちはぶらぶらしながら女性たちが出てくるのを待つ。ここでも私とフローレンスが知り合った経緯《いきさつ》をエドが知りたがって、厄介《やっかい》な質問をする可能性はあったが、私は引きつづきイランに関する話をうながした。

女子更衣室のドアがなかから開いた。着替えをすませたローラひとりが、おぼつかない足取りで通路に出てくる——新品のショートパンツ、汚れひとつないチェック模様のシューズ、チェ・ゲバラのTシャツ、まだ包装されたままのプロ仕様のラケット。

オフィスの服装ではなく、プレゼン用のパンツスーツでもなく、雨にぐっしょり濡れた革の上下でもないフローレンスの登場——自由で、すらりとして、自信にあふれ、エドが思春期に憧れた輝かんばかりに白い腿《もも》をスコートからのぞかせている、ふつうの若い女性だ。私は彼を盗み見る。感心しているというより、すっかり無関心な表情を浮かべている。

私自身の反応は、滑稽《こっけい》な怒りだ——フローレンス、きみはそんな恰好《かっこう》をしてはいけない。そこでどうにか自分を抑え、家族思いの責任感のある夫かつ父親に戻る。

私たちは唯一筋の通ったペアを組む。ローラとエド対フローレンスとナットだ。しかし実際のところはローラがネットに張りつき、飛んでくるシャトルをとにかくはたき落として、そこで失敗したものをエドが拾う。一方、フローレンスと私には、ラリーとラリーのあいだにひそかにことばを交わすチャンスがたっぷりできる。

「きみは誰かの有能な秘書だ」私はコートのうしろの床からラケットでシャトルを掬《すく》い上げているフローレンスに言う。「私がきみについて知っているのはそれだけだ。私はきみの上司の友人だ。そこから話を作ってくれ」

答えなし。答える必要もない。まさに有能。エドはローラの片方のシューズの紐《ひも》を結び直している。ほどけたとローラが言っているだけかもしれない。ローラにとってはエドの注目がすべてなのだ。

「われわれは私の友人の職場でたまたま出会った」私は続ける。「きみがコンピュータで作業をしているところに、私が入っていった。あとはお互い何も知らない」そして、あとから思いついたように、もっと小声で、「私がノースウッドに行っていたあいだに〈ローズバッド〉について何か聞かなかったか？」

それらすべてについて、ほんのわずかの返答もない。

私たちはネット際のローラを除いて三人で打ち合う。フローレンスは天与の才能に恵まれたアスリートだ。難なくタイミングを合わせ、反応する。ガゼルのように敏捷《びんしょう》で、本人のためにならないほど優美だ。エドはいつものように跳ねたり踏みこんだりしているが、ラリーの合間にはひたすら床を眺めている。フローレンスに対するわざとらしい無関心は、ローラを思ってのことなのだろうか。妹を怒らせてはいけないということで。

また三人のラリーが続き、ローラがついに、あたしはのけ者だわ、もう愉《たの》しくない、と叫ぶ。エドが両膝をついて彼女を慰めるあいだ、すべてが休止する。フローレンスと私にとっては、おのおの腰に手を当てて気軽に向き合い、作り話を完成させるのに絶好の瞬間だ。

「私の友人できみの雇い主は、商品先物トレーダーで、きみは上級臨時職員だ」

しかし、フローレンスは私の話にうなずく代わりに、不満を訴えるローラと、妹を元気づけようとするエドに注意を向ける。「ねえ、あなたたち、いますぐ分かれて！」と叫びながらネットに駆け寄り、パートナーの交換を命じる。ここからは男対女の決死の戦い、三ゲームマッチ、サーブはわたしから、と言って反対側のコートに行こうとするので、私は彼女のむき出しの腕をつかむ。

「それでいいね？　聞いてるな？」

彼女はくるりと振り向いて私を睨《にら》みつける。

「もう腐りきった嘘はたくさん」大きな声で言い返す。眼が燃えている。「彼に対しても、誰に対しても。わかった？」

わかった。だがエドはどうだろう。ありがたいことに、わかっている様子はない。フローレンスはネットの向こうにまわり、エドの手からローラの手を引き離して、彼に私のほうに行けと命じる。私のほうによこす。私たちは壮大な試合を戦う。世界の男対世界の女。フローレンスは自分のほうに飛んできたシャトルのすべてで猛烈に攻撃する。男性チームの多大な協力もあって、女性チームは見事勝利し、ラケットを高々と掲げて、誇らしく更衣室に引きあげる。エドと私も男子更衣室へ。

恋愛問題なのだろうか。私は自問している。あのとき私が目にしてそっとしておいた孤独な涙は？　それともあれは、情報部の精神科医たちが嬉々《きき》として〝ラクダの背症候群〟と呼ぶ事例なのか。話してはならないことが積み重なって、突然自分より重くなり、その負担に耐えきれなくなって一時的に倒れてしまうという。

ロッカーからオフィス用の携帯電話を取り出して通路に出、フローレンスにかけると、この番号は使われていませんという自動録音が聞こえる。さらに数回かけてもつながらない。私は更衣室に戻る。エドがシャワーから出て、首にタオルをかけ、板張りのベンチに坐っている。

「思ったんですが」彼は私が一度部屋から出て戻ってきたことに気づいた様子もなく、嫌々《いやいや》ながらというふうにつぶやく。「その、つまり、あなたにその気があればですけど、食事でもどうですかね。バーではなく。ローラはバーが苦手なので。どこか別の場所で。四人いっしょに。ぼくが払います」

「いまから？」

「ええ、気が向けばですけど。どうです？」

「フローレンスと？」

「いま言ったとおり、われわれ四人で」

「どうして彼女が空いているとわかる？」

「わかります。本人に訊いたので。いいと言ってました」

急いで考えてから、ああ、いいだろう、と答える。チャンスが見つかり次第――できれば食事のあとよりまえのほうがいい――フローレンスがいったい何を考えているのか確かめるのだ。

「通りの先に〈金月亭《ゴールデン・ムーン》〉という店がある」私は提案する。「中華だ。遅くまでやっている。そこに行ってみてもいいけれど」

言い終わるか終わらないうちに、暗号化されたオフィス用の携帯電話が鳴る。フローレンスだ、ようやく。よかった。情報部のルールにしたがわなくなったかと思えば、今度はみんなで食事ときた。

　プルーから用事だ、といったことをつぶやきながら、私はまた通路に戻る。だが、かけてきたのはプルーでも、フローレンスでもない。〈ヘイヴン〉の今夜の当直イリヤだ。私はついに小委員会が〈ローズバッド〉にオーケイを出したという、あまりにも遅い、いまさらながらの知らせだろうと思う。

　ところが、イリヤが連絡してきた理由はちがう。

「緊急連絡です、ナット。友だちの農夫から、ピーターへ」

〝友だちの農夫〟とは、ジャイルズから引き継いだヨーク大学のロシア人研究生〈ピッチフォーク〉のことだ。〝ピーター〟は〝ナット〟と読み替える。

「内容は？」私は訊く。

「できるだけ早く来てほしいと。代理ではなく、あなた自身が。最高レベルの緊急事態だそうです」

「彼自身がそう言ってるのか？」

「そっちに転送しましょうか、お望みなら」

　私は更衣室に戻る。馬鹿でもわかる《ノー・ブレイナー》、とステフなら言うだろう。われわれは、ときにろくでなし、ときに善《よ》きサマリア人になり、ときには大まちがいをしでかす。けれども、窮地に陥った要員を見捨てたら彼は永遠にいなくなる、というのがわが導師ブリン・ジョーダンの口癖だった。エドはまだベンチに坐ってうなだれ、両足を広げて床を見つめている。そのあいだに私は携帯電話で鉄道の時刻表を調べる。ヨーク行きの最終列車は五十八分後にキングズクロス駅を出る。

「つき合いが悪くて申しわけないが、今日は失礼する、エド」私は言う。「いずれにしろ、中華はあまり好みじゃない。ひどいことになるまえに手当てしたほうがいい仕事がちょっとあってね」

「たいへんですね」エドは顔を上げずに言う。

私はドアに向かう。

「ああ、ナット」

「なんだね？」

「ありがとう。オーケイ？　とても親切にしてもらって。フローレンスにも感謝します。本人に伝えましたが。ローラにとってすばらしい一日でした。あなたが中華料理に来られなくて残念だ」

「私もだ。北京ダックを食べるといい。パンケーキとジャムがついてくる。どうした、いったい？」

エドは芝居がかった仕種《しぐさ》で両手を広げ、絶望したように首をぐるぐるまわしている。

「ひとつ教えましょうか？」

「すぐすむなら」

「誰かが勇気を出してトランプの解毒剤を見つけなければ、ヨーロッパはひどいことになる」

「その誰かとは？」

答えはない。エドはまた頭を垂れて考えに沈み、私はヨークへ向かう。

9

私は誠実に行動している。世界じゅうの要員運用者《エージェント・ランナー》が墓場まで持っていく、あらゆる訴えに応えている。曲は変わり、歌詞も変わるが、最後はいつも同じ歌だ――こんな自分に耐えられない、ピーター、ストレスで死にそうだ、ピーター、裏切りの重荷は自分には大きすぎる、愛人に逃げられた、妻にだまされている、隣人に疑われている、犬が車に轢《ひ》かれた、手首を切るなと自分を説得できるのは、世界じゅうでただひとり、調教師《ハンドラー》のあんただけだ。

なぜ要員運用者は毎回駆けつけるのか？　彼らに負い目があるからだ。

とはいえ、ほとんど活動しないことで知られる〈ピッチフォーク〉に、私はあまり負い目を感じないし、発車が遅れたヨーク行きの列車に坐っていちばん心配しているのも、彼のことではない。車内はロンドンへの遠足帰りで騒ぎまくる子供たちでいっぱいだ。私は、諜報の世界では歯磨き並みに当たりまえの作り話をフローレンスが拒否したことについて考えている。いまだに具体化しない〈ローズバッド〉作戦のゴーサインについて考えている。プルーに電話をかけて、今晩は家に帰れないがステフから連絡はあったかと訊いたときの彼女の返答について考えている。

「クリフトンにしゃれた新しい部屋を借りて引っ越したと言ってたわ。誰といっしょなのかは知らないけど」

「ク、ク、クリフトン。家賃はどのくらいだ？」

「こちらからは訊けないの。メールの一方通行だから」プルーもこのときばかりは声の絶望を隠しきれない。

プルーの悲しい声が耳に響いていないときには、フローレンスが私を愉《たの》しませてくれる——〝もう腐りきった嘘はたくさん。彼に対しても、誰に対しても。わかった？〟。すると今度は、ドムが運転手つきの車を出すと言って以来ずっと心に引っかかっている疑問がまた首をもたげる。ドムは理由なしに何もしないからだ、それがどんなにひねくれた理由であれ。フローレンスのオフィス用の携帯電話にまた数回かけてみるが、やはり同じ録音につながる。だが、私の心はまだドムにある——なぜ今日、私を遠くに追い払いたかった？　フローレンスが母国のために嘘をつかないと決意した理由は、ひょっとしてあんたなのか？　国のために嘘をつく職業を選んだ場合、その決意はかなり重大だが？

だから、無料の《イブニング・スタンダード》紙の陰に隠れて長々と数字を打ちこみ、要員〈ピッチフォーク〉の物足りない履歴《りれき》を引き出して没頭するのは、ピーターバラをすぎてからになる。

★

彼の名前はセルゲイ・ボリソヴィッチ・クズネツォフ。ここからはわが職業で知られたあらゆるルールに反して、彼をたんにセルゲイと呼ぶ。サンクトペテルブルク生まれで、父親も祖父もチェキスト（秘密警察の職員）。祖父は内務人民委員部《ＮＫＶＤ》（レーニンが設立した秘密警察チェーカーを前身とし、のちにＫＧＢ〔国家保安委員会〕となる組織）の名誉大将にまでなり、クレムリン墓地に埋葬された。父親は元ＫＧＢ大佐で、チェチェンで複数の傷を負った末に死亡した。ここまではいい。しかし、セルゲイが本当にこの高貴な家系の末裔《まつえい》なのかどうかには疑問が残る。

わかっている事実からすれば、末裔というほうに傾く。だが、その事実がたくさんありすぎることから、かえって怪しいと言う者もいる。十六歳のときに、セルゲイはペルミ近郊の特別な学校に送られた。物理に加えて〝政治戦略〟――謀略と諜報の婉曲《えんきょく》表現――を教える学校だ。

十九歳で彼はモスクワ大学に入る。物理と英語できわめて優秀な《マグナ・クム・ラウデ》成績を収めて卒業すると、次は休眠工作員《スリーパー・エージェント》を育成する特別な学校で訓練を受けた。本人の証言によると、二年間の課程の初日から、どこであれ最初に送りこまれた西側の国に亡命しようと決意していたらしい。だからこそ、夜十時にエディンバラ空港におり立つが早いか、〝イギリス情報部の高官〟に話したいことがあると丁重に申し出たのだった。

セルゲイがそのようにした表向きの理由はわからなくもない。若いころから彼は、アンドレイ・サハロフ、ニールス・ボーア、リチャード・ファインマンや、わが国のスティーヴン・ホーキングといった、物理学と人間主義の輝ける存在をひそかに信奉していたそうだ。つねに万人のための自由、万人のための科学、万人のための人間主義を夢見てきた。野蛮な独裁者ウラジーミル・プーチンとその邪悪な業績をどうして憎まずにいられるだろう。

セルゲイはホモセクシャルであることを自認していた。これだけでも同級生や教師に知られたら即座に追放される理由になったはずだ。しかし彼が言うには、そうならなかった。どうにかヘテロセクシャルを装い、女性ともつき合って、そのなかのふたりとはベッドインまでした――本人曰《いわ》く、偽装のために。

以上すべての具体例として、困惑顔の聴取担当官《デブリーファー》たちのまえの机に置かれた、思いがけない宝箱を見てほしい――スーツケース二個にリュックサック一個、そのなかには本物のスパイが使用する道具一式が入っている。ほぼ最新の化学物質を染みこませた秘密筆記用のカーボン紙、手紙を書き送るためにデンマークにいる偽のガールフレンド、カーボン紙の見えないインクで行間に書かれた秘密のメッセージ、キーホルダーに仕込まれた超小型カメラ、初動資金としてスーツケースの底に隠された十ポンド紙幣と二十ポンド紙幣が三千ポンド分、ワンタイムパッド（乱数列を一回ごとに替えて使う暗号運用法）の束、食後の珍味《ボン・ブーシュ》として、緊急事態のときにのみ使用するパリの電話番号。

偽名の訓練教師や訓練生の似顔絵、教わったスパイ技術、受けた訓練内容、ロシアの忠実な休眠工作員としての神聖な任務に至るまで、セルゲイはすべてを語り、自分の使命をマントラのようにすらすらと唱えた――懸命に学べ、同僚の科学者たちから信頼されろ、彼らの価値観と哲学を取り入れろ、彼らの学術雑誌に寄稿しろ。緊急時にはいかなる理由があっても、在ロンドン・ロシア大使館内の縮小著しい支局《レジデントゥーラ》に連絡してはならない。誰もきみについて聞いたことはないし、いずれにせよ、支局は休眠工作員の世話をしないからだ。彼らはエリート集団であり、彼らだけからなるモスクワ・センターのチームによって、事実上生まれたときから手塩にかけて育てられ、統制されている。上げ潮を待て、毎月センターに連絡しろ、毎晩母なるロシアの夢を見ろ。

唯一興味深い点は――デブリーファーたちにとっては興味を超える事実だったが――こ

れらすべてに何ひとつ新しい情報、売り物になる情報が含まれていなかったことだ。セルゲイが明かした情報はすべて、従前の亡命者がすでに明らかにしていた。人物も、指導方法も、諜報技術《トレードクラフト》も、スパイの玩具まで。玩具のふたつに至っては、情報部の本部一階のものものしいビジター用〝ブラック・ミュージアム〟に模型が展示されているほどだった。

★

デブリーファーたちが留保条件をつけたにもかかわらず、目下不在のブリン・ジョーダン率いるロシア課は〈ピッチフォーク〉に亡命者向けの最高のもてなしをした。食事やサッカー観戦に連れ出し、デンマークの偽のガールフレンドに毎月書き送る、同僚の科学者たちの行状に関する報告書作成を手伝い、彼の部屋という部屋に盗聴器を仕掛け、通信を傍受し、ときにはひそかに監視もつけて、待った。

だが、なんのために？　多額の費用がかかった六カ月、八カ月、十二カ月がたっても、モスクワ・センターの調教師《ハンドラー》からはなんの音沙汰もなかった。暗号が含まれた手紙も、含まれていない手紙も、eメールも、電話も、あらかじめ決められた民放ラジオ番組であらかじめ決められた時刻に流れる魔法のフレーズも、何ひとつ。モスクワは彼を見捨てたのか？　彼の亡命を見抜いた？　彼がホモセクシャルであることに気づき、こちらに寝返ったという結論にたどり着いた？

不毛なひと月、またひと月がすぎるにつれ、ロシア課の辛抱も消え果て、ついに〈ピッチフォーク〉は〝現状維持および消極的発展〟のため、あるいは、ジャイルズに言わせると〝三重スパイがいるとしたら、こいつはあらゆる点でそれに近いから、厚手のゴム手袋と特別に長いトングで扱うために〟〈ヘイヴン〉預かりとなった。

三重スパイの徴候があったとすれば、昨日のがそれだろう。しかし、私の経験にもとづくかぎり、今日のセルゲイ・ボリソヴィッチは、ロシアの終わりなき二重スパイゲームで一時もてはやされて捨てられた哀れな一プレーヤーにすぎない。そして、そろそろヘルプボタンを押す頃合いだと彼は心を決めたのだ。

★

騒々しい子供たちが食堂車からいなくなった。私は隅の席にひとりで坐り、セルゲイに支給してある携帯電話にかけて、二月にジャイルズから儀式めいた引き継ぎを受けたときと同じ、落ち着いた無表情の声を聞く。電話をもらったようだが、と私が言うと、彼は礼を言う。どうしている、と訊くと、だいじょうぶだ、ピーター、と答える。ヨークに着くのは十一時半をすぎるが、今晩じゅうに会いたいか、それとも明日まで待てるか？　今日は疲れているから、ピーター、明日のほうがいい、ありがとう。〝最高レベルの緊急事態〟など、しょせんそんなものだ。私は〝従来の手順〟に戻るがそれでいいかと訊く。どれほど疑わしい人間だろうと、課報技術《トレードクラフト》に関して現場の要員にはつねに最終決定権があるからだ。ありがとう、ピーター、従来の手順でかまわない。

ひどいにおいのするホテルの部屋から、もう一度フローレンスのオフィス用携帯電話にかけてみる。すでに真夜中すぎだ。また耳障りな電子音声。ほかの番号を知らないので、〈ヘイヴン〉にいるイリヤにかける。〈ローズバッド〉について何か新しい情報は入っていないか？

「すみません、ナット、情報のじょの字も」

「ふざけたことは言わなくていい」私はむっとして言い返し、電話を切る。

ひょっとしてフローレンスから連絡はなかったか、彼女のオフィス用携帯電話がつながらない理由を知らないか、と訊いてもよかったが、イリヤは若くて興奮しやすい。〈ヘイヴン〉じゅうが大騒ぎになるのは避けたかった。現役のメンバーは全員、勤務時間外に携帯電話が使えないときのために固定電話の番号も登録しておかなければならない。フローレンスが最後に登録した番号はハムステッドだ。そこでジョギングするのが好きだと言っていた。両親とピムリコに住んでいるという話とはかならずしも平仄《ひょうそく》が合わないのだが、気づいた者はいないようだ。もっとも、フローレンス自身が明言したとおり、二十四番線のバスはある。

ハムステッドの番号にかけると、留守番電話につながったので、メッセージを残す。顧客セキュリティ担当のピーターと申しますが、あなたの口座がハッキングされましたので、保護のために至急次の番号にご連絡ください。私はウイスキーを大量に飲んで、眠ろうとする。

★

私がセルゲイに主張した〝従来の手順〟とは、彼が活動中の将来有望な二重スパイとして扱われていたころのやり方だ。ピックアップの場所は、ヨーク市競馬場の前庭。セルゲイはバスで来て、前日の《ヨークシャー・ポスト》紙を持っている。彼の担当官は情報部の車を道路の待避所に駐めて待っている。セルゲイは、接触が敵に見張られていないことをパーシー・プライスの監視チームが確かめるあいだ、人混みのなかをぶらぶら歩く。敵の存在は、一般に想像されるほど非現実的ではない。こちらの監視チームが安全を確認すると、セルゲイはのんびりとバス停留所に向かい、時刻表を見る。新聞が左手にあれば中止。右手にあれば準備完了だ。

これに対して、引き継ぎの儀式でジャイルズに教えられた独自考案の手順は、従来どおりではなかった。場所は大学構内のセルゲイの居室で、スモークサーモンのサンドイッチとそれを流しこむウォッカ一本つきというものだ。自己責任でやるとなると、偽装もこれほどいいかげんになるのか？　そのときジャイルズはオクスフォードから人材引き抜きにやってきた教授で、私は彼のヌビア王国の奴隷のような付き添いだった。

まあ、今回はスモークサーモンなしの従来の手順に戻る。私はおんぼろのヴォクソール車を借り出した。そのときレンタカー会社が提供できた精いっぱいの車だった。片眼でミラーを見ながら運転する。何を探しているのか自分でもわからないが、とにかく探している。あたりは灰色で、霧雨が降っていて、予報ではこれから雨脚《あまあし》が強まるという。競馬場までの道はまっすぐで平坦だ。ローマ人たちもここで競走したのかもしれない。白いガードレールが左側を飛んでいく。目のまえに、旗を飾った門が現われる。買い物客や、雨の日の愉しみを探している人々のあいだを、私は歩行者のスピードでじりじりと進む。

するとバス停留所に、たしかにセルゲイが立っている。バスを待つ小さな集団のなかで、黄色い時刻表を見ている。《ヨークシャー・ポスト》紙を右手に持ち、左手には台本になかった楽譜用のカバンをさげ、カバン上部にたたんだ傘を差し入れている。私は停留所の数メートル先に車を停め、窓を開けて、「よう、ジャック！　憶えてるか？　ピーターだ!」と叫ぶ。

最初、彼は私の声が聞こえないふりをする。型どおりの行動だ。休眠工作員の学校で二年学べばそうなる。それから戸惑ったように振り向き、私を見つけて、驚きと喜びを装う。

「ピーター! 懐かしい。あんただったのか。いや、信じられないな」

オーケイ、もう充分だ。さあ、なかへ。彼は入る。私たちは見物人のために形だけの抱《ほう》擁《よう》を交わす。セルゲイはバーバリーの新しい薄茶色のレインコートを着ている。それを脱ぎ、たたんで、大事そうに後部座席に置くが、楽譜カバンは両脚のあいだに挟んでいる。車を発進させるとき、停留所にいた男が隣の女にしかめ面をしてみせる。いまの見たか? 中年のホモ男が真っ昼間にかわいい商売男を拾ったぞ。

われわれのあとから発進した乗用車、バン、バイクはないか、私は気をつけて見ている。目に入るものはない。従来の手順では、セルゲイは事前に行き先を告げられないし、この時点でも教えられない。引き継ぎで会ったときより痩《や》せて、怯《おび》えているように見える。もしゃもしゃともつれた黒髪に、悲しげな、誘惑しているような眼。細長い指でダッシュボードをトントン叩きつづける。大学の部屋では、椅子の木製の肘《ひじ》掛けを同じようにトントンやっていた。新しいハリスツイードのスポーツジャケットは、肩幅が広すぎる。

「カバンに何が入っている?」私は訊く。

「書類だよ、ピーター。あんたに」

「書類だけか？」

「お願いだ。とても重要な書類だから」

「それはよかった」

セルゲイは私のそっけない態度に動じない。予想していたのだろう。いつもこうだと思っているのかもしれない。私を見下しているのかもしれない、おそらくジャイルズを見下していたように。

「ほかに身につけているものはないか？　楽譜カバンの書類は別として、服とかほかの場所に、私が知っておくべきものは？　撮影したり、記録したり、そういうものはないな？」

「ないよ、ピーター、ぜったいに。すばらしい知らせがあるんだ。あんたも喜ぶ」

仕事の話は行き先に着くまでもうしない。ディーゼルエンジンのうなりと車体が発する騒音で、彼が何か言っても聞こえないし、オフィス用スマートフォンに録音できない、〈ヘイヴン〉に伝えられないといったおそれがあるからだ。私たちは英語で話していて、私がロシア語に切り替えようと決めるまでそうする。ジャイルズはロシア語がまったくできなかった。私はできるということをセルゲイに教えても益はない。私は町から三十キロほど離れた丘の上を選んでいた。荒野を見晴らす好展望という触れこみだが、登ったあとで車を駐めてエンジンを切ったとき、見えるのは眼下の灰色の雲とフロントガラスに叩きつける雨だけだ。諜報技術《トレードクラフト》の掟にしたがうなら、邪魔が入ったときにふたりがどういう人物を装うか、次にいつどこで会うかということについてはすでに合意し、緊急を要する心配事があるのかどうかを聞き出していなければならない。だが、セルゲイは膝《ひざ》の上に楽譜カバンを倒してのせ、ストラップをはずして、なかから封印されていない茶色のA4サイズのパッド入り封筒を取り出している。

「ついにモスクワ・センターが連絡してきたんだ、ピーター。まる一年たったあとで」学者的な尊大さと抑えきれない興奮のあいだの何かとともに、宣言する。「明らかに重大なことだ。コペンハーゲンにいるアネッテがエロティックで素敵な手紙を英語で書いてきて、そこに秘密のインクで書かれた裏の内容を見ると、モスクワ・センターのぼくの運用責任《コントロー》者《ラー》からだった。あんたのために英語に訳しておいた」といって封筒の中身を説明しようとする。

「ちょっと待ってくれ、セルゲイ」私はすでにパッド入り封筒を手にしているが、まだなかは見ていない。「最初に確かめておきたい。きみはデンマークのガールフレンドからラブレターを受け取った。それに必要な化学処理をほどこし、下から別の文書を浮かび上がらせ、その暗号を解き、私のために内容を英語に訳した。すべてをひとりで。誰の助けも借りずに。そういうことでいいかな?」

「そうだよ、ピーター。いっしょに辛抱した甲斐《かい》があった」

「その手紙がデンマークから届いたのは、正確に言うといつだ?」

「金曜の正午。自分の眼が信じられなかったよ」

「今日は火曜だ。きみは昨日の午後まで待ってから、こちらに連絡してきた」

「週末のあいだじゅう作業しながら、あんたのことを考えてた。昼も夜もうれしくて、心のなかで最初からまた現像したり、翻訳したり。ぼくたちの親友のノーマンがこの成功をいっしょに祝ってくれたら最高だったのに」

ノーマンとは、ジャイルズのことだ。

「つまり、モスクワのきみの調教師《ハンドラー》から来た手紙は、金曜からずっと手元にあったわけだ。その間、誰かに見せたりしなかったか?」

「見せてない、ピーター。早く封筒のなかを見て」

私は彼の要求を無視する。彼が何かに動揺することはないのか? 学術的な地位があるから、凡俗のスパイより上だというわけか?

「現像したり、暗号を解いたり、訳したりしているあいだ、手紙であれ、ほかの通信手段であれ、ロシアのコントローラーからなんらかの連絡があった場合にはただちに担当官に報告せよという絶対命令が、ちらっとでも頭に浮かばなかったのか？」

「もちろん憶えてる。だからそのとおり、暗号を解いたあとで――」

「きみにしろ、われわれにしろ、ほかの誰にしろ、何か行動をとるまえに、まず報告しなければならない。だからきみの聴取担当官《デブリーファー》は、きみが一年前にエディンバラ空港に到着するなり、現像用の薬品を没収したのではないのか？　つまり、きみ自身が現像できなくなるように」

私はなかば本気の怒りが収まるのを待った。しかしセルゲイは、私の恩知らずな態度に耐えているようなため息をひとつついただけだった。

「それで、薬品はどうした？　手近な薬局に飛びこんで、必要な成分を読み上げたのか？　聞いていた人間がみな、ああ、なるほど、こいつは秘密の手紙を現像したいのかと思うように？　大学内に薬局があるのかもしれないな。どうだ？」

私たちは並んで坐ったまま、雨の音を聞いている。

「お願いだ、ピーター、ぼくは馬鹿じゃない。バスで町に出て、ほかの薬なんかとごちゃ混ぜにして買ったんだ。現金で払った。会話はしなかった。そこは用心した」

同じ落ち着き。同じ生来の優越感。そう、たしかにこの男は指折りのチェキストの息子であり、孫なのだ。

★

ようやく私は封筒のなかを見ることにする。

まず出てきたのは、表向きの内容と秘密のメッセージが書かれたふたつの長い手紙をコピーしたり写真に撮ったりしたもの。セルゲイは私に見せるために現像の各段階でそれらを作成し、きちんと順番に並べて番号を振っていた。

次に出てきたのは、デンマークの消印の入った封筒。表にはヨーロッパ大陸の女性らしい文字で、彼の名前と大学構内の住所、裏には送り主の名前と住所が書かれている——アネッテ・ペデルセン、コペンハーゲン郊外にあるアパートメント・ハウスの一階五号室に住んでいる。

三つ目は、英語で書かれた表向きの手紙の原本。封筒と同じ女性らしい手書きで、びっしり六ページ分あり、稚拙《ちせつ》なことばで彼のセックスのうまさを褒《ほ》めたたえ、彼のことを考えるだけでオーガズムに達してしまうと書いている。

それから、現像により四桁《けた》の数字のかたまりが何列も並んだ裏の文書。そしてそれを彼がワンタイムパッドで解読したロシア語のバージョン。

そして最後に、私はロシア語を話さないとセルゲイが考えてみずから英語に訳した、平《アン》文《クレール》の文書。私はロシア語バージョンを見て顔をしかめ、さもわからないというふうに放り出すと、彼の英訳バージョンを取り上げて、二、三回読む。セルゲイは満足げな様子で、緊張を和らげるために両手をダッシュボードにのせている。

「モスクワの指示は、夏休みが始まったらすぐにロンドンに住む場所を借りろということだな」私は気軽な調子で訊く。「どうして彼らがそんなことをさせようとすると思う？」

「彼女が言うんだ」セルゲイはしゃがれ声で訂正する。

「誰が言うって？」

「アネッテが」

「つまり、アネッテは実在する女性なのか？　センターで女のふりをしている男ではなく？」

「本人を知ってるよ」

「生きた本物の女性を？　アネッテ、彼女を知っていると言うんだな？」

「そうだ、ピーター。作戦のためにアネッテと名乗ってるその本人を」

「そんな信じがたい発見をいったいどうやってした？」

セルゲイは出かかったため息を抑えて、説明が私の理解できない領域に入ることを示す。

「彼女は休眠工作員の学校で毎週一時間、ぼくたちに英語の授業だけをしてた。イギリスでの作戦活動の準備をさせた。とても興味深い事例をたくさん話して、ぼくたちの秘密の活動のためにたくさん助言と勇気を与えてくれた」

「その彼女の名前がアネッテなんだな？」

「講師も生徒もみんな仕事用の名前を使ってたから、彼女もそうしてたけど」

「そのときの名前は？」

「アナスタシア」

「アネッテじゃなかったわけだ」

「それは重要じゃない」

私は歯噛《はが》みして何も言わなかった。ややあって、セルゲイはまた私を見下す口調で話しはじめた。

「アナスタシアはかなりの知性の持ち主で、物理学の専門的な議論をすることもできる。彼女のことは、そっちの聴取担当官《デブリーファー》にくわしく話したよ。どうやら聞いてないみたいだね」

たしかに彼はアナスタシアについて報告していたが、これほど明確で熱のこもった説明ではなかったし、あまつさえ彼女が自称アネッテとして将来の連絡担当になるなどとは言っていなかった。デブリーファーが聞いたかぎりでは、彼女は経歴に箔《はく》をつけるために休眠工作員の学校に天下りした、よくいるモスクワ・センターの忠僕のひとりにすぎなかった。

「で、スパイ学校でアナスタシアと名乗っていたその女性自身が、きみにこの手紙を書いてきたと?」

「ぜったいそうだ」

「裏の文書だけ? それとも表向きの手紙も含めて?」

「両方だよ。アナスタシアはアネッテになってる。ぼくにはわかる識別信号なんだ。モスクワ・センターから来た聡明な講師アナスタシアは、コペンハーゲンに本当はいないぼくの情熱的な愛人アネッテになった。彼女の筆跡にも見憶えがある。アナスタシアが学校で講義してたときには、キリル文字の癖のないヨーロッパ流の書き方を叩きこまれた。彼女が教えることはすべてひとつの目的のためにあった——西側の敵に同化すること。〝そのうちあなたたちは彼らになります。彼らのように考え、彼らのように話し、彼らのように感じ、そして彼らのように書く。われわれの同志のままでいるのは、秘めた心のなかだけです〟。ぼくと同じで、彼女も昔ながらのチェキストの一族の出身だった。お父さんも、お祖父《じい》さんも。そのことをとても誇りに思っていた。最後の講義のあとでぼくを脇に呼んで、こう言った。あなたはわたしの名前を知らないけれど、わたしたちには同じ血が流れている、わたしたちは純粋で、古《いにしえ》のチェーカーで、ロシア人よ、あなたの偉大な仕事をわたしは心から祝福する、と。そしてぼくを抱きしめた」

わが記憶の耳に、過去の作戦行動からのかすかなこだまが響いたのはこのときだったろうか。おそらくそうだ。だからまず本能的に話題を変えようとした。

「きみが使っていたタイプライターは？」

「手動だけだよ、ピーター。電動のものはいっさい使わない。そういうふうに教わった。電動のものは危険すぎる。アナスタシア、アネッテ、彼女は電動派じゃない。伝統を重んじて、生徒たちにも伝統を重んじることを望んだ」

研《と》ぎすまされた自制の技術を用いて、私はアネッテまたはアナスタシアに対するセルゲイの執着を無視するふりをし、暗号を解かれて翻訳された裏の文書をまた読む。

「ノース・ロンドンから選んだ三地区のなかのひとつに、七月から八月にわたって、部屋かアパートメントを借りろとある——そうだな？　そのあと、きみのコントローラー——きみが言うには以前の女性講師——は内容を箇条書きにしている。こうした指示からわかることはあるか？」

「彼女はこういうふうに教えたんだ。作戦上の会合の手配では、ぜったい場所の選択肢を複数持たなければいけない。それで初めて、計画に変更が生じたときにも対応でき、安全が確保される。彼女の活動上の格言でもあった」

「このノース・ロンドンの地区のどれかに行ったことは？」

「ないよ、ピーター、一度もない」

「最後にロンドンを訪ねたのは？」

「五月の週末に一度。それきりだ」

「誰と？」

「そこは重要じゃない、ピーター」

「いや、重要だ」

「友だちと」

「男？　女？」

「そこは重要じゃない」

「つまり男か。その友人に名前はあるのか？」

答えなし。私は文書を読みつづける。

「七月から八月にかけてのロンドンで、きみはドイツ語を話すスイス人のフリージャーナリスト、マルクス・シュヴァイツァーを名乗る。くわしくは追加の文書にて。マルクス・

シュヴァイツァーという人物を知っているのか?」

「ピーター、そんな人は知らない」

「その偽名をこれまでに使ったことは?」

「ない、ピーター」

「聞いたこともない?」

「ない、ピーター」

「マルクス・シュヴァイツァーは、きみがロンドンに連れていった友だちの名前か?」

「ちがう、ピーター。それに、連れていったんじゃない。彼がついてきたんだ」

「きみはドイツ語を話す」

「そこそこ」

「デブリーファーによれば、そこそこどころではない。流暢《りゅうちょう》だということだった。それより、モスクワからの指示について、ほかにきみが何を説明できるか、興味があるんだが」

ここでまた私は彼を失う。セルゲイはエドのように思考に沈み、視線は雨の打ちつけるフロントガラスに釘づけになっている。かと思うと、いきなり宣告する。

「ピーター、申しわけないけど、ぼくはこのスイス人にはなれない。ロンドンには行かないよ。これは本当に腹立たしい。辞《や》めさせてもらう」

「私が訊いているのは、ロンドン北東部から選んだ三区画のうちのひとつで、この夏の二カ月、なぜモスクワがきみにドイツ語を話すフリージャーナリスト、マルクス・シュヴァイツァーになれと言っているかだ」私は彼の感情の爆発を無視して問いつめる。

「ぼくを殺害しやすくするためさ。モスクワ・センターのやり方にくわしい人間なら、誰でも推測できる。あんたはどうか知らないけど。センターにロンドンの住所を知らせることによって、どこでどうやってぼくを抹殺できるか、彼らに指示してるんだ。裏切者と疑われた人間はふつうこうなる。モスクワは喜んで、ぼくに最大の苦痛を味わわせる殺し方を選ぶ。だから行かないよ」

「少々手がこみ入りすぎていないか？」私は素知らぬ顔で言う。「きみを殺すためにわざわざロンドンまで呼び寄せるというのは。いまいるような場所に連れ出して、穴を掘り、撃ち殺して埋めればいいじゃないか。で、きみのヨークの友人たちには、きみは無事モスクワに帰ったと伝える。それで任務完了だ。どうして反論しない？　いまの心変わりは、きみが話そうとしない友だちに何かのかたちでかかわっているのかな？　ロンドンに連れていったという友だちに？　私は彼に会ったことすらあるような気がするんだが、そんなことがありうるか」

私はふと気づいて話を広げている。二足す二を五にして。思い出しているのは、セルゲイの大学の住まいでジャイルズと友好的な引き継ぎをおこなったときのことだ。ノックもなくドアが開いて、イヤリングをつけ、髪をポニーテイルにした明るい雰囲気の若者が顔をのぞかせ、「なあ、サージ（セルゲイの愛称）、もしあったら――」と言いかけて私たちに気づき、押し殺した声で「おっと」とつぶやき、まるで最初からいなかったかのようにそっとドアを閉めたのだ。

頭の別の場所では、記憶が急激に甦っていた。アナスタシア、仮名アネッテ、またはほかのどんな名前であれ、彼女はもはや私の過去のつかみどころのない影ではなく、名声と実務上の能力を兼ね備えた確固たる人物になっている。まさにセルゲイ自身が描写したような。

「セルゲイ」私はそれまでよりやさしい口調で問いかける。「夏にロンドンでマルクス・シュヴァイツァーになりたくない理由がほかにあるんじゃないか？　友だちと休暇をすごす予定があるとか？　いまの生活にはストレスが多い。気晴らしがしたくなったとしても理解はできる」

「彼らはぼくを殺すことだけを望んでる」

「もし本当に休暇の予定があって、きみの友だちが誰かということを教えてくれるのなら、私たち同士で納得のいくアレンジができるかもしれない」

「そんな予定はないよ、ピーター。あんたが勝手に想像してるんじゃないの。自分のほうこそ計画があるとか。ぼくはあんたのことを何も知らない。ノーマンは親切だった。あんたはまるで壁だ。ただのピーターだ。ぼくの友だちじゃない」

「だったら、きみの友だちは誰だ？」私はこだわる。「なあ、セルゲイ。われわれは人間だ。イギリスに来て単身で一年たったあと、友だちがひとりもいないなんてことは言わないでくれ。そう、たしかにこちらに報告すべきだったかもしれないが、それはいい。深刻なつき合いじゃないと考えよう。休暇をいっしょにすごす程度の相手だ。ひと夏のパートナーといったような。それの何が悪い？」

　彼はくるりと振り向いてロシア人らしく怒りをぶちまける。

「ひと夏のパートナーなんかじゃない！　ぼくの心の友だ！」

「ほう、だとすると、まさに彼はきみが必要としている友だちで、われわれは彼を幸せにしておく方法を考えなければならない。ロンドンではなく、別の場所を考えよう。彼は学生か？」

「大学院生だ。クリトゥールヌイで――」私にわかるように言い換えて、「教養がある、あらゆる芸術的なテーマについて」

「きみと同じ物理学専攻か？」

「いや。英文学。あんたたちの偉大な詩人、あらゆる詩人を専攻してる」

「きみがロシアのスパイだったことを知っているのか？」

「そんなこと知ったら、軽蔑される」

「イギリスのために働いていることも知らない？」

「彼はあらゆる欺瞞《ぎまん》を軽蔑する」

「それなら何も心配はない、だろう？　彼の名前をこの紙に書いてくれるだけでいい」

セルゲイは私のメモ帳とペンを受け取り、背中を向けて書く。

「それと、彼の誕生日も。まちがいなく知っているだろう」

彼はまた書き、ページを破り取ってふたつに折ると、傲岸《ごうがん》な態度でこちらに差し出す。

私はそれを開き、名前を一瞥《いちべつ》して、パッド入り封筒に入ったほかの提出物に加え、メモ帳を回収する。

「では、セルゲイ」完全に温かい調子で言う。「数日以内に、きみのバリーの件は解決しよう。前向きに。まちがいなくクリエイティブに。これで私としては、きみが協力しなくなったとイギリス内務省に報告しなくてすむ。だろう？　わが国の居住条件に違反したと言わずにすんだわけだ」

またフロントガラスに滝のような雨が降り注いだ。

「セルゲイは了解した」彼が告げる。

★

かなり長い距離を運転して、雨風がそれほどひどくないクリの木立の下に車を駐めた。隣に坐ったセルゲイは、上位者の超然とした態度で、景色を眺めるふりをしている。

「アネッテについてもう少し話そうじゃないか」私はいちばんくつろいだ口調を選んで提案する。「それとも、昔に戻ってアナスタシアと呼ぶことにしようか？　きみが彼女の講義を受けたときには、その名前だったわけだから。彼女の才能についてもっと聞かせてほしい」

「熟練の語学者で、女性としてもすばらしくて、博学で、スパイ活動の技術も最高だった」

「年齢は？」

「たぶん五十くらいかな。五十三歳とか。美人とは言えないけど、威厳とカリスマがあった。顔の表情にもね。ああいう女性は神を信じることができる」

セルゲイも神を信じている。聴取《デブリーフィング》ではそう言った。だが、彼の信仰に仲介者がいてはならない。セルゲイは知識人として、聖職者にまったく愛情を抱いていない。

「身長は？」

「一メートル六十五センチくらいかな」

「声は？」

「アナスタシアはぼくたちと英語でしか話さなかった。英語は明らかに超一流だった」

「彼女がロシア語を話すのを聞いたことがない？」

「ああ、ピーター、ないよ」

「ひと言も？」

「ない」

「ドイツ語は？」

「一度だけドイツ語を話したことがある。ハイネを暗唱したときに。ドイツロマン主義の時代の詩人だ。ユダヤ人でもある」

「きみの頭のなかでいま、あるいは彼女が話しているのを聞いたときでもいいが、彼女はどこの出身だと思う？　どの地域だと？」

これ見よがしに考えこむかと思いきや、彼はすぐに答える。

「身ごなしや黒い眼、肌の色、話しことばの抑揚なんかから考えると、ジョージアの生まれだという印象だった」

鈍くなれ、私はあわてて自分に言い聞かせる。平凡な職業人の自分になれ。

「セルゲイ？」

「何、ピーター？」

「バリーとの休暇の予定はいつだ？」

「八月いっぱい。巡礼者としてイギリスの文化と精神的自由の史跡をめぐる旅なんだ」

「大学の学期が始まるのは？」

「九月二十四日」

「だったら、休暇を九月に延期しないか？　バリーにはロンドンで大切な研究プロジェクトがあると言えばいい」

「それは無理。バリーはぼくについてきたがるだけだ」

しかし、私の頭ではさまざまな選択肢が渦巻いている。

「なら、こういうのはどうだ。たとえばだが、われわれのほうから、きみに正式な手紙を送る。そうだな、ハーヴァード大学の物理学科がきみのヨークにおけるすぐれた業績を称《たた》えるというような。そして、ハーヴァードのキャンパスで七月から八月にかけて、二カ月の夏期研究フェローシップを提案する。経費は全部あちら持ちで、謝礼金つき。バリーにはその手紙を見せ、マルクス・シュヴァイツァーとしてロンドンで働いたあと、きみがいなくなったところからふたりでやり直して、ハーヴァードが研究プロジェクトの謝礼でくれたありがたい金で人生を存分に愉《たの》しめばいい。それでうまくいくんじゃないか？　どうだね？」

「その手紙が本物らしくて、謝礼金が現実にもらえるのなら、バリーはきっとぼくのことを誇らしく思う」セルゲイは宣言する。

スパイのいくらかはヘビー級のふりをしているライト級だ。本人の意図と裏腹にヘビー級になるスパイもいる。記憶に火がついた私の読みちがいでなければ、セルゲイはヘビー級に昇格した。

★

車の運転席と助手席に坐り、私たちはふたりのプロとして、コペンハーゲンのアネッテにこれから送る返事について相談する。セルゲイが指示にしたがうというモスクワ・センター向けの裏の文書と、表の文書だ。後者についてはセルゲイのエロティックな想像力にまかせ、送るまえに両方を私に見せて了承を得る。

とくに私の都合を優先したわけではなく、セルゲイにとって女性の調教師《ハンドラー》のほうが働きやすそうだという結論が出たので、今後の日常活動にかかわることはすべてジェニファー、すなわちフローレンスにまかせると彼に伝える。とりあえず、セルゲイと引き合わせるためにジェニファーをヨークまで連れてきて、どういう偽装がふたりの将来の関係に最適かを話し合うことにする——ガールフレンドではないほうがいいだろう。ジェニファーは背の高い美人だから、バリーが気を悪くするかもしれない。私はセルゲイのコントローラーの地位にとどまり、あらゆる段階でジェニファーから報告を受ける。バドミントンのコートでフローレンスがどんな考えに取り憑《つ》かれたにせよ、このやり甲斐《がい》のある要員運用で彼女の士気はふたたび高まり、その技能も試される。私は胸の内でそう考えたことを憶えている。

ヨーク郊外のガソリンスタンドで、卵と発芽野菜のサンドイッチふたつと、炭酸入りのレモネード二本を買う。ジャイルズならまちがいなく〈フォートナム〉のピクニックバスケットを取り出しているところだろう。ピクニックを終えて、車に落ちた食べ物のくずをいっしょに拾ったあと、私はセルゲイをバス停留所でおろす。彼は抱擁《ほうよう》して別れようとするが、私は代わりに握手する。驚いたことに、まだ午後の早い時刻だ。私は車をレンタカー会社に返し、運よくロンドン行きの急行列車に乗ることができて、プルーを地元のインド料理店に連れ出す。情報部の話題には触れられないので、食事中は大手製薬会社の恥ずべき所業について話す。帰宅して、チャンネル4のニュースで一日の出来事に追いつき、その結論の出ない余韻のなかでベッドに入るが、私はなかなか眠れない。

フローレンスは私が残した電話のメッセージにまだ応えていない。〈ローズバッド〉に対する大蔵省小委員会の審判は、遅くに届いたヴィヴからの謎めいたメールによれば、〝いつ下ってもおかしくないけれど、まだ検討中〟だ。こうした卜占官《ぼくせんかん》（古代ローマで鳥の飛び方や鳴き声から吉凶を予言した祭司）たちのことばを私がふだんほど不吉に感じないとすれば、それはセルゲイと彼のアネッテが明らかにした思いがけないつながりを頭がまだ喜んでいるからだ。わが導師ブリン・ジョーダンの箴言《しんげん》が思い出される――スパイを長いこと続けていれば、ショーはかならずまためぐってくる。

10

その水曜の朝早く、私はカムデン・タウン行きの地下鉄に乗って、すっきりした頭で今後のせめぎ合う仕事について考えた。フローレンスの不服従をどこまで問題にすべきか。人事課に報告して、モイラを裁判長とする本格的な懲戒裁判を開始する？　そんな事態は避けたい。ドアを閉めて彼女と一対一で話すほうがいい。前向きな材料として、急速に進展している要員〈ピッチフォーク〉の案件をまかせるという褒美《ほうび》もある。

〈ヘイヴン〉の薄汚れた玄関に入るなり、異様な静けさにぎょっとする。イリヤの自転車はあるが、本人はどこにいる？　みなどこへ行った？　階段を二階まで上がる。音ひとつしない。ドアはすべて閉まっている。三階へ。フローレンスの部屋のドアはマスキングテープで封じられている。加えて、赤い〝入室禁止〟のサインが貼られ、把手《とって》にはスプレーワックスが噴射されている。だが、私の部屋のドアは開け放たれ、机の上にプリントアウトが二枚ある。

一枚目はヴィヴから届いた部内メモで、大蔵省小委員会による慎重な検討の結果、〈ローズバッド〉作戦は期待される成果に見合わない危険があるため取り消されたという正式通知。

二枚目はモイラから全関連部署に宛てた部内メモで、フローレンスが月曜日に情報部を辞職し、本部の契約解除規則にしたがって完全な離脱手続きがとられているという連絡。

★

いまは考えろ。危険評価はそのあとだ。

モイラによれば、フローレンスの辞職は、エドやローラと対戦するために彼女が〈アスレティカス〉に来るほんの四時間前だった。なるほど、それならあの常軌を逸した態度も説明がつく。なぜ辞《や》めたのだろう。一応、表向きの理由は〈ローズバッド〉作戦の取り消しだが、結論を急いではいけない。両方の文書を三度目にゆっくりと読み、私は階段のまえまで出て、両手を口の横に添え、叫ぶ。

「全員出てきてくれ、いま、いますぐ！」

わがチームのメンバーが閉まったドアの向こうからおそるおそる出てくると、私は話を聞いて——各人が知っているか話したいと思っている範囲内で——起きたことをつなぎ合わせる。私がノースウッドの闇の奥底にしっかり閉じこめられていた月曜の午前十一時ごろ、フローレンスがイリヤに、ドム・トレンチの部屋に呼ばれて話し合うことになったと言った。イリヤはたいてい信頼できる情報源だが、彼によると、フローレンスはその展開に興奮するというよりは不安がっていたという。

午後一時十五分、イリヤが階上《うえ》の通信デスクにつき、チームの残りのメンバーが階下《した》で昼食のサンドイッチを食べながらスマートフォンを眺めていると、ドムとの会合から戻ってきたフローレンスがキッチンの入口に立った。スコットランド人のデニーズは最初から序列がフローレンスにいちばん近く、彼女が忙しかったり休んだりしているときには代わりに要員の面倒を見ていた。

「彼女はそこにずっと立ってたんです、ナット、何分間も。みんな頭がいかれてるって言いたいみたいに、こっちをじっと見つめて」とデニーズが畏敬の念に打たれて言う。

「フローレンスは何か言ったか？」

「いいえ、ひと言も、ナット。ただわたしたちを見てました」

フローレンスはキッチンから自分の部屋に上がって内側から鍵をかけ――またイリヤの証言によると――「五分後に出てきました。〈テスコ〉の買い物袋に、サンダルと、机に置いてた亡くなったお母さんの写真、ヒーターが切れたときに着るカーディガン、机の抽《ひき》斗《だし》に入れてた女の子の雑貨を詰めこんで」イリヤがたったひと目でどうやってそのすべてを見て取ったのかはわからない。詩的許容の範囲内ということにしておく。

フローレンスはそれから「ぼくにロシア式に三回キスして」――イリヤはもう泣きじゃくっている――「もう一度ぼくをハグして、これはわたしたちみんなに、と言った。ハグのことだよ。ぼくは、いったいどうしたの、フローレンス、と訊いた。彼女をフローと呼んじゃいけないのはわかってるから。そしたらフローレンスは、本当になんでもないの、イリヤ、ただ船がネズミに乗っ取られたから飛びおりただけって」

証言は以上だったので、結局それがフローレンスの〈ヘイヴン〉への別れのことばになった。彼女はドムと協議し、辞表を提出して本部から〈ヘイヴン〉に戻り、所持品をまとめて、だいたい午後三時五分ごろ失業者として外に出た。彼女が出て数分のうちに、国内保安担当の無口な連中――船を乗っ取ったネズミではなく、イタチとして広く知られる――がふたり、局の緑色のバンで到着し、フローレンスのコンピュータとスチール製の戸棚を没収し、スタッフの一人ひとりに、彼女から預かったものはないか、退職の理由を本人と話し合っていないかと尋ねてまわった。必要な言質《げんち》を得たあと、彼らはフローレンスの部屋を封鎖した。

★

いつもどおり仕事をするように——まず無理だろうが——とみなに言い渡してから、私はまた表通りに出、脇道に入って十分間ひたすら早足で歩き、カフェに落ち着いて、ダブル・エスプレッソを注文する。ゆっくり呼吸しろ。やるべきことの優先順位を考えろ。見込み薄ではあるが、もう一度フローレンスの携帯電話にかけてみる。完全に不通。ハムステッドの番号には新しいメッセージが入っている。人を見下した上流階級の若い男の声で、〝もしフローレンスにかけてるのなら、もうこの番号にはいないからさっさと失せろ〟。

ドムにかけると、ヴィヴが出てくる。

「残念だけど、彼は一日じゅう会議に次ぐ会議なの、ナット。わたしのほうで何かできることがある？」

いや、ないと思う、ありがとう、ヴィヴ。その会議に次ぐ会議というのは本部内かな、それともロンドンの別の場所？

ヴィヴは動揺しているのか？　そのようだ。

「ドムは電話を受けられないの、ナット」彼女は言い、通話を切る。

「ナット、わが仲間」私の名前を武器に使う習慣が染みついたドムが、ひどく驚いた口調で言う。「いつでも歓迎だが、アポイントメントはとってくれたかな？　明日でどうだ？じつを言うと、いま少々立てこんでいてね」

それを裏づけるために机の上に書類をばらまいているが、私が来るのを午前中ずっと待っていたとしか思えない。ドムは正面衝突をしない男だ。それはお互いわかっている。彼の人生とは、まっすぐ向き合えないもののあいだを斜《なな》めにすり抜けて出世することだ。私はドアの掛け金をおろし、高級な椅子に腰をおろす。ドムは机についたまま書類に没頭している。

「出ていかないつもりだな？」ややあって彼が訊く。

「それで差し支えなければ、ドム」

彼は未決箱から別のファイルを取り出し、開けて、内容に読みふける。

「〈ローズバッド〉は悲しい結末でした」私は適当な間を置いて言う。

ドムには聞こえない。ファイルに熱中しすぎている。

「フローレンスのことも」私は考えを口にする。「情報部が失った超一流のロシア担当官のひとりになった。報告書を見せてもらえますか？　もしかして、そこに入っているのでは？」

ドムはまだ下を向いている。「報告書？　いったいなんのことだ？」

「大蔵省小委員会の報告書です。成果に見合わない危険とやらに関する。見せてもらえませんかね」

少し顔が上がるが、上がりきらない。目のまえに開いているファイルのほうがまだ大事なのだ。

「ナット、言っておかなければならないが、ロンドン総局の一時雇用者として、きみはそれを閲覧できるレベルにとうてい達していないのだ。ほかに質問は？」

「あります、ドム。もちろん。フローレンスはなぜ辞職したんですか。どうしてあなたは用もないのに私をノースウッドくんだりまで送り出したんです？　フローレンスを口説《くど》くつもりだったとか？」

最後の質問で頭がさっと持ち上がる。

「その可能性は私よりきみのほうにあると思ったがね」

「だから、なぜなんです？」

椅子の背にもたれる。両手の指先をひとつずつ合わせてウェディングアーチを作っていく。アーチができた。用意していたスピーチが始まる。

「ナット、想像がつくかもしれないが、厳密にここだけの話、小委員会の決定については事前に危ういという情報を得ていたのだ」

「いつ？」

「それはきみには関係ない。続けていいかね？」

「ぜひ」

「フローレンスは、きみも私も知っているとおり、とても成熟した大人とは言えない。彼女に待ったがかかった根本的な理由はそれだ。才能があるのは私を含めて誰もが認めるところだが、〈ローズバッド〉作戦のプレゼンのときから、自分のため、われわれのためにい、結果を出そうと感情的にのめりこんでいるように見えた。言ってしまえば、感情的になりすぎていた。小委員会の決定の公式発表よりまえに非公式に本人に警告しておけば、落胆も少しは和らぐのではないかと思ったのだ」

「それで、あなたが彼女を慰めているあいだ、私をノースウッドに追いやったわけだ。なんとも心やさしい」

だが、ドムには皮肉が通じない。ことに彼自身が標的になっているときには。「しかしな、より広い視野で見れば、彼女の突然の退職はわれわれにとって喜ぶべきことだった」

彼は続ける。「国益に反するので〈ローズバッド〉を許可しないという小委員会の決定を伝えたときの彼女の反応は、常軌を逸していて、ヒステリックだった。部としては厄介《やっかい》払いができてよかったよ。さて、昨日の〈ピッチフォーク〉について聞かせてくれ。古強者ナットの名人芸といったところかな。モスクワから彼に出た指示をどう解釈する？」

不快な火種を避けるために別の話題に飛ぶドムのこの癖にも、もう慣れた。だが今回、ドムはひとつだけ私にいいことをしてくれた。私は概してずる賢くはないが、ドムがその能力を高めてくれたのだ。彼とフローレンスのあいだにあったことを私に説明できるのはただひとり、フローレンスだけだが、彼女はもういない。だから、急所を打ってやる。

「彼への指示を私がどう解釈するか？　ロシア課がどう解釈するかと訊いてもらいたい」

ドムに合わせた高慢な態度で答える。

「つまり？」

高慢だが堅実でもある。手練《てだれ》のロシア担当である私は、経験不足の同僚の熱意に水を差す。

「〈ピッチフォーク〉は休眠工作員です、ドム、忘れているようだけど。長期間の休眠が前提で、ちょうど一年眠っていた。そろそろモスクワ・センターが彼を起こし、埃《ほこり》を払い、予行演習をして、まだ使える状態であることを確かめる時期だ。それが確かめられたら、彼はまたヨークに帰って休眠する」

　ドムはおそらく反論しかけて、思いとどまる。

「すると、きみの前提が正しいとして——かならずしも私は受け入れないが——われわれの戦術は具体的にどうなるんだ」と喧嘩腰《けんかごし》で訊く。

「監視し、待つ」

「監視して待つあいだ、ロシア課にはその旨《むね》を伝えておくのか？」

「彼らにこの件を引き継がせて、ロンドン総局を蚊帳《かや》の外に置きたいなら、いまが絶好のタイミングです」私は言い返す。

　ドムはふくれっ面《つら》をし、私より上位の人間に相談するかのようにそっぽを向く。

「いいだろう、ナット」と私に調子を合わせて、「きみが言うとおり、監視して待つことにしよう。今後の進展は細大もらさず私に報告してほしい。発生時にはどれほどつまらないことに思えようとだ。立ち寄ってくれて感謝する」と言い足し、机の書類に戻る。

「とはいえ」私は椅子から動かずに言う。

「とはいえ、なんだ？」

「〈ピッチフォーク〉への指示には、隠れた意味があるかもしれない。たんに休眠工作員を維持しておく予行演習以上の意味が」

「さっきは正反対のことを言ったじゃないか」

「なぜなら、〈ピッチフォーク〉の話には、あなたが知る資格を持たない要素が含まれているから」

「馬鹿な。どんな要素だ？」

「いまは知らされていないものを無理に知ろうとすべきときではない。さもないとロシア課が理由を知りたがるでしょう。それは私と同じくらいあなたも望まないはずだ」

「なぜ？」

「私の勘が正しければ、いま目のまえにあるのは――むろん確認は必要ですが――〈ヘイヴン〉とロンドン総局にとってまたとないチャンスだから。われわれふたりの名前がついた作戦を発動して、大蔵省小委員会に差し止められることもない。わかったでしょうか？くわしい説明が必要なら、もっと都合のいいときに戻ってきましょうか？」

ドムはため息をつき、書類を脇にどける。

「私が昔担当していた要員〈ウッドペッカー〉の件について聞き憶えはありませんか？それともあなたは若すぎた？」私は訊く。

「もちろん〈ウッドペッカー〉の件はよく知っている。報告書を読んだから。読んでないやつがどこにいる？　トリエステ。駐在外交官《レジデント》、元ＫＧＢのベテランで、領事を装っていた。たしか、きみがバドミントンをきっかけにリクルートしたんだったな。のちにまた敵方に寝返った。まあ、じつのところ敵方から離れてなかったのかもしれないが。きみの自慢の種にはならんと思っていたが。どうして突然〈ウッドペッカー〉のことを？」

新参者にしては、ドムは宿題をかなりしっかりとやっている。

「〈ウッドペッカー〉は、われわれと働いていた最後の一年まで、信頼できる貴重な情報源だった」私はドムに教える。

「きみがそう言うなら。だが、別の人間は別の考えかもしれない。早く要点を話してくれ」

「〈ピッチフォーク〉に対するモスクワ・センターの指示について、彼と議論したい」

「誰とだと？」

「〈ウッドペッカー〉と。彼がどう考えるか、内部者の意見を聞くんです」

「いかれてる」

「かもしれない」

「正真正銘、まったくもって、完全に頭がおかしい。〈ウッドペッカー〉は正式に害毒だと認定された。つまり、ロシア課課長その人の書面による同意がなければ、この部の誰も接触できない。その課長はたまたまワシントンDCの帳《とばり》の向こうだ。〈ウッドペッカー〉

は不誠実な二心の持ち主で、根っからのロシア人犯罪者だ」

「つまり、答えはノー？」

「私の死体を乗り越えていかないかぎり、ノーだ。いまこの段階では。即座に書面にして写しを懲罰委員会にまわす案件だ」

「であれば、一週間のゴルフ休暇の許可をいただきたい」

「きみはゴルフなどせんじゃないか」

「そして〈ウッドペッカー〉が私に会うことに同意し、〈ピッチフォーク〉へのモスクワ・センターの指示に興味深い見解を示したら、私に訪問を命じたとあとから決定すればいい。それまでは、懲罰委員会宛てに失礼な手紙を書くことについては慎重に願います」

部屋から出ようとすると、ドムが呼び止める。私は振り向くが、ドアからは離れない。

「ナット？」

「はい？」

「ちなみに、彼から何を引き出すつもりなのだ」

「運がよければ、私がすでに知っていることを」

「なら、なぜわざわざ？」

「ただの勘にもとづいて運営理事会を招集することは誰にもできないからです、ドム。理事会はすぐに行動に移せる情報を好む。ふたとおり、できれば三とおりに料理された情報を。あなたは知らないかもしれないが、それを〝証拠にもとづく〟と言うんです。言い換えれば、彼らは辺鄙《へんぴ》なカムデンに閉じこめられた現場の人間の手前勝手な長話にあまり心を動かされない。あるいは、いまだ真価を問われていない彼のロンドン総局の上司にも」

「いかれてる」ドムはまた言い、ファイルのうしろに撤退する。

★

私は〈ヘイヴン〉に戻る。浮かない顔のチームのまえを通って部屋の鍵をかけ、かつて担当した要員〈ウッドペッカー〉、別名アルカジー宛ての手紙を書き起こす。ブライトンのバドミントン・クラブ幹事という架空の立場から、美しい海辺のわが町に男女混合チームを連れてきてほしいと勧誘し、試合の日時をいくつか提案して、宿泊は無料にすると申し出る。オープンな隠語のやりとりは聖書より長い歴史を持ち、書き手と受け手の相互理解にもとづく。アルカジーと私のやりとりは暗号帳の類いを用いず、すべての前提が逆の意味だと考えることになっていた。したがって、私は彼を誘っておらず、彼から誘われるのを待っている。架空のクラブが招待チームを迎える予定日は、私ができればアルカジーに迎えられたい日だ。こちらからのもてなしの申し出は、彼が私を受け入れられるか、受け入れられるなら場所はどこにするかという慇懃《いんぎん》な問い合わせ。試合時間の提案は、こちらはいつでもかまわないという意味だった。

偽装を崩さない範囲で現実に近づけた段落では、広い世界で変容しつづける緊張や対立にもかかわらず、ふたつのクラブのあいだに長く存在する友好的な関係に触れた。署名はニコラ・ハリデイ（ミセス）。互いに協力していた五年間、私はアルカジーのまえでニックと名乗っていたからだ。もっとも、トリエステの領事館の職員リストには私の本名が明記されていたのだが。ミセス・ハリデイは自宅の住所を知らせなかった。アルカジーは、手紙を送る気になればいくらでも送り先を知っている。

そして私は椅子の背にもたれ、長く待たされることを覚悟した。アルカジーが大きな決断をあわてて下すことはない。

★

アルカジーの件がどうなるか不安だったとしても、私にとってエドとのバドミントンの試合といつもの席での政治談義《シュタムティッシュ》は、以前にも増して貴重な時間になっていた——エドが楽々と勝つようになったことは嫌でも称賛しないわけにはいかないが。

一夜にしてそうなったように思えた。突然彼はまえより速く、自由に、愉《たの》しそうにプレーしはじめ、私は年齢差に馬鹿にされているような気分になった。彼の向上を客観的に評価できるようになったのは一、二試合後で、そこに自分がかかわったことをできるだけ喜ぼうとした。ほかの状況であれば、エドにもっと若いプレーヤーを紹介したかもしれない。しかし、そのように提案してみたらエドが猛烈に怒ったので、私は引き下がった。

わが人生のもっと大きな問題は、それほど容易には片づかなかった。毎朝、アルカジーが返答してくるはずの作戦用の住所を確認したが、何も来ていない。アルカジーが問題でないとしても、フローレンスは問題だった。彼女が親しかったのはイリヤとデニーズだが、いくらふたりに訊いても、彼女がどこで何をしているかについて、ほかのメンバーを超える情報は得られなかった。モイラが居場所を知っていたとしても私に教えるわけがない。人もあろうにあのフローレンスが、愛する要員たちを置き去りにするなど、想像することすらできなかった。ドム・トレンチと彼女の決定的な話し合いを頭のなかで再構築することもままならない。

考えあぐねた末、エドに訊いてみることにした。訊き方がむずかしいのはわかっていた。私のとっさの作り話では、フローレンスと私は架空の友人のオフィスで架空の出会いを一度したきり、互いのことを何も知らずにローラを交えてバドミントンの試合をしたのだ。私があてにしたのは、エドとフローレンスがその場で惹《ひ》かれ合ったという直感だけだが、フローレンスが〈アスレティカス〉に現われたときの心境を知ったいまでは、彼女が誰かに惹かれるところを思い描くのも困難だった。

私たちはいつもの席《シュタムティッシュ》についている。最初の一杯が終わり、エドがお代わりを持ってきた。私を四対一で打ち負かした彼は当然ながら満足の体《てい》で、私はそれほどでもない。

「中華料理《チャイニーズ》はどうだった？」私は頃合いを見計らって訊く。

「中国の誰《チャイニーズ》です？」エドはいつものように上《うわ》の空だ。

「通りの先の〈金月亭《ゴールデン・ムーン》〉だよ、いっしょにみんなで食事をするはずだった。私は急用ができて帰らなければならなかった。思い出したかな？」

「ああ、そうだ。最高でしたよ。北京ダックがすごく気に入ったって。ローラがです。それまで食べたなかでいちばんだと。ウェイターがまたずいぶん親切にしてくれましてね」

「それで彼女は？　名前はなんだったかな。フローレンス？　彼女も雰囲気に貢献できた？」

「ああ、ええ、もちろん。フローレンス。彼女もすばらしかった」

だんまりを決めこむつもりだろうか。それとも、いつものぶっきらぼうな性格が出ただけか。私は怯《ひる》まず探りを入れつづける。

「ところで、ひょっとして彼女の電話番号を知らないかな？　友人が電話をかけてきてね。

彼女をパートタイムで雇っていた例の友人だ。優秀だからフルタイムで働いてもらいたいと言うんだが、派遣会社が協力してくれないらしい」

エドはしばらく考える。眉間《みけん》にしわを寄せる。心のなかを探っているか、そのふりをしている。

「なるほど、協力しないでしょうね、それは」と同意する。「ああいう連中は、できれば彼女を生涯手元に置きたいと思っている。そう。でも力になれません、残念ながら」そして現政権の外務大臣をこきおろす。「自分の出世以外、身の内に何ひとつ信念のないあのくそイートン出身のナルシシスティックなエリート主義者」云々《うんぬん》。

★

この終わりなき待機期間中、月曜夜のバドミントンの試合のほかになんらかの心の慰めがあるとしたら、それはセルゲイ、別名〈ピッチフォーク〉だ。一夜にして彼は〈ヘイヴン〉のトップ要員になった。大学の学期が終わったその日から、スイスのフリージャーナリスト、マルクス・シュヴァイツァーはノース・ロンドンの三地区のうちのひとつに部屋を借りている。モスクワは、三地区を順に試してそれぞれ報告するという彼の計画を喜んで承認した。フローレンスを担当につけられなくなったので、私はデニーズをあてた。公立校出身で、子供のころからあらゆるロシアの事物に心を奪われている彼女を、セルゲイはいなくなった妹のように慈《いつく》しんでいる。デニーズの負担を軽くするために〈ヘイヴン〉チームのほかのメンバーが支援することも認めた。彼らの偽装は考えなくていい。意欲満々の記者でも、仕事にあぶれた俳優でも、いっそ何もなしでもかまわない。ロンドンにあるモスクワの支局《レジデントゥーラ》が防諜部隊を全員出したとしても、何も得られないだろう。モスクワがしつこく場所の詳細を訊いてくることは、勤勉きわまりない休眠工作員にとっても重荷だが、セルゲイの細かさは彼らに匹敵し、デニーズとイリヤがそばで助けている。要求された写真はセルゲイの携帯電話だけで撮る。アネッテ、別名アナスタシアは、どれほど小さな地理情報もおろそかにしない。モスクワ・センターから新たな要求が来るたびに、セルゲイは返事の英語の下書きを作り、私が承認する。セルゲイがそれをロシア語に訳す。私がひそかに承認したあと、セルゲイは手持ちのワンタイムパッドを使って内容を暗号化する。そこでまちがえれば、理屈のうえでは彼の責任ということになる。その後のせわしないセンターとのやりとりには、本物らしい雰囲気がある。偽造課がハーヴァード大学の物理学科からの招待状を見事にでっち上げ、セルゲイの友だちのバリーは想定どおり感心する。ブリン・ジョーダンがワシントンで奉仕活動をしているおかげで、バリーかほかの誰かが気まぐれに問い合わせた場合には、ハーヴァード大学の物理学教授がうまくさばいてくれる。私はその手配に感謝する挨拶《あいさつ》をブリンに直接送ったが、返事はない。

そしてまた待つ。

モスクワ・センターがためらうのをやめ、ノース・ロンドンの一地点に落ち着くのを待つ。フローレンスが胸壁の向こうから顔を上げ、なぜ担当の要員も自分のキャリアも捨て去ったのか説明するのを待つ。アルカジーが柵から出てくるのを――または、出てこないのを――待つ。

すると、物事の進み方というのはたいていそうだが、すべてが同時に動きはじめる。アルカジーから返事が来る。熱狂的な内容とは言えないが、返事は返事だ――ロンドンではなく、彼が愛用していたベルンの作戦用の住所に、飾り気のない封筒、N・ハリデイ宛て、チェコの消印、電動タイプライターの文字で。なかに入っていたのは、チェコの温泉保養地カルロヴィ・ヴァリの絵葉書と、町から十キロ離れたホテルのロシア語のパンフレット。予約申込書が挟まれ、滞在日数、部屋のタイプ、到着予定時刻、アレルギーの有無のチェックボックスが並んでいる。X《エックス》がタイプされた箇所を見ると、翌週月曜の夜十時に私がチェックインすることを期待している。かつての良好な関係を考えると、これより無愛想な返事は想像しがたいが、少なくとも〝来い〟ということだ。

取り消していなかったニコラス・ジョージ・ハリデイ名義のパスポート――イギリスに

戻ったときに提出すべきだったのだが、誰からも要求されなかった――を使って、月曜朝のプラハ行きの飛行機を予約し、個人のクレジットカードで支払う。エドにバドミントンの予定をキャンセルする詫《わ》びのメールを送ると、エドは〝弱虫《チキン》〟という返事をよこす。

金曜の午後、家族用の携帯電話にフローレンスからショートメッセージが届く。〝そちらが望むなら話してもいい〟ということで、メッセージを送ってきた番号とはちがう番号を指定している。プリペイド携帯電話でそこにかけると、留守番電話につながり、直接彼女と話さずにすんでほっとしていることに気づく。数日中にまたかけるというメッセージを残し、自分の声が見知らぬ他人のようだと思いながら切る。

その日の午後六時、私は〈ヘイヴン〉の全員宛てに、家庭の事情で六月二十五日から七月二日まで一週間の休みをとると通知し、人事課にも写しを送る。家庭の事情とは何か知りたいなら、数週間の無線封止ののち日曜のわが家の昼食に〝ベジタリアンの友だち〟を連れて降臨すると宣言したステフを見れば事足りる。注意深く和解に近づくタイミングというものがある。私が見るかぎり今回はそのタイミングではないが、自分が果たすべき義務は、目のまえに現われればわかる。

★

私は寝室でカルロヴィ・ヴァリ行きの荷物を詰めている。ニック・ハリデイが持っていなさそうな洗濯マークやほかのものがついた衣服を選《え》り分ける。ステフと長いあいだ電話で話していたプルーが二階に上がってきて、荷造りを手伝いながら会話の内容を教えてくれる。彼女の最初の質問は、親睦を図るものではない。

「本当にバドミントンの道具をはるばるプラハまで持っていく必要があるの？」

「チェコのスパイは年じゅうプレーしている」私は応じる。「ベジタリアンの男だったのか？　それともベジタリアンの女？」

「男よ」

「われわれが知っている相手かな？　それとも知らない？」

ステフの数多《あまた》のボーイフレンドのうち、私がかろうじて共感できたのはふたりだけだ。どちらもゲイだと判明した。

「ジュノよ、もし憶えてるなら。ふたりでパナマに行くんですって。あの子が言うには、ジュノは〝戦士〟という意味のジュナイドの愛称らしいわ。それであなたの心証がよくなるかどうかはわからないけど」

「どうだろう」

「ルートン空港から、朝の三時発。だからうちには泊まらない。安心したでしょう」

図星だ。ステフの寝室に新しいボーイフレンドが来て、ドアの下の隙間からマリファナの煙が流れてくるというのは、私の抱く幸せな家族のイメージにはそぐわない。カルロヴィ・ヴァリ行きの荷物を詰めているときにはとくに。

「いまどき誰がパナマなんかに行く？」私は苛立《いらだ》って訊く。

「まあ、ステフは行くようね。どちらかというと大々的に」

その口調を誤解して、私はさっと彼女のほうを向く。

「どういう意味だ？　行ったきりもう帰らないということか？」——だが、プルーは微笑んでいる。

「あの子がなんて言ったかわかる？」

「まだわからない」

「いっしょにキッシュを作りましょうって。ステフとわたし、ふたりだけで。ランチにキッシュを作るの。ジュノはアスパラガスが大好き。イスラム教の話題は禁物よ。彼はイスラム教徒で、お酒も飲まないから」

「理想的に思えるな」

「ステフとわたしが何かをいっしょに作るのは五年ぶりかしら。あの子、男が台所に立つべきだという考えだったから。憶えてる？　女は料理すべきじゃないって」

できるだけ私も愉しい雰囲気を味わおうと、スーパーマーケットに出かけ、ステフの美食の献立には欠かせないふた品、無塩バターとソーダブレッドを買う。そして無作法とは知りつつ、宗教上ジュノが飲めないシャンパンのよく冷えたボトルを一本。ジュノが飲むことを禁じられているのなら、おそらくステフもそうなる。ステフのことだ、すでにイスラム教に改宗しかかっているにちがいない。

買い物から帰ると、玄関ホールにふたりが立っている。そこでふたつのことが同時に起きる。まず身なりがよく礼儀正しいインド人が進み出て、私の買い物袋を引き取る。そしてステフが私に抱きついてきて肩の窪《くぼ》みに顔を当て、しばらくそうしたあとで顔を離して、「パパ！　ね、ジュノって素敵じゃない？」と言う。礼儀正しいインド人がまたまえに出てきて、今度は正式に紹介される。私はすでにステフの薬指のかなり本格的な指輪には気づいているが、ステフの場合には、本人から言われるまで水を向けないほうがいい。

女性ふたりがキッシュを作るためにキッチンに行く。私はシャンパンを開け、彼女たちにグラスを持っていって、応接間に戻り、ジュノにも飲むよう勧める。ステフのボーイフレンド評は額面どおりに受け取らないことにしているからだ。ジュノはあっさりグラスを手にし、私にどうぞと言われてから席につく。私にとってこれは新境地だ。ジュノは、いろいろ驚かせてしまって申しわけないと言う。ステフに関するかぎり驚くことは何もないと私が応じると、安心したように見える。なぜパナマへと訊くと、大学院で動物学を修め、スミソニアン博物館の招請で、パナマ運河にあるバロ・コロラド島のオオコウモリの現地調査をおこなうことになったと説明する。せっかくの機会なので、ステフもついていく。

「でも、虫がいなければよ、パパ」エプロンをつけたステフがドアの向こうからふいに顔をのぞかせて言う。「燻蒸《くんじょう》消毒されるし、何かに息を吹きかけてもいけないし、買ったばかりのセクシーなハイヒールもはけないの、でしょ、ジュノ？」

「自分の靴ははけますが、上からカバーをかけなきゃならないんです」ジュノが私に説明する。「燻蒸消毒される人なんていません。話を作りすぎだよ、ステフ」

「で、島に上陸したらワニに注意しなきゃならないんだけど、ジュノが抱っこしてくれるみたい。そうよね、ジュノ？」

「そしてワニからご馳走《ちそう》を奪う？　まさか。野生生物保護のために行くんだから」

ステフはそれに大笑いしてドアを閉める。昼食中に彼女は婚約指輪を見せびらかすが、それはほとんど私のためだ。プルーにはキッチンであらゆることを話している。

結婚はステフが卒業してからにするとジュノが言う。ステフは医学部に転部したので、卒業は予定より遅れる。その事実を私たちに伝えたことはないが、プルーも私も、人生を一変させるこの手の発見に過剰反応しないことを学んでいる。

ジュノは私に、ステフとの結婚の許可を正式に求めようとしたが、ステフは、自分は所有物ではなくひとりの人間なのだから許可などいらないと主張した。ジュノはそれでもテーブル越しに許可を求め、私は、きみたちだけで決めることだ、必要なだけ時間をかけて考えなさいと答える。ジュノはそうすると約束する。子供は欲しいが――「六人ね」とステフが割りこむ――まだ先の話だ、その間にふたりを両親に紹介したい、どちらもムンバイで教師をしていて、クリスマスのころイギリスに来ることになっている。ところで、あなたの職業をうかがってもよろしいですか？　ステフはことばを濁すし、うちの両親はかならず知りたがると思うので。公務員でしょうか、それとも社会事業家でしょうか。ステフはよくわからないようです。

ステフはテーブルの向こうでくつろぎ、片手を自分の顎《あご》に当て、もう一方の手をジュノに置いて私の答えを待っている。スキーリフトでの会話を内密にしているとは思わなかったし、私のほうからそうしてくれと頼むのも憚《はばか》られたが、ステフは他言していないようだ。「ああ、公務員だよ、完全に」私は笑って主張する。「実際には、外務関係の公務員だ。女王のために働く外交セールスマンに外交官の地位が少々ついているといったところかな」

「つまり、商務担当参事官？」ジュノが訊く。「両親にはイギリスの商務担当参事官と説

「いいとも」私は請け合う。「商務担当参事官が母国に帰ってきて、放し飼いになっている」

それにプルーが反論する。「ナンセンスだわ、ダーリン。ナットはいつも自分を卑下するの」

ステフも言う。「お国の忠実な使用人よ、ジュノ。しかも最高クラスの、でしょ、パパ?」

ふたりが去ったあと、プルーと私は、どうもお伽噺《とぎばなし》のようにうまくいきすぎていると話し合う。とはいえ、たとえ彼らが明日別れたとしても、ステフは危機を脱して、私たちが昔から知っている娘に戻るだろう。洗い物を終え、私たちは早めにベッドに入る。愛し合わなければならないし、私のフライトは明け方だ。

「プラハに誰をかくまってるの?」プルーがドアロで茶目っぽく訊く。

彼女にはプラハで会議があると伝えていた。カルロヴィ・ヴァリでアルカジーと森のなかを歩くとは言っていなかった。

★

永遠に続きそうだったこの待機期間のなかで、まだひとつ言い残していることがあるとすれば、それは発生当時、まったく重要だと思えなかったからだ。〈ヘイヴン〉が週末に向けて店じまいをしていた金曜の午後、不活発なことで名高い国内調査部門が、セルゲイのリストにあったノース・ロンドンの三地区について発見したことを伝えてきた。三つに共通する水路、教会、送電線、史跡や有名建築を数かぎりなく観察して成果があがらなかった報告書の脚注で、〝当該地区〟はどれもホクストンからセントラル・ロンドンに至る一本の自転車ルートで結ばれていると指摘したのだ。気を利かせて、そのルートをピンク色のペンでなぞった大判の地図も添付してあった。いまこれを書いている私の目のまえにそれがある。

11

人生最上の年月をイギリスのためのスパイ活動に捧げ、給料とボーナスと高額の退職金を手にして、騒ぎを起こすことも、正体を暴かれることも、亡命することもなく、自分が裏切った国で平和な隠退生活を送っているか、同じくらい穏やかな環境で暮らしている要員たちについて、これまで多くが書かれることはなかったし、今後もそうあってほしい。〈ウッドペッカー〉、別名アルカジーは、その種の男だった。モスクワ・センターの元トリエステ支局《レジデントゥーラ》長、私のバドミントンの元好敵手、そしてイギリスの要員。自由民主主義のために彼がみずから志願した経緯を語ろうとすれば、生まれた瞬間から現代ロシア史のジェットコースターに乗せられた本質的に誠実な男——これは私の見方であって、万人の見解からはほど遠い——の波瀾万丈の旅をたどることになる。

　トビリシのユダヤ系の娼婦とジョージア正教の司祭とのあいだにできた宿なしの婚外子は、キリスト教の信仰のもとでひそかに育てられ、マルクス主義の教師たちに傑出した生徒として見いだされる。そこから第二の頭脳を発達させ、即座にマルクス・レーニン主義への改宗者になる。

十六歳で彼はKGBによってふたたび見いだされ、潜伏スパイの訓練を受けて、北オセチアのキリスト教反革命勢力に潜入する任務につく。元キリスト教徒なので――ことによるといまでもそうだ――この任務には向いており、彼が密告した人員の多くは銃殺される。

その立派な働きを認められて、彼はKGBの下部職員となり、組織への服従と〝即決裁判〟で評判となる。同時に夜学にかよい、高度なマルクス主義の弁証法や外国語を習得して、国外での諜報活動にたずさわる資格を得る。

その後、国外任務に送られ、〝超法規的措置〟――暗殺の婉曲《えんきょく》表現――に助力する。黒く染まりすぎないうちにモスクワに呼び戻され、より穏当な技術を用いる似非《えせ》外交の指令を受けるようになる。外交官を装った諜報の歩兵として、ブリュッセル、ベルリン、シカゴの支局《レジデントゥーラ》で働き、現場の偵察や防諜活動をおこない、会ったこともない要員を支援し、秘密文書受け渡し場所《デッド・レター・ボックス》で数えきれないほどメッセージをやりとりしながら、現実または想像上のソヴィエトの敵の〝無力化〟に努めつづける。

それでも人間性が成熟するにつれ、どれほど熱烈な愛国心があろうと、ユダヤ系の母親、キリスト教の中途半端な放棄から、マルクス・レーニン主義への傾倒に至るまでの人生の道筋を、頭のなかで再評価せずにはいられなくなる。ただ、ベルリンの壁が崩壊したときでさえ、ロシア式の自由民主主義、大衆資本主義、人類の繁栄が実現する彼の黄金時代の展望は、瓦礫《がれき》のなかから立ち上がっていた。

遅れに遅れたいまの母国の再生で、アルカジー自身はどのような役割を果たすのだろう。彼はこれからも昔どおり母国の熱烈な支持者であり、守護者だ。ロシア人であれ外国人であれ妨害工作をする者や利益を求めてやってくるよそ者から、国を守る。歴史が移ろいやすいことは理解している。闘って守らなければ何も残らない。KGBはもはや存在しない――それはけっこう。新しい理想主義的なスパイ組織が国の指導者たちだけでなく、ロシア国民を守るのだ。

決定的な幻滅は、彼の戦友だったウラジーミル・プーチンがもたらした。まずチェチェンの独立の夢を抑えこみ、次に彼の愛する故郷ジョージアを同様に抑えこむことで。プーチンは終始五流のスパイだった。いまやそのスパイが独裁者になり、この世のすべてを陰謀《コンスピラツィア》で解釈している。プーチンと、償《つぐな》いをしていないスターリン主義者の取り巻きのおかげで、ロシアは明るい未来に向かうどころか、妄想だらけの暗い過去に後退している。

「あんたはロンドンの人間か？」彼が私の耳に英語で叫ぶ。

私たちは、トリエステを代表するスポーツクラブが毎年開く大晦日《おおみそか》のパーティで、ダンスに加わっていないふたりの外交官——ロシア人ひとりとイギリス人ひとりで、厳密に言えばともに領事——だ。このクラブで三カ月のあいだにバドミントンの試合を五回している。二〇〇八年冬。八月のさまざまな出来事のあとで、ジョージアはモスクワの銃を頭に突きつけられている。バンドが六〇年代のヒット曲を元気よく演奏しているので、聞き耳を立てる者にも、隠しマイクにも、声を拾われる心配はない。アルカジーの運転手兼ボディガードは、いつもわれわれの試合を二階から見ていて、更衣室までついてくることもあったが、今夜はダンスフロアの遠い隅で新しいガールフレンドを見つけて酒盛りをしている。

私は「そう、ロンドンの人間だ」と言ったにちがいないが、騒音のせいで自分の声は聞こえない。機を見て彼を口説《くど》いた三回目の試合のとき以来、私はこの瞬間を待っていた。アルカジーも待っていたのは明らかだ。

「それならロンドンに、彼はその気だと伝えてくれ」アルカジーは命じる。

彼？　彼とはアルカジーがこれからなろうとしている人間だ。

「彼はあんたとだけ働く」アルカジーはまだ英語で続ける。「彼は四週間以内にまたここで猛烈に対戦する。同じ時間に、シングルスのみで。電話で正式に対戦を申しこむ。グリップが空洞の同じラケットを用意しろ、とロンドンに伝えるんだ。それを更衣室で都合のいいときに交換する。彼のためにそういう手配をしてくれ」

代わりに何が欲しいのか、と私は尋ねる。

「彼の故郷の人々に自由を。全員に。彼は唯物論者ではない。理想主義者だ」

これよりありがたい志願のしかたがあるとしても、寡聞《かぶん》にして知らない。彼はトリエステで二年間働いたあと、またモスクワ・センターに戻り、北ヨーロッパ課のナンバーツーになった。モスクワにいるあいだは、われわれとの接触を拒《こば》んでいた。それから文化担当官の体裁でベオグラードに赴任すると、わがロシア課の上層部は私が彼につきまとうことを望まなかったので、私はブダペストで貿易担当領事となり、そこからアルカジーを運用した。

情報部の分析担当が異変に気づきはじめたのは、彼のキャリアが終わる数年前だった。最初は報告書に誇張、やがて露骨な捏造《ねつぞう》が見られるようになった。私は彼らほど騒ぎたてなかった。言ってしまえば、これもまた要員が歳をとって疲れ、いくらか怖気《おじけ》づいたが関係は切りたくないときの傾向だ。実情がわかったのは、アルカジーのふたりの主人が——モスクワ・センターは盛大に、われわれは少し控えめに——彼のために乾杯し、それぞれの大義に対する私心のない貢献に感謝して数多《あまた》の勲章を授けたあとだった。ふたつのキャリアが終わりに近づくころ、彼が自国の罪深い国営企業から第三の収入を得る基礎固めを着々と進めていたことが、複数の外部情報源によって明らかになったのだ。その富の規模たるや、最高に気前がいいときのロシアとイギリスの支払い主が夢にすら見たことがないほどの大きさだった。

★

プラハ発のバスが闇の奥へと分け入る。道の両側の暗い丘が夜空を背景にどんどん高くなる。高所は怖くないが、深いところは嫌いなので、こんなところで何をしているのだろうと思う。十年前だったら引き受けるはずもないし、私の半分の年齢の同僚にも勧めないような危険な旅をしろと、どうやって自分を説得したのだろう。現場要員の訓練コースでは、長い一日のあとスコッチのグラスを傾けながら、恐怖の源《みなもと》について語り合ったものだ。可能性のバランスをどうとって、それらに対する恐怖をどう評価するか。ただ、恐怖ではなく、もっぱら勇気ということばを使っていたが。

バスのなかが光で満たされる。かつてカールスバートと呼ばれたカルロヴィ・ヴァリの大通りに入ったのだ。ピョートル大帝以来、ロシアの支配階級《ノーメンクラトゥーラ》に愛され、今日ではその完全子会社になっている温泉地である。まばゆく光る数々のホテル、浴場、カジノ、宝石店がゆっくりと左右を流れていく。そのなかを川が走り、徒歩で渡る上品な橋がかかっている。二十年前、この町で愛人とのんびり休暇をすごすチェチェンの要員に会いに来たときには、まだソヴィエト共産主義の地味な灰色のペンキが消えていく途中だった。町で最大のホテルは〈モスクワ〉で、贅沢品《ぜいたくひん》が見つかる唯一の場所は、数年前に共産党幹部と乙女たちが労働者階級《プロレタリアート》の目を避けて遊び興じた閑静な別荘のなかだった。

九時十分。バスが終着駅に停まる。私はおりて歩きはじめる。行くあてがないように見えてはならない。わざとらしくうろうろするな。私は到着したばかりの観光客だ。もっとも卑しい歩行者だ。旅慣れた観光客の例にもれず、まわりの景色を吟味している。肩からさげた旅行バッグからは、バドミントンのラケットのグリップが突き出ている。私はよくいる馬鹿げた身なりのイギリス中流階級の旅行者だ。プラスチックのケースに入れたガイドブックを首にぶら下げていないだけで。私は〝カルロヴィ・ヴァリ映画祭〟のポスターに見入る。鑑賞券を買うべきか？　その横のポスターは、名高い温泉のすぐれた癒《い》やし効果を宣伝している。ロシアの上流犯罪組織が利用する息抜きの場としても有名であることを宣伝するポスターはない。

まえにいるカップルがなかなかまえに進まない。うしろの女性は厚手の生地の大きなバッグを持っている。私は目抜き通りの片側を歩ききった。そろそろ上品な橋を渡って反対側を引き返すときだ。妻への土産《みやげ》は〈カルティエ〉の金時計にしようか、それとも〈ディオール〉のガウンか、ダイヤモンドのネックレスか、五万ドルする帝政ロシア時代の家具の複製一式かと悩む海外旅行中のイギリス人のふりをする。

明かりに煌々《こうこう》と照らされた〈グランドホテル・パップ〉、元〈モスクワ〉の正面に着く。光に浮かぶ万国旗が夜風に揺れている。私は敷石の真鍮《しんちゅう》に刻まれた過去から現在までの輝かしい宿泊客の名前に感嘆する。ゲーテも泊まったのだ！　スティングも！　タクシーをつかまえる時間だと思っていると、ちょうど五メートルと離れていないところに一台停まる。

ドイツ人の家族がぞろぞろ出てくる。そろいのタータンチェックのスーツケース。真新しい子供用自転車が二台。タクシー運転手が私にうなずく。私は助手席に飛び乗り、旅行カバンをうしろの席に放る。ロシア語はできる？　しかめ面。いいえ《ニェット》。英語は？　ドイツ語は？　微笑んで首を横に振る。私はチェコ語は話せない。明かりのないつづら折りの道を登って森林地帯に入り、今度は急な坂をおりる。右手に湖が現われる。ヘッドライトをハイビームにした車が道のまちがった側を疾走してくる。わが運転手は進路を変えない。相手の車が譲る。

「ロシア、リッ、ッ、ッ、チ」運転手が怒気もあらわに言う。「チェコの人たち、ノー、ノ、ノ、ノ、ー・リッ、ッ、ッ、チ。イ、イ、イ、エス！」その〝イエス〟とともにブレーキを踏みこみ、車をスリップさせて待避所のようなところに飛びこむ。私たちは保安灯の十字砲火を浴びて凍りつく。

運転手が車の窓を開け、何か叫ぶ。頬にヒトデ形の傷がある二十歳そこそこのブロンドの若者が、その窓から首を突っこみ、英国航空のステッカーのついた私の旅行カバンを見て、私に視線を移す。

「名前はなんですか、サー?」彼が英語で訊く。

「ハリデイ。ニック・ハリデイだ」

「会社は?」

「〈ハリデイ&カンパニー〉」

「カルロヴィ・ヴァリにはどんなご用で?」

「友人とバドミントンをするために」

彼は運転手にチェコ語で命令する。私たちの車は二十メートルほど進み、頭にスカーフを巻いてカートを押しているよぼよぼの老婆を追い越す。ランチ様式（装飾の少ない広大な平屋の建築様式）の建物のまえに停まる。ポーチにはイオニア式の大理石の柱が立ち、金色のカーペットが敷かれ、深紅のシルクの太綱が張りわたしてある。正面の階段のいちばん下にスーツ姿の男がふたり立っている。私は運転手に運賃を支払い、後部座席から荷物を取り、ふたりの男に生気のない眼を向けられながら王家の金色の階段をのぼって、ロビーに入る。人間の汗、ディーゼル油、黒煙草《たばこ》、女性たちのにおいがする。ロシアのあらゆる男たちに、家に帰ってきたと思わせるにおいだ。

シャンデリアの下に立っているあいだ、黒いスーツを着た無表情の若い娘が、私の視線の下でパスポートを検《あらた》める。ガラスの仕切りの向こうは〝本日貸切〟の表示があるバーで、もうもうたる紫煙のなか、カザフスタンの帽子をかぶった老人が東洋人の弟子たちに長話をしている。畏敬の眼差しの聴衆は、全員男だ。受付の若い娘が私の肩の先を見ているので振り返ると、頬に傷のあるブロンドの若者がうしろに立っている。金色のカーペットを私のあとからついてきたにちがいない。娘が彼に私のパスポートを差し出し、彼はそれを開いて写真と私の顔を見比べ、「こちらへどうぞ、ミスター・ハリデイ」と言う。案内されたのは広々とした事務室で、裸婦のフレスコ画と湖を見晴らすフレンチドアがある。コンピュータ三台のまえに無人の椅子が三脚、姿見が二枚、ピンクの紐《ひも》で縛られた段ボール箱の山があり、ジーンズとスニーカーをはいて金のネックレスをかけた、たくましい若者がふたりいる。

そのふたりが私に近づいてくると、若者が「皆さんにこうすることになっています、ミスター・ハリデイ」と言う。「過去に苦い経験があったもので。われわれも胸が痛みます」

〝われわれ〟というのはアルカジーのことか？　あるいは、アゼルバイジャン・マフィア？　調べてきた本部の資料によれば、彼らは人身売買で得た利益でこの建物を建てた。同じ資料によると、三十年あまりまえ、ロシアのマフィアたちは、カルロヴィ・ヴァリはすばらしすぎて殺し合いをするには忍びないから、資金と家族と愛人の安全な避難地にしてしまおうと合意したらしい。

男たちは私の旅行カバンを要求する。ひとりが受け取ろうと手を差し出し、もうひとりが待機している。ふたりともチェコ人ではなくロシア人だ、と私の勘が告げる。おそらく元特殊部隊員。こいつらが微笑んだら注意しろ。私はバッグを渡す。姿見に映った頬に傷のある若者は思ったより若く、偉ぶっているだけではないかと思う。一方、私の旅行バッグを調べているふたりは虚勢を張る必要がない。すでにカバンの内張りに触れ、電動歯ブラシの蓋《ふた》をはずし、シャツのにおいを嗅《か》ぎ、シューズの裏を押しつぶしている。バドミントンのラケットのグリップをつつき、布テープを半分はがし、叩き、揺すり、何度か振ってみる。そうしろと訓練されたのか、それとも、どこかにあるとしたらここしかないと本能が告げたのか――何かがあるにせよ。

彼らはいま中身をすべてバッグに戻している。少しでもきれいに片づけようと、傷のある若者も手伝う。彼らは身体検査を要求する。私は両腕を途中までしか上げず、来るなら来いと合図する。その態度で私に対する見方が変わったのか、男のひとりが先ほどより用心深く進み出、彼の友人がその一歩うしろに立って待機する。腕、脇の下、ベルト、胸、うしろを向いて、背中。それから男はひざまずき、私の股から内腿《うちもも》を探って、ロシア語で若者に話しかける。ただのイギリスのバドミントン選手である私は理解できないふりをする。ヒトデ形の傷のある若者が通訳する。

「靴を脱いでほしいそうです」

私は靴紐《くつひも》をほどき、脱いだ靴を彼らに渡す。ふたりは片方ずつを手に取り、曲げたりなでたりしたあと、私に戻す。私はまたはいて、紐を結ぶ。

「どうして携帯電話がないのかと訊いています」

「家に置いてきた」

「なぜですか?」

「追いかけまわされずに旅行したいから」私はふざけて答え、若者が通訳する。誰もにこりともしない。

「腕時計とペンと財布を私が預かって、帰るときにお返ししろと言っています」若者が言う。

私はペンと財布を預け、腕時計をはずす。男たちが冷笑する。日本製の安物、せいぜい五ポンドだ。ふたりは考えながら私を見る。まだ私にやり足りないことがあるかのように。傷のある若者が意外にも権威のあるところを示して、ロシア語でぴしりと言い渡す。

「オーケイ、ここまでだ。終わりにしろ」

ふたりの男は肩をすくめ、本当にいいのかという薄笑いを浮かべて、フレンチドアの向こうに消える。私は若者と取り残される。

「父とバドミントンをするのですね、ミスター・ハリデイ?」若者が訊く。

「きみのお父さんは誰だね?」

「アルカジーです。私はドミートリー」

「なるほど。初めまして、ドミートリー」

われわれは握手を交わす。ドミートリーの手は湿っている。私の手もそうだろう。私が正式にリクルートしたその日に、この腐った忌々《いまいま》しい世界で子供など作る気は毛頭ないと断言したあのアジカジーの生きた息子と話しているのだ。ドミートリーは養子か? それとも、最初から息子がいたのに、われわれのスパイになることで子の将来を危うくしたと恥じ入って隠していたのか。受付の黒いスーツの娘が、真鍮のサイの飾りがついた部屋の鍵を渡してくれるが、ドミートリーがものものしい英語で「お客様はあとで戻ってくる」と言い、私を連れてまた金色のカーペットを引き返し、メルセデスの四輪駆動の助手席に案内する。

「父からは、目立たないように願いたいということでした」彼は言う。

別の車があとからついてくる。見えるのはヘッドライトだけだ。私は目立たないことを約束する。

★

メルセデスの時計で三十六分間、丘を登る。道はまたつづら折りの急坂になる。ややあって、ドミートリーが質問しはじめる。

「サー、あなたは父を長年知っています」

「そうだね、かなり長いあいだ」

「当時、父は機関《オーガンズ》にいましたか？」ロシア語では〝オルガン〟、秘密情報部のことだ。

私は笑う。「彼のことはバドミントンが大好きな外交官だとしか知らなかった」

「あなたは？　当時？」

「私も外交官だった。商務担当の」

「トリエステにいたときですか？」

「ほかの土地でもね。お父さんと会って、コートが見つけられるときにはいつでも」

「ですが、何年も父とはバドミントンをしていない」

「そう、していない」

「そしていま、あなたたちはビジネスをする。ふたりともビジネスマンですね」

「それはかなりの秘密情報だ、ドミートリー」私は警告する。アルカジーが息子にどういう作り話をしているか、だんだんわかってきた。きみはいま何をしているのだ、とドミートリーに訊く。

「もうすぐカリフォルニアのスタンフォード大学に行きます」

「専攻は?」

「将来は海洋生物学者になりたくて。モスクワ大学でも専攻しましたし、ブザンソンでも学んだ」

「そのまえは?」

「父は私をイートン校に行かせたかったんですが、学校の安全対策が気に入らなかった。そこで安全管理がしっかりしているスイスのギムナジウムに行きました。あなたはふつうのかたじゃありませんね、ミスター・ハリデイ」

「どうして?」

「父はあなたをすごく尊敬しています。ふつうそんなことはありえない。あと、あなたは完璧なロシア語を話すと父が言っていましたが、まだ披露してもらっていません」

「きみが英語を練習したいのではないかと思ったんだ、ドミートリー！」私はからかうように主張し、私の隣でゴーグルをつけてスキーリフトに乗っていたステフの姿を思い出す。

★

私たちは検問所のまえで停まっている。手を振って停まらせたふたりの男が、私たちをじっくり見たあと、うなずいて、行けと指示を出す。銃はどこにも見当たらない。カルロヴィ・ヴァリのロシア人は法律を遵守する市民のようだ。銃は目につかない場所に置かれている。ハプスブルク帝国時代からのものか、ユーゲント・シュティール（十九世紀末から二十世紀初めにかけてのドイツ語圏の美術の潮流）様式の石造りの門柱まで来ると、防犯ライトがつき、監視カメラがこちらを見おろす。守衛所から別の男がふたり出てきて、必要もないのにこちらを懐中電灯で照らし、同じように手を振って、行けという。

「警備が厳重だな」私はドミートリーに言う。

「あいにく、これも必要なのです」彼は答える。「父は平和を愛していますが、いつも愛が返ってくるとはかぎらないので」

左右の高い金網フェンスが森のなかへと続いている。ライトに眼がくらんだ鹿が道をふさぐ。ドミートリーがクラクションを鳴らすと、鹿は跳ねて闇のなかへ消える。前方に、小塔のついた邸宅がぼうっと浮かび上がる。一部は狩猟小屋、別の一部はバイエルン地方の駅舎のようだ。カーテンのない一階の窓に、何か風格のある人々が行き交う姿が映る。だが、ドミートリーは邸宅に向かっていない。森のなかの道を走りつづける。使用人の小屋が並ぶまえを通りすぎ、農家の石敷の前庭に入る。一方の端には厩舎《きゅうしゃ》、もう一方には黒い下見板を張った、窓のない納屋がある。ドミートリーは車を停め、私のほうに腕を伸ばして助手席側のドアを押し開ける。

「では、試合を愉《たの》しんでください、ミスター・ハリデイ」

車が去る。私は庭のまんなかにひとりで立っている。半月が木々の梢《こずえ》の上に昇る。その光で、納屋の閉ざされた扉のまえに男がふたりいるのが見える。内側から扉が開く。私は強力な懐中電灯の光を浴びせられ、一瞬眼が見えなくなる。ジョージア訛《なま》りのある柔らかなロシア語が、闇の奥から私に呼びかける。

「なかに入ってプレーするのか？　それともおれが出ていって叩きのめしてやろうか？」

私は納屋に向かう。ふたりの男は礼儀正しく微笑み、左右に分かれて私を通す。なかに入ると、扉が閉まる。白い通路には私しかいない。二番目の扉が開いていて、その先は人工芝《アストロターフ》のバドミントン・コートだ。私と向かい合っているのは、トレーニングウェアを着た小柄で粋《いき》な六十歳の元要員アルカジー、暗号名〈ウッドペッカー〉。小さな足を注意深く広げて立ち、対戦に備えて両腕を途中まで上げている。わずかに前屈《まえかが》みなのは、船員か、戦士かというところ。短く刈りつめた髪はそのままで、ただ量が減っていた。信じないぞというような鋭い目つきも、歯を食いしばった顎《あご》も同じだが、苦痛のしわは深くなった。同じ強張《こわば》った笑みは、何年もまえにトリエステの領事館のカクテルパーティで私が近寄り、バドミントンの試合を申しこんだ夜と変わらず、何を考えているのか読めない。

首のひと振りでついてこいと示し、私に背を向けて、軍人の歩調で歩きだす。私は彼のあとについてコートを横切り、二階の観覧席につながる木製のシースルー階段をのぼる。観覧席に着くと、彼はドアの鍵を開け、私に合図して迎え入れ、また鍵をかける。私たちはまた木製の階段をのぼって、細長い屋根裏部屋に入る。切妻屋根とぶつかるいちばん奥に曇りガラスのドアがあり、アルカジーがその鍵を開けて先に進むと、ツタに覆《おお》われたバルコニーに出る。彼はまた鍵をかけ、スマートフォンにロシア語で鋭くひと言、「解散」と言う。

木製の椅子が二脚、テーブル、ウォッカのボトル、グラス、黒パンののった皿がある。明かりは半月。木々の向こうに、それより高い小塔のある邸宅が見える。ライトに照らされた芝生の上を、スーツ姿の男たちがひとりずつ歩いていく。精霊《ニンフ》たちの石像に支配された池で、噴水がしぶきを散らしている。アルカジーは無駄のない動きでウォッカをグラス二個につぎ、素っ気なく私にひとつを差し出して、パンを指し示す。私たちは坐る。

「インターポール（国際刑事警察機構）から送られてきたのか？」ジョージア訛りの早口のロシア語で訊く。

「いや」

「脅迫するために来たとか？　またロンドンと協力しなければプーチンに引き渡すぞと？」

「ちがう」

「なぜ？　状況はあんたたちに有利だ。いま雇っている人間の半分は、おれのことをプーチンの宮廷に報告している」

「あいにくロンドンはもうあんたの情報を信用していない」

　そこで初めて彼は私に向かってグラスを掲げ、無言の乾杯をする。私も同じことをして、彼とのあいだにはいろいろあったが、これほど怒っているのは見たことがないと思う。

「もうあんたの愛するロシアではないわけだな」私は軽い調子で言う。「ロシアの樺《かば》の林のなかに慎ましい別荘《ダーチャ》を持つのが、あんたの積年の夢だと思っていたが。あるいは、ジョージアに帰ることが。なぜそれができない？　どこであてがはずれた？」

「はずれてなどいない。サンクトペテルブルクとトビリシには家がある。だが、国際主義者として、わがカルロヴィ・ヴァリをいちばん愛している。ロシア正教の聖堂もあって、敬虔《けいけん》なロシア人の悪党が週に一度集まって祈りを捧げている。おれが死んだら、あそこの墓地に入る。美しい妻もいる。とても若い。友人たちはどいつもこいつも彼女とファックしたがるが、たいていの者は拒《こば》まれる。人生でこれ以上何を求める？」彼はせかせかした小声で訊く。

「リュドミラはどうしてる？」

「死んだ」

「それは気の毒に。どうしてまた？」

「軍事目的で使えるほどの図太い病原体《エージェント》、その名も癌《がん》にやられたのさ。四年前に。おれは二年間、喪に服した。それで用件はなんだ？」

情報部でリュドミラに会った者はいない。アルカジーによれば、彼女はプルーと同じ弁護士で、モスクワで働いていた。

「あの若いドミートリー、彼はリュドミラの息子なのか？」私は訊く。

「気に入ったか？」

「いい若者だ。前途有望だろうな」

「有望な前途など誰にもない」

彼は小さな拳《こぶし》で唇《くちびる》をさっとなでる。昔から変わらない、緊張したときの癖だ。そして木々の上から突き出した邸宅と、ライトに照らされた芝生を見つめる。

「ロンドンはあんたがここにいることを知ってるのか？」

「ロンドンにはあとで報告しようと思った。こうして話してから」

「あんたはフリーランスなのか？」

「いや」

「国家主義者か？」

「いや」

「だったら何者なんだ」

「愛国者かな」

「どういう愛国者だ？　フェイスブックの？　ドットコム企業の？　地球温暖化の？　あまりにも巨大で、あんたの壊れた小さな国なんかひと口で呑みこんでしまえる企業の？　誰から金をもらってる？」

「情報部から。願わくは。帰国したときに」

「何が望みだ」

「いくつか答えが欲しい。昔のよしみで。もしあんたが答えられるなら。気が向いたら、正しいと確認してもらいたい」

「これまであんたは嘘をついたことがなかったか？」——非難するように。

「一、二度はあった。そうせざるをえないときに」

「いまも嘘をついているのか？」

「いや。あんたも嘘をつかないでくれ、アルカジー。最後に嘘をつかれたときには、私のすばらしいキャリアがドブに落ちかけた」

「気の毒にな」彼が言い、私たちはしばらく夜景を眺める。

「教えてくれ」アルカジーはまたウォッカを飲む。「あんたらイギリス人が、最近われわれ裏切者に売りこむでたらめはなんだ？　人類を救済する自由民主主義か？　あんなゴミにどうしておれは惚《ほ》れこんだのかな」

「そうしたかったから？」

「イギリス人はふんぞり返ってEUから出ていく。〝おれたちは特別だ。イギリス人だ。ヨーロッパなど必要ない。戦争にはわが国だけで全部勝ってきた。アメリカ人も、ロシア人も、どこの国の人間もいらない。おれたちはスーパーマンだ〟。自由を愛する偉大なドナルド・トランプ大統領が、あんたらの腐った経済を救ってくれるそうだな。トランプが何か、知ってるか？」

「教えてくれ」

「あれはプーチンの便所掃除人だ。あのちびウラジが自力でできないことを、代わって全部やっている。ヨーロッパの結束に小便をかけ、人権に小便をかけ、NATOに小便をかける。クリミアとウクライナは神聖ロシア帝国のもの、中東はユダヤとサウジのものだとわれわれを説得する。世界秩序などどくそくらえ。で、あんたらイギリス人は何をする？　あいつのちんぽこをなめて女王のお茶に招待するのだ。われわれの黒い金を代わりに洗浄し、悪党として充分大物なら喜んで受け入れる。ロンドンの半分をわれわれに売り、われわれが裏切者を毒殺しても、両手をもみ絞って、親愛なるロシアのご友人、どうか、どうかイギリスと貿易してくださいと言う。そんなもののためにおれはこの命を危険にさらしたのか？　ちがうと思う。イギリス人はおれに荷馬車一杯の偽善の馬糞を売りつけたと思う。だからいまさら、おれのリベラルな良心と、キリスト教精神と、おまえらの偉大なる大英帝国への愛情に訴えるために来たなんて言わないでくれ。そんな話に乗ると思ったら大まちがいだ。わかるか？」

「話は終わったか？」

「まだだ」

「私はあんたが一度だってイギリスのために働いていたとは思わない、アルカジー。あんたは自分の国のために働いて、それがうまくいかなかったんだと思う」

「そっちが何を思おうが知ったことか。くそ用件はなんなんだと訊いてる」

「昔と同じだ。あんたはかつての同志との集まりに顔を出すか？　懇親会とか、受勲式とかに。古き良き時代を偲《しの》ぶ催しとか、偉大な人物の葬儀とか？　あんたのような名誉ある退職者にとって、出席は義務のようなものだろう」

「だとしたら？」

「あんたが心も体も昔ながらのチェキストという偽装で生き延びたことを祝いたい」

「偽装にはなんの問題もない。おれは揺るぎないロシアの英雄だ。不安要素はまったくない」

「だからチェコの要塞に住んで、ボディガードの軍団に囲まれているわけだ」

「競争相手はいるが、それは不安要素とはちがう。ありきたりのビジネス上の慣行だ」

「こっちの記録によると、あんたはこの一年半のあいだに退職者の懇親会に四回出ている」

「だから？」

「昔の同僚と仕事について話すことはあるかな？　たとえば、新しい仕事のことを？」

「そういう話題になれば話すだろうな。こっちからは話題にしないし、その方向に話を持っていくこともないが。まあ、それはあんたにもわかるだろう。だが、おれをこれからモスクワに情報収集に行かせようって肚《はら》なら、頭がいかれてるぞ。早く本題に入ってくれ」

「そうしよう。私がここに来たのは、まだあんたがモスクワ・センターの誇り、ワレンチナと連絡をとり合っているか尋ねるためだ」

彼は居丈高に顎《あご》を突き出して、じっとまえを見ている。背中は軍人のようにぴんと伸びている。

「そんな女は知らない」

「ほう、それは驚きだな、アルカジー。一度あんたから、愛したことがあるのは彼女だけだと聞いたことがあるから」

シルエットになった彼の顔はまったく変わらない。最初から変わらなかった。油断のない身構えで、こちらの話を聞いていることがわかるだけだ。

「リュドミラと離婚して、ワレンチナと結婚するという話だった。だが、さっき聞いたことからすると、あんたのいまの奥さんはワレンチナではないらしい。ほんの何歳か年下だったはずだから、若い美人妻というのとはちょっとちがう」

やはり何も動かない。

「憶えているかもしれないが、われわれは彼女を転向させることもできた。そのための手段もあった。それを提供したのはあんた自身だ。彼女はセンターの重要な任務でトリエステに送られた。国の機密情報を売りたがっていたオーストリアの上級外交官が、ロシアの役人とは断固取引しないと言っていたからだ。領事館や外交畑の人間とは話さないと。そこでモスクワはあんたのところにワレンチナを送った。あのころセンターに女性職員はあまりいなかったが、ワレンチナは例外だった。きわめて聡明で美しく、人生の夢のような女、あんたはそう言ったじゃないか。彼女も理想の男を見つけた。すぐにあんたたちふたりは共謀して、センターに一週間連絡せず、アドリア海でロマンティックな休暇を堪能した。そこそこ目立たない宿泊先を見つけるのを、われわれも手伝ったと思ったがね。こちらから彼女を脅してもよかったが、あんたを巻きこまずにそうする方法がわからなかった」

「おれは、彼女をそっとしておかなければあんたを殺す、と言った」

「たしかに。われわれもあれには感心した。彼女はたしか同郷のジョージア人で、伝統的なチェキストの家の出身だったな。文句なしの条件で、あんたは夢中になった。彼女は完璧主義者だ、と私に言ったよな。仕事においても、恋愛においても完璧だと」

ふたりでどのくらい夜を見つめていただろう。

「完璧すぎた、たぶん」アルカジーがようやく厳しい語調でつぶやく。

「どこでつまずいた？　彼女が結婚してたのか？　ほかの男がいた？　そんなことではまさか踏みとどまらないだろう？」

　また長い沈黙ができる。アルカジーが物騒なことを考えている確かな証拠だ。

「おそらく彼女は、ちびウラジ・プーチンと結婚しすぎてた」と荒々しく言い放つ。「体ではなく、魂が。プーチンはロシアよ、とおれに言った。プーチンはピョートル大帝。プーチンは純粋、彼は切れ者。彼は軟弱な西側を出し抜く。われらがロシアの誇りを取り戻してくれる。国からものを盗む人間は、誰だろうと不届きな盗人《ぬすっと》、それはプーチンその人から盗むということだから」

「で、あんたはその不届きな盗人のひとりだった？」

「チェキストは盗まない、と彼女は言った。ジョージア人は盗まない。おれがあんたらのために働いてたのを知ったら、彼女はピアノ線でこの首を締め上げてただろう。つまり、結婚してもあまり反《そ》りは合わなかったということだな」——苦々しい笑い声。

「どんなふうに終わったんだ？　終わったとしてだが」

「ちょっとしたことが大事《おおごと》になった。いくら与えても足りなくなった。おれは彼女にこのすべてを与えた」顎のひと振りで、森と邸宅、ライトに照らされた芝生、有刺鉄線の高いフェンス、警邏《けいら》中の黒いスーツの孤独な歩哨たちを指し示す。「彼女はおれに言う。アルカジー、あなたは悪魔。盗んだ帝国をわたしに与えないで。おれは言う。ワレンチナ、ひとつ教えてくれないか。この腐れ宇宙にいまいる金持ちで盗人でないやつがいるか？　成功は恥じゃない。罪の赦《ゆる》し、神の愛の証拠だ。しかし彼女に神はいない。おれにもだ」

「彼女とはまだ会っている？」

彼は肩をすくめる。「おれはヘロイン中毒か？　ワレンチナ中毒だ」

「彼女も同じ気持ちか？」

昔もこうだった。ふた分かれした彼の忠誠心の縁をいっしょに用心深く歩いていく。彼は予測不可能で貴重なわが要員として、私は彼が安全に心のうちを明かせる世界でただひとりの人間として。

「だが、彼女にはときどき会っている？」

身を強張《こわば》らせただろうか。それとも私の気のせいか。

「ときおりサンクトペテルブルクで、彼女がそうしたいときに」素っ気なく答える。

「彼女は最近どんな仕事を？」

「いつもの仕事だよ。領事にも、外交官にも、文化担当にも、報道担当にもならない。そこはワレンチナ、手練《てだれ》のプロとして痕跡をいっさい残さない」

「具体的には?」

「ずっと同じことだ。モスクワ・センターの非合法要員の運用。西ヨーロッパのみ。おれが昔いた部署だ」

「そこには休眠工作員《スリーパー・エージェント》も含まれる?」

「くそのなかに十年もぐりこんで、そのあと二十年外で働くような休眠工作員か? もちろん。ワレンチナは休眠工作員を運用する。彼女と寝《スリープ》れば、ほかのものは目に入らなくなる」

「彼女は、ネットワークの外にいる重要情報源のために休眠工作員を危険にさらすだろうか」

「得られるものが大きければ、するさ。地元の支局《レジデントウーラ》があほうどもの巣になってるとモスクワが判断すれば——たいていそうなってる——彼女の非合法要員を使うことが認められる」

「彼女の休眠工作員も?」

「彼女に切り捨てられてなければ、使ってなんの問題がある?」

「そして彼女は今日《こんにち》に至るまで、これだけ年月がたっていても、なんの痕跡も残していない?」私は訊いてみる。

「もちろん。完全にきれいだ」

「自然な偽装で現場に出てくることも可能なくらいきれいなのか？」

「なんにでもなれるし、どこへでも行ける。まったく問題ない。あれは天才だ。本人に訊いてみろ」

「すると、ほんの一例だが、重要な情報源の世話やリクルートのために西側の国へ行くことも？」

「それに値する大きな魚であれば、もちろん」

「どういう魚だ？」

「大きな魚だよ、言ったろ。充分大きくないと」

「あんたくらいか？」

「もっと大きいかもな。知るか」

いま振り返ると、このあとの成果は私に先見の明があったからのようにも見えるが、実際にはちがった。私はたんに昔の自分に戻っただけだった。自分のことより担当の要員のことをよく知っていた時代に。私は彼らのなかにたまっていく不穏な兆しに、本人が気づくより先に気づいていた。いくつかのひそやかな夜、寂《さび》れ果てたどこかの共産主義の街の裏道に駐めたレンタカーのなかで、彼らがとても人ひとりで抱えきれないような歴史の詰まった人生の話を滔々《とうとう》と語るのに耳を傾けてきたおかげだった。しかし、そのなかでもいちばん悲しいのは、いま私が自分に聞かせている話だ——アルカジーの孤独な愛の生活にたびたび訪れる悲劇、どこまでも雄々しいはずのこの男が、ここぞというときに無力で、誰からも相手にされず、蔑《さげす》まれたかつての迷子のような存在になってしまい、欲望が恥辱に変わり、怒りが身のうちにこみ上げる。ワレンチナは、不適切に選んだ多くの相手の典型であり、彼の情熱にさりげなく応えるふりをし、思わせぶりな態度をとり、相手を支配したと見るや、彼がもといた通りに放り出した。

その彼女がいまわれわれといる。私にはそれが感じられる——彼女を一笑に付すときのアルカジーのあまりにも投げやりな口調や、彼らしくない大げさなボディランゲージに。

「男の魚か、それとも女の魚か」私は訊く。

「おれが知ってるわけないだろう」

「いや、知ってる。ワレンチナが話したからだ。だろう？　すべてじゃない。ちょっとしたヒントをあんたの耳にささやいた、昔のように。あんたをじらすために。感心させるために。あおりたてるために。彼女の網にかかったばかでかい魚について。ちなみに、彼女はイギリスの魚と言ったかな？　あんたがしゃべっていないのは、そういうことか？」

彼の額を汗が流れ落ちる。月光に照らされた悲痛な顔。アルカジーは昔のように話している。内面から湧いてくることばをまくしたて、かつてのように脆《もろ》い部分をさらけ出し、己《おのれ》を憎み、己が裏切った対象を憎み、彼女への愛に浸り、自己嫌悪に陥り、非は自分にあるのに彼女を懲《こ》らしめる。ああ、大きな魚だよ。ああ、イギリス人だ。ああ、男だ。いきなり向こうから現われた。共産主義の時代のようにイデオロギー漬けだ。中産階級。今後はワレンチナが手ずから育てる。彼はワレンチナの所有物、弟子になる。おそらく愛人にも、彼女の気が向けば。

「満足したか？」彼はふいに叫び、小さな体をくるりとこちらに向けて私に挑む。「このために来たんだろう、イギリス帝国主義の下衆《げす》めが！　おれにワレンチナをもう一度裏切らせるために」

彼は跳んで立ち上がる。

「おまえも彼女と寝たんだろう、この女漁り！」と大声で叫ぶ。「トリエステの女全員とファックしてたことを、おれが知らないとでも思ったか。さあ、彼女と寝たと正直に言え！」

「残念だが、そんな喜びは得たことがない、アルカジー」私は答える。

アルカジーは私のまえを大股で歩いている。肘《ひじ》を張り、小ぶりな脚を精いっぱいまえに出して。私は彼についてがらんとした屋根裏部屋を通り、階段をふたつおりる。バドミントン・コートに着くと、彼は私の腕をつかむ。

「最初に会ったとき、おれになんと言ったか憶えてるか」

「もちろんだ」

「いま言え」

「失礼ですが、アルカジー領事。バドミントンの名手とうかがいました。大戦時の同盟国同士で友好的な試合をしませんか」

「抱擁《ほうよう》してくれ」

私は抱擁する。彼は貪欲に私を抱きしめ、次いで突き放す。

「代金は、おれのスイスの無記名口座に百万米ドルの金の延べ棒だ」彼は宣言する。「ポンドはくそだから。わかったな？　払わなければ、プーチンに報告する！」

「すまない、アルカジー。うちはいま破産中だ」私は言う。なぜか私たちは微笑んでいる。

「戻ってくるな、ニック。もう夢なんて誰も見ない、わかるな？　あんたを愛してるよ。今度来たら殺してやる。約束だ」

また私を突き放す。うしろで扉が閉まり、私はふたたび月明かりの農家の庭に立っている。そよ風が吹いてくる。頬に彼の涙を感じる。メルセデスの四輪駆動に乗ったドミートリーがヘッドライトをつけて合図する。

「父に勝ちました?」車で去りながら、ドミートリーがそわそわと訊く。
「ほぼ互角だった」私は言う。
ドミートリーは私の腕時計、財布、パスポートとボールペンを返してくれる。

★

私の身体検査をした特殊部隊の男ふたりが、ロビーの椅子に坐って脚を伸ばしている。私が通りすぎても眼を上げないが、階段をのぼって振り返ると、ふたりともこちらを見ている。四柱式ベッドの頭側のパネルでは、やさしい聖母マリアが見守る足元で天使たちがまぐわっている。アルカジーは、自分の苦悩に満ちた人生を三十分間、私に垣間見せたことを後悔しているだろうか。結局私を殺すほうがいいと決意しているところだろうか。彼は私には縁遠い何種類もの人生を生き、そのどれも終えていない。静かな足音が廊下を往《ゆ》き来する。ボディガード用に部屋はとったものの、そこにボディガードはいない。武器といえば、ルームキーとイギリスの小銭、それに彼らにはとても敵《かな》わない中年の体しかない。

〝あんたくらいか? もっと大きいかも。知るか……彼女と寝《スリープ》れば、ほかのものは目に入らなくなる……もう夢なんて誰も見ない、わかるな?〟

12

モスクワは指示した。アルカジーも語った。私も話して聞かせた。ドム・トレンチは懲罰委員会宛ての手紙を破棄した。ロンドン総局は私の旅費を払ってくれたが、カルロヴィ・ヴァリの湖畔のホテルまでタクシーを使ったことは問題視した。そこまで行くバスがあったようだ。臨時でガイ・ブランメルが率いるロシア課は、〈ピッチフォーク〉を即刻アクティブな案件にすると宣言した。課長のブリン・ジョーダンもワシントンから同意し、一部員が計画外の出張で有害な元要員を訪ねたことに関しては、何を考えているにしろ胸にしまっていた。アルカジーのレベルの裏切者がこちらの陣営にいるという考えは、ホワイトホールの鳩小屋にそれなりの騒ぎをもたらした。インナー・ロンドン北部にあるアパートメントの一階ふた部屋に落ち着いた要員〈ピッチフォーク〉は、デンマークの架空の愛する人《イナモラータ》アネッテから、暗号化された裏の通信文をすでに三通受け取っている。その内容は〈ヘイヴン〉を大いに興奮させ、ただちにドム・トレンチ、ロシア課、そして運営理事会へと階層を駆け上がった。

「神による名誉挽回《ばんかい》だよ、ピーター」セルゲイが畏敬に満ちた声で私にささやく。「きっと神の意思によって、本来知りえない偉大な作戦でささやかな役割を果たすことになったんだ。でも、それは重要じゃない。ぼくは自分の善良な心を証明したいだけだから」

とはいえ、いつもの疑念を振り払うことをためらって、パーシー・プライスの監視チームはセルゲイの〝簡易版〟対監視活動を維持する。火曜と木曜の午後二時から六時まで。それがいまパーシーとしては精いっぱいだ。セルゲイは世話役のデニーズに、もしイギリスの市民権が得られたら結婚してくれるかと尋ねてもいた。バリーに別の相手ができて、セルゲイはみずから認めようとはしないものの、ストレートになろうと決意したのだろうか、とデニーズは訝《いぶか》っている。もとよりふたりが結ばれる見込みはまずない。デニーズはレズビアンで、妻がいる。

モスクワ・センターの裏文書はセルゲイに住居の選択をまかせ、ノース・ロンドン地区の残りふたつの場所について詳細な情報を要求してきて、完璧主義者アネッテの几帳面《きちょうめん》すぎる性格を改めて印象づける。セルゲイがアネッテからとくに注意しろと言われているのは、公園、歩行者と自動車のアクセス、開園と閉園の時刻、管理人や警備員、その他の〝警戒要素〟の有無だ。公園のベンチ、四阿《あずまや》、野外ステージの位置や、駐車場の利便性にも大きな関心が寄せられる。情報部の無線諜報部門は、モスクワ・センターの北部地域担当局に出入りするトラフィックが異常に増えていることを確認する。

カルロヴィ・ヴァリから戻って以降、私とドム・トレンチとの関係は案の定、蜜月期に入っている。たとえロシア課が〈スターダスト〉に関するすべての任務から慎重にドムの権限を奪ったにせよだ。本部のコンピュータがランダムにつけたこの暗号名は、モスクワ・センターと要員〈ピッチフォーク〉間のデータ受け渡しを利用する作戦を指す。ドムはといえば、自分の立場が危ういとわかっているので、私の報告書に彼の略号も入っていることをあくまで喜んでいる。私頼みであることを本人も認め、気後れしているのが、こちらでひそかに見ていて愉《たの》しい。

★

フローレンスにはかならずまた連絡するつもりだったが、一時的な昂揚感《こうようかん》のせいであとまわしになっていた。モスクワ・センターから決定的な指示が出るまでのやむをえない凪《なぎ》の時期は、その非礼を償《つぐな》う絶好の機会だ。プルーは田舎《いなか》住まいの体の弱った姉を訪ねていて、週末はおそらくずっと戻らない。念のため電話で訊いてみる。予定は変わっていない。フローレンスに電話をかけるなら、〈ヘイヴン〉からでも私のオフィス用携帯電話からでもない。私は帰宅して、冷たいステーキ・アンド・キドニー・パイを食べ、スコッチを二杯飲む。それから武器よろしく小銭をつかみ、バタシーに最後まで残っている電話ボックスのひとつまで歩いていき、彼女から最後に聞いた番号にかける。また留守番電話だろうと思ったら、なんとフローレンスが焦《あせ》った様子で出てくる。

「ちょっと待って」彼女は言い、受話器を手で覆《おお》って、空《から》っぽの部屋のようなところで誰かに叫ぶ。ことばは聞こえないが、海上の霧に包まれたようなフローレンスの声がこだまし、次いで男の声が響く。そしてようやく私に、ふつうのことば《アン・クレール》で、事務的に――

「はい、ナット」

「ではもう一度、ハロー」私は言う。

「ハロー」

私が悔恨の口調を期待していたとしたら、彼女の声にも、こだまにも、それはまったく聞き取れない。

「ずっと電話しなければと思っていたんだ。まだやりかけのこともあると思うし」と言いながら、説明しなければならないのは完全に彼女のほうなのに、自分が一生懸命説明していることに驚く。

「仕事のことですか。それとも個人的なこと?」彼女は訊き、私は感情を逆なでされる。

「私が望むなら話してもいいというメッセージを送ってきたじゃないか」と言い返す。

「きみの去り方があ␣あだったから、意味深長だと思った」

「わたしの去り方とは？」

「ごく控えめに言っても突然だった。かつ、きみが世話をしていた人たちに対しては、かなり軽はずみな行動だった、知りたければ言うが」と切り返して、そのあとのフローレンスの長い沈黙のあいだ、きつい口調になったことを後悔する。

「彼らはどうしてます？」フローレンスは抑えた声で尋ねる。

「きみが世話をしていた人たちか？」

「ほかに誰がいるの？」

「ひたすらきみを恋しがっている」私は少しやさしく答える。

「ブレンダも？」──さらに長い沈黙のあとで。

ブレンダとは〈アストラ〉の内輪の呼び名だ。〈オルソン〉に幻滅した愛人であり、〈ローズバッド〉作戦の主要な情報源。ブレンダはきみが去ったと知るなり協力しなくなった、と刺々《とげとげ》しく言いかけたが、フローレンスが明らかに声を詰まらせているので、少し穏やかな答えを返す。

「いろいろあったことを考えると、かなりうまくやっている。きみのことを尋ねはするが、人生を先に進めなければいけないことは完全に理解している。まだ聞いているか？」

「ナット？」

「なんだね？」

「食事に連れていってもらえませんか」

「いつ？」

「近いうちに」

「明日とか？」

「いいわ」

「魚がいいかな？」〈ローズバッド〉のプレゼンテーションのあと、パブでフィッシュパイを食べたのを思い出して言う。

「食べるものなんてなんでもいい」彼女は答えて電話を切る。

私が知る魚のレストランは、ことごとく財務課の〝支払い可能〟リストに入っていて、要するに、接触相手と食事をしているほかの情報部員と出くわすおそれがあった。私もフローレンスも、それだけは避けたい。そこでウェスト・エンドのしゃれたレストランを選び、ATMから現金を多めに引き出しておく。プルーと共通のバークレイカードの口座の明細に載せたくなかったからだ。人生では犯してもいない罪で捕らえられることがある。

私は隅のテーブルを予約したが、そうするまでもなかった。ロンドンは終わりなき熱波にうだっている。私はいつもの習慣で早めに到着し、スコッチを注文する。店内に客はほとんどおらず、ウェイターは眠そうで不機嫌だ。十分後、フローレンスが夏向きの仕事着で現われる。ハイネックシャツの上に長袖《ながそで》の厳めしいミリタリーシャツを着ていて、化粧はなし。〈ヘイヴン〉では互いにうなずき、エアーキスを交わして一日が始まったものだが、いまは「ハロー」に逆戻りして、フローレンスは私を、現実にはちがう〝元愛人〟として扱っている。

巨大なメニューの陰から私はハウスシャンパンのグラスを勧める。フローレンスは冷ややかに、ブルゴーニュの赤しか飲まないことを思い出させる。ドーヴァーのシタビラメ、小さいものでいい、もしゆっくりするのなら、まずカニとアボカドのサラダを。私はゆっくりするつもりだ。彼女の手に眼が吸い寄せられる。薬指にはめていた重厚な男物の印章指輪が、小さな赤い石をちりばめた貧相な銀の指輪に代わっている。彼女の指にはゆるめで、以前の指輪の青白い跡にぴったり合っていない。

ふたりとも注文を終え、巨大なメニューをウェイターに返す。ここまでフローレンスは巧みに視線をそらしてきたが、いまや私をまっすぐ見ている。その凝視に悔恨は微塵《みじん》も感じられない。

「トレンチはどう説明しました?」

「きみのことを?」

「ええ、わたしのことを」

むずかしい質問をするのはこちらのほうだと思っていたが、彼女には別の考えがある。

「感情的になりすぎる、採用はまちがいだったと。基本的には」私は答える。「私の認識はちがうと言っておいた。ただ、きみはすでに怒って辞《や》めたあとだったから、ドムと議論しても意味はない。四人でバドミントンをしたときに話してくれればよかったのに。電話をくれても。だが、きみはそうしなかった」

「あなたは思ったんですか、わたしは感情的になりすぎる、採用はまちがいだったと?」

「いま言っただろう。私が認識しているフローレンスはちがうとトレンチには答えた」

「どう思ったかと訊いてるんです。どう答えたかじゃなくて」

「どう思えというんだね? 〈ローズバッド〉はわれわれみんなにとって残念な結果になったが、特殊作戦が最後の最後で取り消しになるのは、珍しいことでもなんでもない。だから私は、きみがカッとなったんだろうと思ったよ。ドムとのあいだに個人的な問題があったにちがいないとも。まあ、私が口を出すようなことではないが」と含みを持たせて言う。

「話し合いについて、ドムはほかに何を言いました？」

「たいしたことは言ってない」

「たぶん、かの美しく高貴な妻、レイチェル女性男爵については何も言わなかったんでしょうね。保守党の有爵者で財務責任者の彼女のことは」

「何も。どうしてだね？」

「あなたはもしかして彼女の友人ではない？」

「会ったこともない」

フローレンスはブルゴーニュの赤をひと口飲み、次に水を飲む。この人に言ってだいじょうぶだろうかと不安視しているように眼で私を査定し、ひとつ大きな息を吸う。

「レイチェル女性男爵は、シティに立派なオフィスを構える富裕者向け資産管理会社のCEOで、弟とともに共同設立者です。個人顧客は申しこむだけ。ただし、五千万米ドルを超える相談でなければ、電話は無用。ご存じだと思いましたが」

「知らなかった」

「この会社の専門はオフショアです。ジャージー、ジブラルタル、カリブ海のネイビス島。ネイビス島については知ってます？」

「まだ知らない」

「最高の匿名性《とくめい》が売りです。ネイビスは当事者を見えなくすることにかけては世界最先端。登録されている無数の会社の所有者が誰か、ネイビスの誰も知らない。ファック」

苛立《いらだ》ちがナイフとフォークに向かい、両方ともどうしようもなく震えている。彼女はそれらをガシャンとテーブルに置き、またワインを飲む。

「続けましょうか？」

「ぜひそうしてくれ」

「レイチェル女性男爵と彼女の弟は、イギリス関税局の手が届かない匿名のオフショア企業を四百五十三社、管理している。登記はほとんどネイビスで、ふたりは監督責任をいっさい負わない。聞いてますね？　顔つきが変だから」

「できるだけふつうの顔に戻そう」

「彼らのクライアントは、絶対的な決定権に加えて投資に対するハイリターンも要求する。十五パーセントとか、二十パーセントとか。でなければ意味がない。女性男爵とその弟の得意分野は主権国家ウクライナ。最大の顧客の一部がウクライナの新興財閥《オリガルヒ》なんです。いま言った匿名企業のうち百七十六社が、ロンドンのおもにナイツブリッジとケンジントンの一等地に不動産を所有している。ところが、その高級不動産のひとつがパーク・レーンのデュプレックスで、そこを所有する会社は、ある信託基金が所有し、その基金は〈オルソン〉が所有している。これはみんな事実。議論の余地のない。数字の裏づけもある」

私は大げさに反応しないし、情報部もそれを勧めない。だからフローレンスは、私が驚きと怒りの叫びをあげず、代わりに、ずっと続いている三人のウェイターの議論をさえぎってグラスワインのお代わりを頼んだことに、まちがいなく気を悪くした。

「残りも話します?」

「ぜひ頼む」

「とっても貧しいオリガルヒの世話をしていないときには、レイチェル女性男爵は貴族院の大蔵省小委員会ふたつに特命委員として出席している。会議で〈ローズバッド〉が取り上げられたときにも、その場にいた。議事録は消えてなくなる」

今度は私がワインを長々と飲む番だ。

「きみはしばらくこのつながりについて調べていたと考えていいかな?」私は訊く。

「ええ」

「きみがこのことについてどう考えるか、実際に正しいかどうかはとりあえず脇に置くとして、ドムとの面談でどのくらいまで話した?」

「充分なくらい」

「充分とは?」

「まず、彼の美しい爵位持ちの奥さんが素知らぬふりで〈オルソン〉の企業を管理している事実を」

「もし事実だとすればだな」

「このことにくわしい友人が何人かいるんです」

「そんな気がしていた。その友人たちとは長いつき合いなのか？」

「い、い、いいえ、そんなこと関係ないでしょう」

「レイチェルが大蔵省小委員会に入っているという情報は？　それも友人から得た？」

「かもしれない」

「そのこともドムに話した？」

「なぜわざわざ？　本人が知ってるでしょう」

「どうして本人が知ってるとわかる？」

「夫婦でしょ、勘弁してよ！」

私を侮辱しているのだろうか。おそらくそうだ。私たちのあいだに存在しなかった情事の幻想を、彼女のほうが深く記憶にとどめているとしても。

「レイチェルはすばらしいレディ」彼女は嫌味めかして続ける。「高級雑誌もべた褒《ぼ》め。立派な仕事をして、勲章をもらって。〈サヴォイ〉で資金集めのディナー。〈クラリッジズ〉で質素な生活。すべてそんな調子」

「だが高級雑誌には、彼女が大蔵省の極秘の小委員会に入っていることは書かれていないはずだ。ダークウェブならまだしも」

「知ったことじゃないわ」――怒りすぎた口調。

「まさにそれを訊いている。どうしてきみは知ってるんだ」

「わたしを尋問しないで、ナット。もうあなたの所有物じゃないんだから！」

「きみがそう思っていたとは驚きだ」

初めての痴話喧嘩《ちわげんか》だが、私たちは愛も交わしていない。

「きみが夫人のことを話したときに、ドムはどう答えた？」私は高ぶった感情、とくに彼女のそれが収まるのを待って訊く。すると、私を敵《かたき》扱いする彼女の態度が初めて揺らぎ、テーブルの向こうから身を乗り出して声を低くする。

「第一に、わが国の最高権威筋はその手のつながりに精通していて、すべてを調べ上げ、承認している」

「その最高権威筋というのが誰か、ドムは言ったか？」

「第二に、利害の衝突はない。あらゆる情報は正確かつ完全に開示されている。第三に、〈ローズバッド〉中止の決定は、あらゆる関連事項を然るべく検討したうえで国益のために下された。第四に、きみは本来知る資格のない機密情報を知っているようだから、その小汚い口を閉じていたまえ。同じことをあなたも言うんでしょうね」

的を射ている。だが、私が言うのは別の理由からだった。

「ほかに誰に話した？　ドムと私を除いて」

「誰にも。どうして話さなきゃならないの？」最初の敵意が戻ってきた。

「だったら、そのままでいてくれ。中央刑事裁判所《オールド・ベイリー》できみの善良な性格について証言したくないから。もう一度訊くが、その友人たちとはどのくらいつき合ってる？」

返答なし。

「きみが情報部に加わるまえからか？」

「かもね」

「ハムステッドとは誰だ？」

「くそよ」

「どういう？」

「四十歳の元ヘッジファンド・マネジャー」

「結婚してるんだろうね」

「あなたみたいに」

「それは、女性男爵が〈オルソン〉のオフショアの銀行口座を管理しているときみに話した当の人物かな？」

「彼女はくそリッチなウクライナ人にとって頼りになるシティの投資家だ、と言ってたわ。財務当局をいともたやすく操ることができるって。彼も何度か彼女を使ったことがあって、そのたびに成果をあげてくれたと」

「何に使ったって？」

「事態を打開するために。ちゃんと規制してない規制を回避するために。なんだと思うの？」

「そしてきみはこうした噂を――この又聞き《またぎ》を――友人たちに伝え、彼らはそれを真に受けた。きみはそう言ってるのか？」

「たぶん」

「いま聞いた話を私はどうすべきだ？　かりに真実だとしてだが」

「無視すれば。みんなそうする、でしょう？」

彼女は立ち上がりかけている。私もいっしょに立つ。ウェイターが法外な勘定書を持ってくる。私が二十ポンド札を数えてプレートに置くあいだ、みなでそれを見る。フローレンスは私のあとから外に出たあと、抱きついてくる。これが初めての抱擁《ほうよう》だが、キスはない。

「辞職するときに人事部にサインさせられた厳格な書類を忘れないように」私は体を離しながら警告する。「こんな終わり方になって残念だ」

「いや、終わってないのかも」彼女は言い返し、口をすべらせたというふうに、あわてて訂正する。「つまり、たんに忘れないってことです。すばらしいみんなを。わたしが担当した要員を。〈ヘイヴン〉を。あなたがたは最高でした」と続ける口調が陽気すぎる。

彼女は車道に出て流しのタクシーを呼び止め、行き先が私の耳に入るまえにドアを勢いよく閉める。

★

私は焼けつくように熱い歩道に取り残される。夜の十時だが、昼間の熱気が顔に立ち昇る。密会はあっという間に終わり、ワインと熱気の影響もあって、これは現実に起きたことだろうかと思う。これからどうする？　ドムと決着をつけるか？　それはもう彼女がやった。情報部の近衛兵に連絡して、彼女の言う友人たちに天罰を下してやるか。おそらくステフと同年代の理想主義的な怒れる若者たちだろう。起きている時間のすべてを費やして〝制度《ザ・システム》〟の裏をかこうとしているような。あるいはここで急がず、歩いて家に帰り、ひと晩寝て、朝どう考えるか見てみるか。いっそ全部やろうかと思っていたときに、オフィス用のスマートフォンが鳴り、緊急のショートメッセージが入ったことを知らせる。街灯の光の下から離れ、要求された数字を打ちこむ。

〝情報源〈ピッチフォーク〉が決定的な指示を受けた。〈スターダスト〉関係者は全員、朝七時に私の部屋に集合〟

ガイ・ブランメル、ロシア課課長代理の署名代わりの略号がついている。

13

そこから十一日間の作戦、家庭、歴史にかかわる出来事をここで整然と並べようとしても、失敗することは眼に見えている。きわめて重要な事柄のあいだに、どうでもいい話がまぎれこむのだ。ロンドンの街は記録的熱波で萎《しお》れかかっているかもしれないが、怒った群衆は横断幕を掲げてデモ行進し、そのなかにブルーと左派の弁護士仲間もいる。即席の楽団が抗議の音を吐き出す。人々の頭上で風船人形が揺れる。警察車と救急車のサイレンが鳴り響く。シティ・オブ・ウェストミンスターには近づけず、トラファルガー・スクウエアは横断できない。この騒乱の原因は？　イギリスがアメリカ大統領を迎えるためにレッドカーペットを敷こうとしているからだ。苦労の末実現したわが国とヨーロッパとの協調をあざ笑い、招請者である首相を貶《おとし》める人物を。

★

ブランメルのオフィスに午前七時。これが〈スターダスト〉戦のノンストップのパーティの始まりだった。出席者は、監視を取り仕切る重鎮のパーシー・プライスに、ロシア課と運営理事会のエリートたち。しかしドムはおらず、特別な理由でもあるのか、彼はどこだと誰も尋ねないので、私も黙っている。姉妹組織の代表の畏《おそ》るべきマリオンには、このうだるような暑さのなかダークスーツを着込んだ姿勢のいい弁護士がふたりついている。ブランメルその人が、モスクワ・センターからセルゲイに出た最新の指示を読み上げる。モスクワから来る重要な使者——性別不明——と、貴重なイギリス側の協力者——これ以上の詳細はなし——との秘密接触を、これからわれわれがお膳立《ぜんだ》てするのだ。〈スターダスト〉における私自身の役割が正式に合意され、同時に制限される。そこにブリン・ジョーダンの手が見えた気がする。それとも、私はいつになく神経質になっているのか？〈ヘイヴン〉の長として、私は〈ピッチフォーク〉と彼の調教師《ハンドラー》たちの保安と管理に責任を負う。モスクワ・センターとの機密のやりとりはすべて私を介しておこなわれるが、〈ヘイヴン〉の通信内容については、発信前にかならずロシア課課長代理のブランメルの許可を得なければならない。

そこで唐突に私の正式な業務は終わる。ただ、終わらせないのが私という人間で、遠くにいるブリンは誰よりもそれをよく知っているはずだ。そう、私はカムデン・タウンの地下鉄駅の隣にある〈ヘイヴン〉の隠れ家《セーフハウス》に出かけ、セルゲイと彼の世話人のデニーズと退屈な打ち合わせをする。そう、私はセルゲイの裏の通信文を作ってやり、彼と夜更けまでチェスをしながら、コペンハーゲンに宛てた直近のラブレターが無事処理されていることを、雑音まじりの東欧の民放ラジオ局が事前に取り決めた文字暗号で確認してくれるのを待つ。

とはいえ、私は事務職員《デスクジョッキー》でも社会介護士でもなく、現場の男だ。〈ヘイヴン〉に左遷された身かもしれないが、〈スターダスト〉作戦のもともとの立案者でもある。セルゲイから重要な事情聴取をして、血のにおいを嗅《か》ぎつけたのは誰だ？　その彼をロンドンに連れてきて、アルカジーを訪ねる禁断の旅を決行し、これがありきたりなロシアの椅子取りゲームではなく、活動中か今後活動しうる貴重なイギリス人情報源を含む高度な諜報作戦であり、モスクワ・センターの非合法活動の女王がみずから采配《さいはい》を振っているという決定的な証拠をもたらしたのは誰だ？

いっしょに働いていたころ、パーシー・プライスと私は、ポーランド西部のポズナンに置かれていたロシアの試作段階の地対空ミサイルのみならず、言うなれば上等の馬を何頭か盗んだ仲だった（〝ともに馬を盗む〟は、相手を完全に信頼しているというドイツ語の言いまわし）。したがって、最初の〈スターダスト〉作戦の会合から数日のうちに、パーシーと私が最先端の監視機器を搭載したクリーニング屋のバンに乗りこみ、セルゲイが下見を指示されたノース・ロンドンの第一、第二、そして第三の地区をまわっても、最上階の面々にとってはさほどの驚きではなかった。パーシーは最後の場所を〈ベータ地区〉と名づけ、私はそれに異議を唱えない。

　移動する車のなかで、私たちはともにかかわった昔の作戦、昔の要員、昔の同僚たちを思い出し、ふたりの老人のように語り合う。パーシーの計らいで、私は彼が指揮する大陸《グランド・》軍《アルメ》をこっそり紹介される。本部があまり推奨しない特別待遇だ——つまり、いつか自分が彼らに監視されるかもしれないのだから。会見の場は、聖性を失ってベータ地区のはずれで取り壊しを待っている赤煉瓦《れんが》の神殿《タバナクル》で、集まる名目は有志の記念集会ということになっている。パーシーはなんと百人ほどを招集していた。

「うちのやつらに少し励ましのことばをかけてやってくれんかな。そうしてもらえると非常にありがたい、ナット」パーシーが野暮ったいロンドン下町の訛《なま》りで言う。「みんな本当に熱心なんだが、仕事がかったるくなることもあるからな、とくにこの暑さじゃ。ちょっと不安か？　こう言っちゃあれだが。憶えといてくれ、みんな感じのいい顔が好きなんだ。まあ、そろいもそろって監視者だから、あんたの気持ちもわかるがね」

　親愛なるパーシーのために、私は握手をし、肩を叩き、忠実な部下たちのまえで激励のスピーチをしてくれと言われたときには、期待どおりに話す。

「われわれ全員が今週金曜の夜に監視したいのは――」自分の声がヤニマツの垂木《たるき》の天井に心地よく響く。「正確に言えば七月二十日だが――きわめて周到に準備された、初対面のふたりの人物の極秘接触だ。まず、暗号名〈ガンマ〉は、ありとあらゆるスパイ技術を身につけた百戦錬磨の要員。もうひとりの暗号名〈デルタ〉は、年齢も仕事も性別もわからない人物」私は例によって情報源を守りながら、彼らに言い含める。「彼または彼女の動機はわれわれにとっても、もちろんきみたちにとっても謎だ。しかし、これだけは言える。もし私がいま話しているあいだにも大量に入ってくる確実な情報に意味があるとすれば、まもなく偉大なイギリス国民は、たとえ実情を永遠に知ることがなくとも、きみたちにとうてい返せないほどの感謝の借りができるだろう」

雷鳴のような拍手が湧き起こり、そんなことを予想だにしていなかった私は胸を打たれる。

★

私の表情が部下たちに与える印象をパーシーが心配していたとしても、プルーにその種の心配はない。私たちは早めの朝食をとっている。

「あなたが一日元気そうに見えるのはいいものね」プルーは《ガーディアン》紙をテーブ

ルに置きながら言う。「どんな仕事をしてるのかは知らないけれど。とにかくうれしいわ。イギリスに戻って何をしようかって、くよくよ考えてたことからすると。なんにせよ、違法すぎないことを祈るだけ。どうなの？」

　この質問は——私が正しく解釈しているなら——ふたりがまた慎重に近づき合う旅の大きな一歩だ。モスクワにいた日々からこちら、かりに私が情報部の規則を曲げてすべてを打ち明けたとしても〝闇の国家〟に対するプルーの異議は揺るぎない信念だから、機密は彼女に明かせないというのが、ふたりの暗黙の了解だった。それを受けて私のほうも、彼女の法的な秘密には、おそらく遠慮がすぎるほどに立ち入らないことにしていた。たとえそれが、いま彼女の事務所が起こしている大手製薬会社相手の集団訴訟のような巨大な闘争の場合でもだ。

「いや、おもしろいことに、プルー、今回ばかりはさほどひどくないんだ」私は答える。「実際、きみも認めてくれるんじゃないかと思うくらい。あらゆる兆候から考えて、もうすぐハイレベルのロシアのスパイをあぶり出せそうだ」これは情報部の規則を曲げるどころか、踏みつけにしている。

「それで、誰だか知らないけどその彼または彼女をあぶり出したあとは法廷で裁くのね？当然ながら。公開法廷で」

「そこは時の権力の判断次第だ」私は用心深く答える。情報部が敵のスパイを見つけたとき、まずぜったいにやりたがらないのが、司法当局に引き渡すことだから。

「そしてあなたは、彼または彼女をあぶり出すのにきわめて重要な役割を担《にな》っている？」

「訊かれたから言うが、プルー、じつはそのとおり」私は打ち明ける。

「プラハに行ってチェコの知り合いと念入りに相談したり？」

「たしかにチェコの要素もある。そう答えておこう」

「あなたの活躍は本当にすばらしいと思うわ、ナット。とても誇らしい」プルーは苦渋の年月を無視して言う。

驚きだ。ちなみに、プルーの事務所はついに大手製薬会社を追いつめたと考えている。さらに、昨晩電話で話したステフはじつにやさしかった。

★

それらすべてが思いがけなくいい方向に進みはじめた快晴の朝、〈スターダスト〉作戦はもはや誰にも止められない勢いを得る。モスクワ・センターからセルゲイに出た最新の指示には、午前十一時にレスター・スクウェアの近くにあるブラッスリーに行けとあった。その店の〝北西側〟の席につき、チョコレート・ラテとハンバーガー、付け合わせのトマトサラダを注文する。それらが識別の合図としてテーブルに並んだあと、十一時十五分から十一時三十分のあいだに、古い知り合いだという人物が近づいてきて抱擁《ほうよう》を交わし、約束に遅れるからと言って去る。抱擁のあいだに、セルゲイはモスクワの言う〝汚染されていない〟携帯電話を受け取る。そこには新しいＳＩＭカードに加え、その後の指示が入ったマイクロフィルムが仕込まれているということだった。

例のデモの怒れる民衆と暑さは、接触を待つパーシー・プライスのチームにとって悩みの種だが、セルゲイはそれらをものともせず、指示されたブラッスリーの席につくと、食事を注文し、そこに両手を広げて近づいてくるのが、あろうことか相変わらず若々しく活気に満ちたフェリックス・イワノフであることに気づいて喜ぶ。少なくとも休眠工作員学《スリーパー・スク》校《ール》でそう呼ばれていたイワノフは、セルゲイと同時に採用され、同じクラスに入った同窓生だった。

携帯電話の隠れた受け渡しは滞《とどこお》りなくおこなわれるが、予想外の社交の場面となる。イワノフもまさか旧友の元気そうな姿を見るとは思っていなかったので、セルゲイと同じくらい驚き喜んで、ほかの約束があると言うどころか、友の横に腰をおろす。ふたりの休眠工作員が仲よく旧交を温めているのを見れば、訓練講師たちは絶望に襲われたことだろう。騒音にもかかわらず、パーシーのチームはふたりの会話を難なく拾う。それどころか、カメラで接触の様子もとらえている。イワノフ――ロシア課のコンピュータはとりあえず任意に〈タジオ〉という呼び名を与えた――が去り、パーシーは彼を〝捕捉する〟ためにチームを派遣する。〈タジオ〉の行き先はゴルダーズ・グリーンにある学生向けのホステルだ。〈タジオ〉はその文学的な名前に反して（トーマス・マン『ヴェニスに死す』に出てくる少年の名）大柄でたくましく、快活なロシアの小熊だ。同級生たち、とくに女性陣には愛されている。

本部の調査員が怒濤《どとう》のように送ってくるデータにより、イワノフはもうイワノフではないし、ロシア人でもないことが明らかになる。休眠工作員学校を卒業後、彼はストレルスキーというポーランド人として生まれ変わり、学生ビザでロンドン・スクール・オブ・エコノミクスの技術系の大学院生になっている。入学願書の情報によれば、ロシア語、英語、完璧なドイツ語を話し、ボンとチューリッヒの大学で学んで、ファーストネームはフェリックスではなくミハイル、人類の守り主である大天使ミカエルと同じだ。旧弊なKGBのぎこちないやり方から遠く離れ、西欧の言語を母語並みに操り、立ち居ふるまいもわれわれを完全にまねている点で、ニューウェイブのスパイ集団に属し、ロシア課にとっても大きな関心の的である。

カムデン・タウンにある〈ヘイヴン〉の老朽化した隠れ家《セーフハウス》で、セルゲイとデニーズがでこぼこしたソファに並んで坐っている。私は唯一の肘《ひじ》掛け椅子に坐り、技術課が一時的に不通にした〈タジオ〉の携帯電話を開いて、マイクロフィルムを取り出し、拡大鏡の下に置く。セルゲイのワンタイムパッドを参照しながら、私たちはモスクワからの最新の指示を解読する。ロシア語で書かれていて、私はいつもどおりセルゲイに頼んで、英語に訳してもらう。この期《ご》に及んで、初対面の日から彼をだましていたことを知られるわけにはいかない。

いつもどおり指示は抜かりなく、アルカジーに言わせれば、完璧すぎる。セルゲイが借りた半地下のアパートメントのサッシ窓の左上隅に〝核開発反対《ノー・ニュークス》〟のビラを貼り出すこと。それが道の両方向から来る通行人に見えることを確認し、どのくらい遠くから見えるか連絡せよ。昨今の流行《はや》りは〝水圧破砕法反対《ノー・フラッキング》〟（水圧破砕法は石油・天然ガス開発の工法）なので、名の知れた抗議団体で〝核開発反対《ノー・ニュークス》〟のビラを配っているところはなく、偽造課が私たちのために作成してくれる。セルゲイはまた、ヴィクトリア時代の高さ三十センチから四十五センチまでの陶器のスタッフォードシャー犬を購入するよう指示される。それらは〈イーベイ〉に山のように出品されている。

★

この晴天続きのあわただしく幸せな日々のあいだに、プルーと私がパナマと連絡をとることはなかったか？　もちろん何度かあった。笑いがあふれる夜のスカイプで、矢継ぎ早に。ジュノがコウモリの現地調査に行っているあいだ、ステフがひとりで出てくることもあったし、ふたりがいっしょに映ることもあった。まわりが〈スターダスト〉一色でも、プルーがあくまでこう呼びつづける〝現実世界〟は落ち着いていなければならない。ホエザルが夜中の二時にいっせいに胸を叩きはじめてキャンプじゅうの人が目覚めるの、とステフが言う。オオコウモリは知ってるルートを飛ぶときにはレーダーのスイッチを切るから、ヤシの木のあいだに網を張っとけば簡単に捕まえられる。でも、絡まった網からはずしてタグをつけるときには、めちゃくちゃ気をつけなきゃいけないのよ、ママ。咬《か》みつかれると狂犬病に罹《かか》るから、汚水処理の人みたいな超分厚い手袋をはめる。子供のコウモリも同じくらい危険なの。ステフはまた子供に返ったね、と私たち夫婦は喜び合う。そしてジュノは、こちらがそう信じたい気持ちもあるけれど、誠実できちんとした若者だ。私たちの娘を愛していることを充分示してくれている。このままでいてほしいものだ。

　だが、人生の出来事にはかならず結果がともなう。ある夜――おぼつかないわが記憶では〈スターダスト〉の夜の八日前――自宅の電話が鳴る。プルーが受話器を取ると、ジュノの両親がなんの予告もなくロンドンまで来ているという。ジュノの母親の友人が所有しているブルームズベリーのホテルに泊まっていて、ウィンブルドンの入場券と、ローズ・

クリケット・グラウンドでおこなわれるイングランド対インドのワン・デイ・インターナショナルの券を持っている。将来の義理の娘のご両親に――〝商務担当参事官とあなたさまのご都合のよろしい折に〟――お目にかかれれば、これほどの名誉はない。プルーは笑い転げながら、この知らせを私に伝える。たしかに笑える話だ。聞いている私のほうは、ベータ地区でパーシー・プライスの監視用バンの奥に坐り、見張りの設置場所についてパーシーの説明を聞いている最中だった。

それでも二日後――〈スターダスト〉の夜の六日前――私は奇跡的に時間をやりくりして、小ぎれいなスーツ姿で応接間のガス暖炉のまえにプルーと並んで坐り、イギリス大使館の商務担当参事官という役まわりで、娘の未来の義理の両親と、ブレグジット後のイギリスと亜大陸間の貿易関係の展望や、インドのスピンボウラー、クルディープ・ヤダフの複雑な投球動作についてどうにか語らっている。その間プルーは、弁護士誰もが体得しているポーカーフェイスを見せながら、手の奥でプッと吹き出しそうになるのをきわどいところでこらえている。

★

こうしたストレスの多い日々で、エドとバドミントンの試合をする大切な夜は、ますます大切になっていたと言うしかない。ふたりともかつてなく調子がよかった。過去三回の試合のために、私はジムと公園で必死に運動のレベルを上げ、コートでさらに巧みに動くようになったエドを食い止めようとしたが、いくら努力してもあまり意味がないと悟る日がついに来た。

私たちのどちらにとっても忘れられないその日は、七月十六日だ。いつものように激しく戦い、私はまた負けたが、まあいい、もう慣れた。ふたりで気安くタオルを首にかけ、月曜夜のいつもの席《シュタムティッシュ》に向かう。がらんとしたバーのまばらな人声とグラスの音を期待しながらなかに入ると、この日は落ち着きのない不自然な沈黙が漂っている。カウンターで五、六人の中国人の会員が、ふだんは種類を問わず何かのスポーツ中継を流しっぱなしのテレビ画面に見入っている。今夜映っているのは、アメリカンフットボールでもアイスランドのアイスホッケーでもなく、ドナルド・トランプとウラジーミル・プーチンだ。

ふたりの指導者がヘルシンキで共同記者会見を開いている。二国の旗のまえに肩を並べて立ち、トランプが命令口調で、二〇一六年大統領選挙へのロシアの介入という自国の情報機関が発見した不都合な真実を否定し、プーチンが誇らしげな看守の笑みを浮かべている。

エドと私もテレビを見ながら手探りでいつもの席《シュタムティッシュ》にたどり着き、坐る。コメンテーターがお忘れなくと言わんばかりに、トランプがつい昨日、ヨーロッパは自分の敵だと宣言したうえ、NATOをゴミ扱いしたことを指摘する。

いま心のなかのどこにいる？　プルーならそう訊くだろう。私の一部はかつて世話した要員のアルカジーとともにいる。トランプをプーチンの便所掃除人と呼んだ彼のことばを再生している。〝ちびウラジが自力でできないことを、トランプが代わって全部やっている〟と言っていたのを思い出す。私の別の一部はワシントンのブリン・ジョーダンのところにいる。われわれのアメリカの仲間たちも、大統領の同じ裏切りの場面を信じられない思いで見ていることだろう。

エドは彼の心のなかのどこにいる？　見ると、完全に静止して自分のなかに引きこもっている――これまで見たことがないくらい深い奥底に。最初は呆気《あっけ》にとられて口を開けていたが、やがて閉じた唇《くちびる》をなめ、心ここにあらずというふうに手の甲でふく。しかし、独自の礼節の感覚を持っているなじみのバーテンダーのフレッドが、すさまじい勢いでバンクを走る女性競輪選手たちにチャンネルを替えても、エドの眼はまだ画面から離れない。

「再現ですよ」彼は自分の発見におののいた声で言う。「まるごと一九三九年の。モロトフとリッベントロップが世界を切り分けたあのときの」（前者はソ連外務人民委員、後者はヒトラー内閣外相。彼らが締結した独ソ不可侵条約が第二次世界大戦の契機のひとつ）

いくらなんでもそれは大げさだろう。私はエドにそう言う。トランプは歴代最悪のアメリカ大統領かもしれないが、ヒトラーではない。たとえ本人が望んだとしても。それに、彼の嘘を鵜呑《うの》みにしない善良なアメリカ人も大勢いる。

そのときエドは私の話を聞いていないように見えた。

「まあ、そう」彼は麻酔から覚める男のような遠い声で同意した。「善良なドイツ人も大勢いましたよ。その彼らがくそみたいに善良なことを山のようにした」

14

〈スターダスト〉の夜が来た。本部最上階の指令室は静まり返っている。フェイクオークの両開きのドアの上にあるLED時計の時刻は、十九時二十分。〈スターダスト〉へのアクセスを許可された者には、ショーが五十五分後に始まることがわかる。許可されていない者には、ドアのまえに立つ視線の鋭い門番ふたりが喜んであやまちを思い知らせる。

部屋はくつろいだ雰囲気で、定刻が近づくにつれますますそうなる。すでにみなパニックとは無縁で、あらゆることにゆったりと構えている。助手たちが、開いたノートパソコン、保温ポット、ミネラルウォーター、ビュッフェテーブルに置くサンドイッチを持って出入りする。ふざけ好きが、ポップコーンはないのかと訊く。蛍光色のネックストラップをかけた太り気味の職員が、壁にかかった大型ディスプレイ二面を調整する。どちらにも秋の美しいウィンダーミア湖の景色が映っている。われわれのイヤフォンから聞こえるのは、パーシー・プライスの監視チームのやりとりだ。いま彼の百人の部下たちは、仕事帰りの買い物客や、露天商、ウェイトレス、自転車乗り、〈ウーバー〉（自家用車を使った配車サービス）の運転手、道行く若い娘たちを眺めて携帯電話で話しているただの通行人などを装って、街に散っている。その通話が暗号化されていること、話し相手が友人、家族、愛人、売人ではなくパーシー・プライスの管理センターであることを知っているのは、本人たちだけだ。今宵《こよい》それは私の左手の壁際、階段の踊り場の二重ガラス扉の向こうにある。そこにパーシーがいて、定番の白いクリケットシャツの両袖をまくり、イヤフォンをつけて、散開した部下たちに小声で命令を出している。

　私たちは総勢十六人で、人数は増えつづけている。一度頓挫《とんざ》したフローレンスの〈ローズバッド〉作戦の聖譚曲《オラトリオ》を最後まで聴くために集まった頼もしいチームに、追加の人員を迎え入れた。姉妹組織のマリオンにはまたダークスーツの槍《やり》持ち、言い換えれば弁護士がふたりついている。マリオンは本腰を入れているという噂だ。情報部の最上階から〈スターダスト〉作戦をすんなり渡すわけにはいかないと拒《こば》まれて、苦々しく思っている。ホワイトホール村に裏切者の高官がいるとなれば、本件は明らかに彼ら保安局《MI5》の管轄ではないか、と。いや、それはちがうな、マリオン、と最上階の高級官僚は言う。情報源はうちのもの、したがって情報もうちのもの、本件もうちのものだ、おやすみ。モスクワのルビャンカ広場（元KGB、現在はFSB〔ロシア連邦保安庁〕がある場所）――以前のジェルジンスキー広場――の奥深くでも似たような神経戦が生じ、北部地域担当局の非合法活動部門の住人たちは、集中して同じ長い夜をすごしていることだろう。

私は昇格した。机の原告側の隅にいる私の向かいには、フローレンスの代わりにドム・トレンチが坐っている。〈ローズバッド〉については、あれから何も話し合っていない。だからドムが机に身を乗り出して低い声でこう言ったとき、私は戸惑う。

「いつだったか、運転手つきの車でノースウッドに行ってもらった件について、われわれの意見は一致しているな、ナット？」

「なぜいまごろそんなことを？」

「もし訊かれたら、私の味方をしてほしいのだ」

「どういう点で？　まさか配車係から突き上げをくらっているとか？」

「あれに関連したいくつかの事柄についてだ」ドムは暗い声で答え、また殻に引きこもる。女性男爵夫人はいまどんな非公式の要職についているのか、と私がきわめてさりげなく尋ねたのは、本当にほんの十分前のことだったのだろうか。

「あちこち飛びまわっているよ、ナット」ドムはそう答え、王族のまえに出たかのように畏《かしこ》まった。「わが親愛なるレイチェルは、常習的に飛びまわっている。私もきみも聞いたことがないようなウェストミンスターの特殊法人を訪問したかと思えば、今度はケンブリッジに出かけて、善《よ》き市民たちと国民保健サービスを救う方法について議論している。きみのプルーと同じだ、まちがいなく」

いや、ドム、ありがたいことにプルーはちがう。わが家の廊下には〝嘘つきトランプ〟という珍しくもないロゴの巨大なプラカードが置いてあって、玄関から入るたびにつまずきそうになるのだから。

ウィンダーミア湖が消えて白い画面になり、ちらついてまた戻ってくる。指令室の明かりが落とされる。遅れて来た者たちの暗い影がそそくさと長机に近づいて所定の位置に坐る。ウィンダーミア湖がためらいがちに別れを告げ、代わりにパーシー・プライスのカメラが、うだるような夏の夜七時半にノース・ロンドンの公園の日差しを愉《たの》しむ満足げな市民たちを映し出す。

緊張しどおしの諜報作戦が終了する数十分前に、まさか自国の人々を称賛する気持ちがここまで押し寄せようとは。だが、画面に映っているのは、まさに私たちが愛するロンドンだ——即興のネットボール（バスケットボールをもとにイングランドで生まれたスポーツ）をするいろいろな民族の子供たち、永遠に沈まない太陽の光を浴びたサマードレスの娘たち、腕を組んで散歩する老夫婦、ベビーカーを押す母親、広がる木の枝の下でピクニックに興じる人々、戸外でするチェス、ペタンク。彼らに声をかけながら上機嫌で歩いていく巡査がひとり。巡査がひとりでいるところを最後に見たのはいつだろう。誰かがギターを弾いている。この幸せな人々のなかに、ほんの三十六時間前、聖性を失った神殿《タバナクル》に参集したわれわれの部隊がまぎれこんでいると思い出すまでに、しばらくかかる。その神殿の尖塔《せんとう》の無骨な輪郭《りんかく》は、いまも空を支配するように浮かび上がっている。

〈スターダスト〉チームはベータ地区がすっかり頭に入っており、私もパーシーのおかげでそうなっている。公園には、合成樹脂がはがれかけ、ネットの張られていないテニスコートが六面ある。ジャングルジム、シーソー、トンネルがそろった子供の遊び場と、不快なにおいのするボート池。バス道路、自転車道、駐車場のないにぎやかな大通りが西側の境界線となり、東側のほとんどは高層の公団住宅に面していて、北側の高台にはジョージ王朝様式の高級住宅が並ぶ。セルゲイはその一軒の半地下のアパートメントを借り、モスクワから許可を得ていた。寝室がふたつあり、ひとつにデニーズが寝て、部屋の鍵をかけている。もうひとつにはセルゲイがいる。入口からおりる鉄の階段があり、部屋のサッシ窓の上半分からは、遊び場とその先の細いコンクリートの遊歩道が見える。遊歩道の両側に六メートルの間隔で固定されたベンチが三つずつある。ベンチの長さはそれぞれ三メートル半。セルゲイはベンチの写真を撮り、一から六までの番号を振って、モスクワに送っていた。

公園にはまた、人々が愛用するセルフサービスのカフェがあって、道路側の鉄の門、または公園内のどちらかから入ることができる。今日の経営は臨時で一新され、いつものスタッフはまる一日分の給与をもらって休んでいる。費用がかかるのはこういうところだ、とパーシーは嘆く。テーブルは室内に十六、戸外に二十四。戸外のテーブルにはみな、雨や日差しをさえぎるパラソルが設置されている。食べ物や飲み物はなかのセルフサービス・カウンターで買う。暑い日には外のアイスクリーム・バーに、ダブルバニラコーンをうれしそうになめる牛の看板が飾られる。建物の裏手には、赤ん坊のおむつ替えや体の不自由な人のための設備が整った公衆トイレがある。犬を散歩させる人が使うビニール袋と緑のゴミ箱も用意されている。以上のすべてを、セルゲイは貪欲なデンマークの恋人――完璧主義者のアネッテ――宛ての長々しい暗号メッセージで、几帳面《きちょうめん》に報告していた。

モスクワからの命令にしたがい、われわれはカフェの内外と、そこに至るまでの経路の写真も提供していた。セルゲイは運用責任者《コントローラー》の指示どおり、午後七時から八時のあいだにこのカフェで二回――内と外で一回ずつ――食事をして、客の混み具合をモスクワに報告したあと、追って連絡があるまで店に立ち入ってはならないと言われていた。半地下のアパートメントに残り、これから出る指示を待つことになっている。

「ぼくはなんでも屋なんだ、ピーター。隠れ家《セーフハウス》の管理人が半分、対監視要員が半分」

〝半分〟というのは、同窓生の〈タジオ〉と任務を二分しているからだ。万一どこかで顔を合わせた場合には、互いに無視する。

私は、もしや群衆のなかに知った顔はないかと画面に目を走らせる。トリエステ、そしてアドリア海沿岸への短期滞在中、アルカジーのワレンチナは、モスクワ・センターのスパイかつ二重スパイ候補者として念入りに写真や映像に収められたが、ふつうの人相の女性は二十年もあれば自分の顔をいかようにも変えられる。映像担当が彼女の可能な外観をあれこれ作り出したが、いまのワレンチナ、別名アネッテ、あるいは何某は、そのどれであってもおかしくない。固定観念を排して、バス停留所でおりてくるさまざまな年齢の女性たちを見ていった。しかし、カフェにつながる鉄の門や、公園の開けたほうへ向かう人はいない。パーシーのカメラが、ひげを生やした年配の聖職者をとらえる。薄紫の法衣を着て、犬の首輪のようなカラーをつけている。

「あれはきみの関係者か、ナット？」パーシーが私のイヤフォンに話しかける。

「いや、パーシー、私の関係者ではない、ありがたいことに」

笑いのさざめき。また静かになる。別の不安定なカメラが、コンクリートの遊歩道沿いのベンチを映していく。おそらく、まわりの人々の笑みに応じながら歩いている気さくな巡査に取りつけられたカメラだろう。ベンチに坐った中年女性が映る。ツイードのスカートに実用的な茶色のブローグシューズをはき、無料配布の《イブニング・スタンダード》紙を読んでいる。つばの広い麦藁《むぎわら》帽子をかぶり、ベンチの体の横に買い物袋を置いている。レディース・ボウリング・クラブの会員かもしれない。認識されるのを待つワレンチナかもしれない。あるいは、イギリスによくいる、暑さなど気にしないオールドミスか。

「可能性は、ナット？」

「ある、パーシー」

われわれはカフェの戸外にいる。カメラが女性の豊満な胸と、揺れるティートレイを見おろす。トレイの上には、小さなティーポット、カップと受け皿一式、プラスチックのティースプーン、粉末ミルクの小袋。紙皿にはセロファンに包まれたジェノア・フルーツケーキがのっている。それらを運んでいくあいだ、人々の足、爪先《つまさき》、傘、手、顔の一部が次々と映る。われわれは止まる。パーシーに訓練された素朴で親しげな女性の声が、首のマイクから入ってくる。

「すみません。そこの席はどなたか坐ってらっしゃる？」

そばかすのある生意気そうな〈タジオ〉の顔がわれわれを見上げる。〈タジオ〉はまっすぐカメラに話す。評判どおり完璧な英語で、あえてどこかの抑揚を聞き取るとすれば、ドイツか――チューリッヒ大学を想定して――スイスだ。

「ええ、埋まってます。女性がいまお茶を買いに行ってるところで、取っておくって約束したんです」

カメラが彼の隣の空いた椅子に移動する。背もたれにデニムのジャケットがかかっている。レスター・スクウェアのブラッスリーで〈タジオ〉がセルゲイと会ったときに着ていたジャケットだ。

もっと鮮明なカメラに切り替わる。望遠ズーム型で、おそらく今朝《けさ》パーシーが固定観測点のひとつとして用意したものだ。停車用の三角表示板を置いたダブルデッカー・バスの二階の窓から狙っている。映像の揺れが止まり、ズームインして、コカコーラをストローで飲みながらスマートフォンをいじっている〈タジオ〉ひとりを映し出す。

画面に女性の背中が入る。ツイードの背中ではなく、大きな背中でもない。エレガントな女性の背中で、腰がくびれている。ジムで鍛えているような雰囲気もある。長袖の白いブラウスに、バイエルンふうの薄手のチョッキ。細い首の上には男物の麦藁のトリルビー帽。その声は――同期していないふたつのマイク、たぶんテーブルの調味料入れのセットに仕掛けたものと、離れたところにある指向性マイクで拾っている――力強く、外国訛《なま》りがあって、愉しげだ。

「すみません。ここは誰かいますか、それともジャケットをかけているだけ？」

これに〈タジオ〉は命令されたかのように立ち上がり、陽気に答える。「どうぞどうぞ、レディ、空いてます！」

ことさら紳士気取りでデニムのジャケットを引ったくり、自分の椅子の背にかけて、また坐る。

別のカメラの別のアングル。耳を聾《ろう》するほどの警告チャイムとともに、腰のくびれた背中がトレイを置き、紅茶かコーヒーの入った紙コップ、砂糖ふた袋、プラスチックのフォーク、スポンジケーキをテーブルに移し、すぐそこの台車にトレイを戻して、〈タジオ〉の隣に坐る。カメラのほうは向かない。彼女はそれきり〈タジオ〉とことばを交わさず、フォークを取ってスポンジケーキを小さく切り、お茶をひと口飲む。うつむいた顔に、麦藁のトリルビー帽のつばが暗い影を投げかけている。こちらには聞こえない質問に答えて、彼女の顔が少し上を向く。と同時に〈タジオ〉が腕時計に目を落とし、聞こえない驚きの声とともにさっと立ち上がって、デニムのジャケットをつかみ取ると、急ぎの約束を思い出したかのようにあわてて立ち去る。その間、われわれは彼があとに残した女性の全体像を見る機会に恵まれる。バランスのとれた痩身《そうしん》で、黒髪、目鼻立ちがくっきりしていて、五十代後半でなお美しさを保っている。裾《すそ》の長いダークグリーンのコットンのスカートをはき、自然な扮装で世界を飛びまわる女性諜報員としては少々存在感がありすぎる。彼女はつねにそうだった。でなければ、なぜあのアルカジーが恋に落ちたりする？　当時、彼女はアルカジーのワレンチナだった。いまはわれわれのワレンチナだ。われわれがいる建物から離れたどこかで、顔認識のチームも同じ結論に達したにちがいない。あらかじめ決めてあった暗号名〈ガンマ〉の赤い燐光《りんこう》の文字が、ふたつの画面でまたたいているからだ。

「なんでしょうか？」彼女は茶目っ気たっぷりにカメラに問いかける。

「いや、まあ、ここに坐ってもいいのかなと思いまして」エドがひどく大きな音を立ててトレイをテーブルに置きながら説明し、数秒前に〈タジオ〉がいた椅子に腰をおろす。

★

今日、自信満々で即座に特定したかのように〝エド〟と書けば、そのときの私の反応を正確に表現していないことになる。これはエドじゃない。ありえない。〈デルタ〉だ。たしかに、体型がエドであることは認める。ほとんどエドだ。〈トロワ・ソメ〉でプルーと私がクルート・オ・フロマージュと白ワインの食事を堪能していたとき、戸口に雪まみれで現われたときの彼に似ている。背が高く、どうもちぐはぐで、肩が左に傾いて、まっすぐに立つことを拒否している。それは認めよう。話し方は？　そう、これもまあ、エドに近いのはまちがいない。不明瞭な北部訛りで、知り合うまでは無作法に思え、イギリスの若者が戯言《たわごと》は受けつけないぞとまわりに知らせたいときにかならずこうなる話し方だ。つまり、話し方はたしかにエドに似ている。見た目も。だが、本物のエドではない。そんなはずがない。たとえふたつの画面に同時に映っていても。

長続きしなかったこの断固たる否定のあいだ、大まかに計算して十秒から十二秒くらいだったと思うが、エドは〈ガンマ〉の横に坐ったあと、何かしら挨拶《あいさつ》を交わしていた。私はそれも受け入れられなかった。というか、拒否した。問題の映像はこのあと二度と見ていないが、重要なものは何ひとつ見逃していないと確信している。ふたりのやりとりは、意図されていたとおり最小限だった。私の記憶がさらに混乱しているのは、意識が現実に戻ったとき、画面下部のデジタル時計の表示が二十九秒後戻りしていたからだ。パーシー・プライスが、いまこそこの新しい知の源《みなもと》の映像を再生してわれわれを愉しませようと判断したのだ。エドがカフェのなかに並んで立っている。片手に茶色のブリーフケース、もう一方の手に錫《すず》のトレイを持って、サンドイッチ、ケーキ、ペイストリーの台のまえをじりじりと通過する。チェダーチーズとピクルス入りのバゲットを選び、飲み物のカウンターでイングリッシュ・ブレックファスト・ティーを選ぶ。マイクが彼の声を拾い、金属的な音が大音量で響く。

「ああ、ラージでいい。ありがとう」

彼がレジのまえでもたもたしている。紅茶とバゲットをあちこちに移動し、ポケットを叩いて財布を探し、ブリーフケースを大きな両足のあいだに挟んで。彼はエド、暗号名〈デルタ〉だ。片手にトレイ、もう一方の手にブリーフケースを持ち、大股でゆっくりと戸口から出て、かけている眼鏡《めがね》の度が合わないかのようにまわりを見ながらまばたきする。私は百年前に読んだチェキストの手引書の一節を思い出している――秘密の会合は、食べ物を手にするといっそう本物らしく見える。

15

このころには、自分が親愛なる同僚《シェール・コレーグ》たちの様子をうかがっていたことを憶えている。みな食い入るようにふたつの画面を見る以外、共通の反応はなかった。自分の頭だけがよそを向いているのに気づき、あわてて方向を正したことも憶えている。ドムが何をしていたかは思い出せない。ひとりふたりが、退屈な芝居を見ていられなくなった観客の症状のように、そわそわと部屋のなかを歩きまわっていた。ほかの何人かは足を組み、ときどき咳払いをしていたが、それはおもに最上階の高級官僚、たとえばガイ・ブランメルだった。そして永遠に悲嘆に暮れた姉妹組織のマリオン、彼女は忍び足ですたすたと部屋から出ていった。なかなかできることではない。忍び足なのにどうやって大股で歩く？　しかし彼女は長いスカートをはきながらそれをやってのけ、ダークスーツの槍《やり》持ち弁護士ふたりもついていった。束の間まばゆい光が射して、三人のシルエットが横すべりに出ていったあと、守衛がドアを閉める。私は事態を受け止めようとしたが、できず、筋肉を固めて構える間もなく下腹にパンチをくらったように胃がよじれたことを憶えている。答えられない質問を手当たり次第に自分にぶつけていたことも。いま思えば、最初から要員にだまされていたことに気づき、言いわけを必死で探しても見つからないプロの運用者が誰しもたどる道だった。

　監視のスイッチは切られない。たとえ私が切ったとしても。ショーは続く。親愛なる同僚《シェール・コレーグ》たちは見つづける。私もだ。リアルタイムの動画の残るすべてを、ライブ映像で、ひと言も発さず、見ている仲間の愉《たの》しみをほんのわずかでも減らさないように、身じろぎひとつせず、見つづける。三十時間後にシャワーの下に立っていたとき、右手の爪が左手首に食いこんで内出血しているのをプルーに指摘されたほどだった。彼女は、バドミントンでできた傷だという私の説明も受けつけず、珍しく私を非難して、その爪の跡はほかの人がつけたのではないかとまで言った。

　そして私はショーの残りが続くあいだ、たんにエドを見ていただけではない。部屋にいる誰も想像がつかないほどの親近感で、彼のすべての動きを共有していた。バドミントンのコートからいつもの席《シュタムティッシュ》に至るまでの彼のボディランゲージを、私だけが知っていた。内心の怒りを消してしまわなければならないときに、それがどのようにぎくしゃくするかも、怒りを一挙にぶちまけようとするときに、どんなふうにことばに詰まるかも。パーシーが再生した録画のひとつで、エドがぶらぶらとレストランから出ながら頭を傾けて認識した相手が、ワレンチナではなく〈タジオ〉だったことに私がはっきり気づいたのも、そのせいだったかもしれない。

エドはまず〈タジオ〉を確認してからワレンチナに近づいた。すでに〈タジオ〉はその場を去るところだったから、私が気づいたのは、たんに危機的な状況にあってもいつもどおり現場で理性的な判断ができたということだ。エドと〈タジオ〉は以前どこかでつながりがあったのだ。エドをワレンチナに紹介したところで〈タジオ〉は任務を完了し、だからそそくさと立ち去った。あとに残ったエドとワレンチナは、たまたま席が隣同士になった他人として、のんびりと雑談し、お茶を飲み、それぞれチェダー・バゲットとスポンジケーキを食べた。要するに、完璧に手配された秘密の出会い、アルカジーに言わせれば、完璧すぎるほどにすばらしいデニムのジャケットの使用法である。

音声がついていても、ちがいはない。私は部屋にいるほかの誰よりも有利だった。エドとワレンチナは終始英語で話した。ワレンチナの英語は流暢《りゅうちょう》だが、十年前にアルカジーを虜《とりこ》にした甘美なジョージア訛《なま》りはまだ残っている。彼女の声音《こわね》にはほかの何かもあった。音《ね》色《いろ》なのか、アクセントなのか、さしずめ忘れてしまった昔の曲のように私を刺激するのだが、思い出そうと努力すればするほど、つかめなくなる何かが。

一方、エドの声は？　謎は何もない。最初のバドミントンの試合で話しかけてきたあの無作法な口調のままだ――傷つき、不機嫌で、気もそぞろ、ときにはただ失礼になる。私の人生の最後までそのままだろう。

★

〈ガンマ〉とエドは身を乗り出して正面から話し合っている。プロの〈ガンマ〉は、テーブルに仕掛けたマイクでさえ拾えないほど小声になる。それに引き替えエドは、声量を一定レベルより落とすことができないようだ。

〈ガンマ〉：いまは快適かしら、エド？　現在進行中の心配事とか問題はない？
エド：だいじょうぶだ。ぼろ自転車をどこにくくりつけるかということを除いてね。新品でこのへんに来るわけにはいかない。チェーンロックをかけるまえに車輪を持っていかれる。
〈ガンマ〉：誰にも気づかれなかった？　あなたを不安にさせる人はいなかったわね？
エド：ああ、いなかったと思う。よく見てたわけじゃないけど。どっちみち、多少遅い時間でもあるし。あんたのほうは？

〈ガンマ〉：通りでヴィリ［ドイツ語のように強いW］に手を振られて驚いた？　彼が言うには、あなた、自転車から落ちそうになったって。
エド：まさにそのとおり。歩道に立って、こっちに手をひらひらさせてるんだから。タクシーを停めたいのかと思ったよ。あんたの仲間だとはね。ましてマリアに失せろと言われたあとだったし。
〈ガンマ〉：そうは言っても、マリアはあの状況でかなり慎重に行動したの。彼女のことはいくらかなりと誇らしく思って当然よ。そうじゃない？
エド：そう、そう、たしかにね。気の利いた立ちまわりだ。完全無視だったかと思えば、今度はマリアの友だちだというヴィリが手を振ってドイツ語で話しかけてくる。あんたが大いに乗り気だって。それでまたもとのコースに戻ってゴーサインだ。正直言って少々不安になるね。
〈ガンマ〉：不安かもしれないけれど、あれが必須だったの。ヴィリはあなたの注意を惹《ひ》かなきゃならなかった。英語で声をかけたら、地元の酔っ払いだと思って相手にせず、自転車で走り去っていたかもしれないでしょう。ところで、あなたはまだわたしたちに協力する気でいる、そう考えていいのね？
エド：まあ、誰かがやらなきゃならないことだから。だろう？　何から何までまちがっているのと主張する者が、それでも機密情報だから何もしない、じゃすまされない。ちがう？　少しでも誠実なところのある人間ならそれはできない相談だ。だろう？
〈ガンマ〉：そしてあなたはとても誠実な人間よ、エド。あなたの勇気を称《たた》えるわ。思慮深さも。
（長い間。〈ガンマ〉はエドが話すのを待っている。エドは時間をかける。）
エド：そう、まあ。でもじつは、マリアに失せろと言われたときには、正直なところかなりほっとした。心の重荷がおりたというかね。でも長続きはしなかった。行動しなきゃほかの連中と同じになるのがわかっているから。
〈ガンマ〉：［それまでとちがう明るい声で］こういう提案があるの、エド。［携帯電話を確認しながら］悪くない提案だと思うけれど。いまわたしたちは、たまたま隣り合ったふたりとして仲よくお茶を飲みながら世間話をしている。これからわたしは立ち上がって、では愉しい夜を、話をしてくれてありがとうと言う。二分後、あなたはバゲットを食べ終わり、ゆっくりと立って、ブリーフケースを忘れず手に取り、自転車に向かう。近いうちにヴィリがそちらに連絡して、わたしたちだけで自由に話せる心地よい場所にあなたを案内する。どう？　この提案にどこか心配なところがある？

エド：いや、ない。自転車が盗まれないならね。

〈ガンマ〉：いまもヴィリがあなたの代わりに注意しているわ。あなたの自転車が不良たちの餌食《えじき》にならないように。じゃあ、さようなら。［ほぼエド流の握手］この国で知らない人と話すのはいつも愉しい。とりわけ相手があなたみたいに若くてハンサムな人ならね。どうか坐ったままで。では。

彼女は手を振り、遊歩道を大通りのほうへ歩いていく。エドもわざとらしく手を振り、バゲットをひと口頬張って、あとは残す。お茶を飲み、腕時計を見て顔をしかめる。私たちは一分五十秒のあいだ、うつむいてカップをもてあそぶ彼を見つめる。〈アスレティカス〉で水滴のついたラガーのグラスをもてあそぶ動きとまったく同じだ。私の知っている彼なら、彼女の提案にしたがうか、それともそんなことは忘れてさっさと引きあげるか決めようとしている。一分五十一秒後、彼はブリーフケースを持って立ち上がり、ちょっと考えてからトレイも取ってゴミ箱のほうに行く。立派な市民としてゴミをきちんと捨て、トレイを重ね、さらに顔をしかめてしばらく考えていたが、ワレンチナについていくことにして、コンクリートの遊歩道を歩きだす。

★

二番目のリール——便宜上そう呼ぶ——は、セルゲイの半地下のアパートメントに仕掛けられたが、セルゲイ自身は出てこない。〝汚染されていない〟新しい携帯電話で彼が受信し、ひそかに〈ヘイヴン〉と本部に写しをまわした命令は、〝敵対的な監視の徴候〟はないかもう一度公園をチェックし、あとは身をひそめていろというものだった。よって監視チームとしては、セルゲイは安全器《カットアウト》（二者の接触を隠すための仲介役）であり、エドと直接接触することは認められていないと想定していい。一方、エドと知り合いの〈タジオ〉は、彼の活動に必要なものを提供する。とはいえその〈タジオ〉も、セルゲイと同様、モスクワ・センターの重要な使者と、わが月曜のバドミントンの友であり話し相手のエドワード・シャノンがセルゲイの半地下のアパートメントで交わす親密な会話には立ち会わない。

★

〈ガンマ〉：さて、エド、改めまして。ここはふたりきりで安全な場所だから、内密の話ができる。まず、われわれを代表して、このたいへんな時期に支援を申し出てくれたことに感謝します。
エド：いいんだ。本当に支援になるならね。
〈ガンマ〉：どうしてもしておかなければならない質問がいくつかあるの。いい？ まず、あなたの部署には同じような考えを持ってあなたを助けてくれる同僚がいるの？ やはりわたしたちが感謝しなければならない同好の士が？
エド：いや、ぼくだけだ。このことに関してほかの誰も煩《わずら》わすつもりはない。共犯者がいるようには見えないだろう？
〈ガンマ〉：それなら、あなたのやり口《モドウス・オペランディ》についてもう少し聞かせてくれる？ あなたはマリアにいろいろ話した。それはもちろん、こちらにきちんと記録してある。コピー機を使う特別な仕事についてもう少し説明してほしい。マリアには、ときどきひとりでコピー機を使うと言ったわね。
エド：ああ、そう、そこが大事だよな。扱う内容が充分注意を要するときには、ぼく自身がコピーする。ぼくが部屋に入ると、ふつうの職員は外に出て、コピーが終わるまで入ってこない。彼らは洗羊液《せんようえき》（羊を浸して病原菌を殺すための消毒液）をくぐっていないから。
〈ガンマ〉：洗羊液？
エド：高度審査をクリアしてるってこと。該当する事務員はぼくと、あとひとりしかいないから、ふたりが交互に働く。彼女とぼくで。電子媒体はもう誰も信用していない。だろう？　本当に慎重を要する情報に関してはね。すべて紙の書類だし、手で運ぶ。昔に戻ったみたいに。コピー機を作るなら、蒸気式複写機に逆戻りだ。
〈ガンマ〉：蒸気式？
エド：古いってこと。基本機能だけの機械。ジョークだよ。
〈ガンマ〉：その蒸気式複写機の仕事をしているときに、初めて〈ジェリコ〉と呼ばれる資料を目にした。そうね？
エド：〝目にした〟より長かった。一分ほどだったかな。機械が止まってね。することもないから、立ったままそれを読んだ。
〈ガンマ〉：それが天啓《エピファニー》の瞬間だったわけね？
エド：天啓《エピファニー》とは？
〈ガンマ〉：お告げ。悟り。英雄的な一歩を踏み出さなければならないと決断した瞬間よ。そしてあなたはマリアに接触した。
エド：まあ、マリアになることはわからなかったけど。結果的にマリアが担当になった。
〈ガンマ〉：資料を見たその場で決断したの？　それとも数時間後、数日後だった？

エド：あれを見て、ああ、もうたくさんだと思った。
〈ガンマ〉：決定的な一句は〝極秘　ジェリコ〟だった。そうね？
エド：彼女に全部説明したけどな。
〈ガンマ〉：でもわたしはマリアじゃない。その一句には宛先がついてなかったのね？
エド：ついてるわけがない。だろう？　見たのは資料の途中の部分だけだったんだから。宛先も、署名もなし。〝極秘　ジェリコ〟の見出しと略号だけだ。
〈ガンマ〉：それでもあなたは、その書類は大蔵省宛てだったとマリアに言った。
エド：すぐそこに大蔵省のごろつきがいて、こっちの仕事が終わるのを待ってたから、当然大蔵省宛てだと思った。これはぼくの審査か？
〈ガンマ〉：マリアが報告したとおり、あなたが優秀な記憶力の持ち主だということを確認しているの。効果を狙って情報を大きくふくらませていないことを。それで、略号は――
エド：ＫＩＭ、斜線《ストローク》、１。
〈ガンマ〉：ＫＩＭというのはどういう組織？
エド：ワシントンの英国共同諜報派遣団。
〈ガンマ〉：１というのは？

エド：その英国チームのトップの男か女。
〈ガンマ〉：その人物の名前を知っている？
エド：知らない。
〈ガンマ〉：あなたは本当にすばらしいわ、エド。マリアの報告は誇張じゃなかった。辛抱強くつき合ってくれることにも感謝している。わたしたちは慎重なの。ところで、もしかしてスマートフォンを持っている？
エド：マリアに番号を伝えたけど。
〈ガンマ〉：念のため、もう一度教えてもらえる？
（エドはうんざりした様子で番号を伝える。〈ガンマ〉は一応手帳に書き取っている。）
〈ガンマ〉：そのスマートフォンを職場に持って入ることはできる？
エド：まさか。入口で預けておく。金属製のものはみんな――鍵も、ペンも、小銭も。こないだなんか靴まで脱がされた。
〈ガンマ〉：あなたを疑っていたから？

エド：事務員を調べる週だったから。そのまえはラインマネジャーの週だ。
〈ガンマ〉：目立たない装置をこちらから渡すこともできるけど。写真が撮れて、でも金属ではなく、スマートフォンのようにも見えない。どう？
エド：断わる。
〈ガンマ〉：断わる？
エド：それはスパイの小道具だろう。そういうのはやらない。こっちの気が向いたときに大義のために働く。やることはそれだけだ。
〈ガンマ〉：ほかにも、ヨーロッパ各地のイギリス大使館から入ってくる暗号名なしの資料を、マリアに渡したでしょう。
エド：そう、それはまあ、ある種の詐欺師でないことをわかってもらうために。
〈ガンマ〉：とはいえ、〝機密〟資料ではあった。
エド：そう、当然だろう？　でなきゃ誰でもいいってことになる。
〈ガンマ〉：今日も同じ種類の資料を持ってきてくれたの？　それがその不名誉なブリーフケースに入っている？
エド：手に入るものはなんでも持ってこいとヴィリに言われたから、持ってきた。

（沈黙が続き、エドは気が進まない様子でブリーフケースのバックルをはずし、なかから無地の薄茶色のフォルダーを取り出すと、膝《ひざ》の上で開いて中身を彼女に渡す。）

エド：［〈ガンマ〉が読んでいるあいだに］役に立たないなら今後はこれを追わない。向こうにもそう伝えてもらっていい。

〈ガンマ〉：明らかに優先度が高いのは、暗号名〈ジェリコ〉の資料ね。いま渡された追加の資料の可能性については、同僚と相談しなければならない。

エド：出所さえ黙っておいてくれるなら、それでいい。

〈ガンマ〉：このくらいの機密度、つまり暗号名のついていない単純な機密の資料であれば、さほど問題なくコピーして持ってこられるのね？

エド：ああ、そうだね。昼食時間がベストだ。

（彼女はバッグから携帯電話を取り出し、十二ページ分を写真に収める。）

〈ガンマ〉：わたしが誰か、ヴィリから聞いた？

エド：序列のはるか上の人だと言ってたよ。ドラ猫大将《トップ・キャット》みたいなもんだって。

〈ガンマ〉：ええ、正しいわ。わたしはドラ猫大将《トップ・キャット》。でも、あなたのまえではアネッテ、コペンハーゲンに住むデンマーク人の中等英語教師よ。わたしたちは、あなたがチューービンゲンで学んでいたときに出会った。どちらも夏の基礎課程のドイツ文化の授業をとっていた。わたしはあなたの年上の恋人で、結婚している。つまり、あなたはわたしの秘密の愛人。ときどきわたしがイギリスに来て、愛し合う。ここはわたしのジャーナリストの友人、マルクスから借りているアパートメント。聞いてる？

エド：もちろん。当たりまえだろ。

〈ガンマ〉：あなたはマルクスを直接知らなくていい。彼はここの賃借人。それだけ。でも、こうして会えないときには、自転車で通りかかったときでいいから、ここにわたし宛ての書類や手紙を残しておいて。双方の連絡が決して他人の目に触れないように、良き友人のマルクスがしっかり管理してくれるから。これがわたしたちのいわゆる〝伝説《レジエンド》（非合法工作員に用意される本格的な偽装）〟よ。あなたはこの伝説にしたがえる？ それとも別のものにしたい？

エド：いや、だいじょうぶだと思う。そう、それでいこう。

〈ガンマ〉：あなたにお礼がしたいの、エド。わたしたちの感謝の気持ちを表わしたい。

経済的に、あるいは、別の方法がよければそれで。たとえば、ほかの国の口座に貯金しておいて、いつかあなたが回収するとか。どう？
エド：ありがたいが、必要ない。そう。こっちで給料は充分もらってるから。それに、いくらか貯えもある。［ぎこちない笑み］カーテンには少々費用がかかった。新しい浴槽にも。いずれにせよ、親切なご提案には感謝するけど、断わる。いいね？この話は終わりだ。もう訊かないでほしい。
〈ガンマ〉：親しいガールフレンドはいる？
エド：なんでそんなことを？
〈ガンマ〉：彼女はあなたの心情を共有している？
エド：ほとんどは。ときどき。
〈ガンマ〉：その人はあなたがわたしたちと接触していることを知っている？
エド：知らないと思う。
〈ガンマ〉：彼女はあなたに手を貸せるかもよ、仲介者として。いまあなたがどこにいると思っているの？
エド：家に帰る途中だと、おそらく。彼女には彼女の生活がある、ぼくと同じように。
〈ガンマ〉：あなたと同じような仕事をしてるとか？

エド：いや、それはない、まったく。想像すらしないだろう。
〈ガンマ〉：どんな仕事をしてるの？
エド：なあ、もう彼女の話はやめてくれないか。
〈ガンマ〉：いいわ。あと、あなたはまわりから注意を向けられるようなことをしていない？
エド：どういうことだ、それは？
〈ガンマ〉：雇い主の金を盗んだとか、禁じられた恋愛をしているとか、わたしたちみたいに？　［ジョークがエドに伝わるのを待つ。やっと伝わり、エドはどうにか硬い笑みを浮かべる］上司と喧嘩《けんか》したり、上司に生意気だとかだらしないとか思われていたり、何かしたこと、しなかったことで内部調査を受けていたり。そういうことは？　組織の方針にしたがわない人間だと思われていない？　どう？　ある？
（エドはここでも内に引きこもる。額に暗いしわが刻まれる。〈ガンマ〉が彼のことにくわしければ、彼がまた外に出てくるまで我慢強く待つはずだ。）
〈ガンマ〉：［からかうように］何か不都合なことをわたしから隠してるの？　わたし

たちは寛大よ、エド。ヒューマニズムの長い伝統があるから。
エド：［さらに考えたあとで］ぼくはごくふつうの人間だ。そうだろう？　けど、ぼくに言わせれば、こういう人間がまわりにあまりいない。みんな見て見ぬふりをして、誰かが何かしてくれるのを待ってる。だからぼくは行動する。それだけだ。

★

陶器のスタッフォードシャー犬が安全の印、と彼女がエドに説明している――ように思える。というのも、私は耳がよく聞こえなくなっていた。窓辺に犬の置物がなければ中止、と彼女が言っている。いや、逆に入ってこいと言っているのかもしれない。この〝核開発《ノー・ニュー》反対《クス》〟のビラが貼ってあれば、〝きわめて重要な伝言がある〟ということ。いや、次回通りかかったときに伝言があるということか？　それとも、この道は二度と通るな？　諜報《トレード》技術《クラフト》の健全なルールにしたがうなら、要員が先に去る。エドとワレンチナは正面から向き合う。エドは放心状態で、非常に疲れて恥じ入っているように見える。ふたりでラガーを手にするまえの本気の七試合で、まだ私が彼を打ち負かすことができたころのように。ワレンチナは両手でエドの手を包み、彼を引き寄せて、左右の頬に一度ずつ思いをこめたキスをするが、ロシアふうの三度目のキスはない。エドはぶっきらぼうに応じる。彼がブリーフケースを持って鉄の階段をのぼるところを、外のカメラがとらえる。自転車からチェーンをはずし、ブリーフケースをまえの籠《かご》に押しこみ、ホクストンのほうへ走り去るのを、空中カメラが見守る。

★

指令室の両開きのドアが開く。マリオンと槍《やり》持ちたちが戻ってくる。ドアが閉まる。明かりをお願い。防音ガラスの壁に囲まれた鷲《わし》の巣で、パーシー・プライスが隊員を割り振っている。容易に推測できることだが、一チームは〈ガンマ〉に張りつき、もう一チームはエドを捕捉して、もっぱら遠隔監視を続ける。宇宙からの女性の声が、監視対象〈ガンマ〉の〝マークに成功〟したことを告げる。どんな印がついたのかは想像するしかない。エドと彼の自転車も同様にマークされたようだ。パーシーはすこぶる満足している。

画面がちらついて消える。秋のウィンダーミア湖は映らない。マリオンが長机の端で近衛兵のように直立姿勢をとる。眼鏡《めがね》をかけ、両横にダークスーツの槍持ちを立たせて。彼女は大きく息を吸い、右側から書類を持ち上げて、ゆっくりと、もったいぶった調子で声高く読み上げる。

「残念な報告があります。いま皆さんが見た監視映像でエドと特定された人物は、わが保[M]

安局《I5》の正規職員です。彼の名前はエドワード・スタンリー・シャノン、極秘以上の情報にアクセスできるカテゴリーA認定の事務職員。コンピュータ・サイエンスの第二優等学士。一級デジタル・スペシャリストとして、現在の報酬は基本年俸三万二千ポンドと、平日の残業、週末勤務、言語能力に対する特別ボーナス。三級ドイツ語話者で、ホワイトホールの支援のもと西側諜報機関と機密情報をやりとりする部署のヨーロッパ担当。二〇一五年から一七年にかけては、その部署のベルリン連絡事務所で働きました。作戦任務に適格と見なされたことは昔もいまもありません。現在の仕事は、ヨーロッパのパートナーたちに届けられる極秘資料の選別と消毒。結果としてそこには、アメリカだけに届けられる刺激的な協議中の諜報資料も含まれ、そのなかにはヨーロッパの利益に反すると解釈されうるものもある。皆さんがいま見た映像で本人が正しく説明していたように、シャノンはきわめて機密度の高い書類のコピーをまかされたふたりの一級スペシャリストのうちのひとりで、高度審査にも、その後の追加審査にも合格しています」

　彼女の唇《くちびる》が閉じられる。それをすぼめ、慎重に湿らせて、先を続ける。

「ベルリンでシャノンは一度、飲酒に起因する事件を起こし、あるドイツ人女性との恋愛関係も、本人が望まない状況で解消されました。カウンセリングを受け、精神的、身体的な健康を完全に取り戻したと診断されてからは、不品行や反体制行動、不審な態度は記録されていません。職場では協調性がないと思われていて、直属の上司によると〝友人《フレンド》がいない《レス》〟。結婚はしておらず、記録にはヘテロセクシャルとありますが、現在はパートナーがいない模様。政治的には無党派」

　また唇を湿らす。

「現在、緊急の損害評価をおこないつつ、シャノンの過去から現在にわたる接触者を洗い出しています。これらの調査の結果が出るまで、シャノン自身が調べられていると察知することはありません。くり返します、彼が調査を察知することは決してありません。こうした背景と、本件がいまだ進行中であることに鑑《かんが》みて、われわれ保安局は共同タスクフォースの結成を受け入れることをここで正式に表明します。以上」

「ひと言つけ加えても？」

　驚いたことに私は立ち上がろうとしている。気でもふれたかというふうにドムが私を見上げる。私は同時に、自信にあふれ、くつろいでいるとみずから固く信じる口調で話しはじめる。

「偶然ながら、私はこの人物を個人的に知っています。エドを。ほぼ毎週、月曜夜に彼とバドミントンをしている。具体的にはバタシーで。自宅の近くにあるスポーツクラブ〈アスレティカス〉です。そしてたいてい、試合のあとにはいっしょに何杯かビールを飲む。

いかなる方法であれ、喜んで調査に協力します」

そのあと坐るときにあわてすぎ、途中で見当識を失ったにちがいない。次に憶えているのは、ガイ・ブランメルが短いトイレ休憩を提案しているところだ。

16

あの小さい部屋でどのくらい待たされたかは、永遠にわからないだろう。だが、一時間以内だったはずはない。私はその間、オフィス用携帯電話を没収され、読むものもなく、飾りひとつないパステルイエローの壁を眺めているしかなかった。また、あの指令室で坐っていたのか、立っていたのか、歩きまわっていたのかも、いまに至るまでわからない。気づくと世話人らしき職員が私の腕に触れ、「こちらへよろしければ」と尻切れトンボの文で言っていた。

ただ、はっきり憶えているのは、部屋の入口にもうひとり職員がいて、そのふたりに付き添われてエレベーターまで行ったことだ。私たちは歩きながら、この夏のとんでもない暑さについて話した。これから毎年こんな暑さに耐えなければならないのかと。〝友人《フレン》がいない《ドレス》〟ということばが告発のように頭のなかを駆けめぐっていたことも憶えている。エドの友人である自分を責めていたのではなく、私が彼のたったひとりの友人で、それだけ責任が重いと感じていたからだ――とはいえ、なんの責任を？　そしてもちろん、ああいう階数表示のないエレベーターが上昇しているのか下降しているのかは、決して判定できない。とりわけ胃が勝手によじれているときには。指令室での監禁から解放されるやまた囚われの身になる私の胃は、まさにそういう状態だったから、わかるはずもなかった。

しかし、一時間待ったということにしよう。ガラスのドアの外にずっと立っていた世話人――名前はアンディで、クリケット愛好家――がこちらに首を突っこんで、「行きましょう、ナット」と言い、終始変わらぬ陽気さで私を指令室よりはるかに大きい部屋へと案内した。そこにも窓はなく、窓を模したものすらなくて、ふかふかした坐り心地のよさそうな椅子が丸く並べてあった。どの椅子も見分けがつかないのは、職員がみな平等な職場だからだ。世話人は、お好きな椅子にどうぞと言った。ほかの皆さんはすぐに来ますから。

そこで、私はひとつ選んで腰をおろし、両方の肘掛けの端を掌《てのひら》で包んで、ほかの皆さんとは誰だろうと考えはじめた。指令室から出て次の部屋に案内されるまでのどこかで、最上階のお偉方が隅に集まって小声で話していたのも、ほぼ確かな記憶として残っている。例によってドム・トレンチが口をはさもうとして、ガイ・ブランメルからかなり厳しい口調で「いや、きみはだめだ、ドム」と言われていたことも。

そのことばどおり、わが親愛なる同僚《シェール・コレーグ》たちがひとりずつ入ってきたときにもドムの姿はなく、私はまたドムの心配事についてしばらく考えた。彼が私に用意した運転手つきの車について、私がしゃべってしまうのではないかというあの心配だ。最初に入ってきたのはギタ・マースデンで、私にやさしく微笑んで、「ハロー、二度目ね、ナット」と言った。こちらを安心させようという心配りだろうが、〝二度目〟とはどういう意味だろう。私が生まれ変わったとでも？　続いてわれらが姉妹組織のマリオン。しかめ面で、槍持ちはひとりしか連れていない。背が高くて陰気なほうだ。彼は私に、初めまして、アンソニーですと名乗って、手を差し出した。握手をしたら、こちらの手の骨が折れそうになった。

「ぼくもバドミントンが好きなんです」アンソニーはそれで万事解決というふうに言った。そこで私も、「いいね、アンソニー。いつもどこでプレーしている？」と応じたが、彼は聞いていないようだった。

次はパーシー・プライス。この熱心なキリスト教信者は、厳《いか》つい顔で感情を押し殺している。私は動揺した。パーシーに無視されたからというより、彼がこの打ち合わせに出たということは、〈スターダスト〉の指揮権を、大勢いる副官たちにいっときゆだねたにちがいないからだ。そしてすぐあとから、ガイ・ブランメルが入ってきた。紅茶の入ったプラスチックカップを持っているが、それはエドがセルフサービスのカフェでトレイにのせていたカップに似ている。ブランメルは、情報部内にひそかに存在する内務保安部門の影《グレ》の男《イマン》、小柄なジョー・ラヴェンダーといっしょにいて、見るからにくつろいだ様子だ。ジョーは大型ファイルを抱えており、私は人間関係を円滑にしようと、入口で職員にその中身を確認されたかとおどけた質問をしたが、嫌な顔をされただけだった。

一同がぞろぞろと入ってくるあいだ、一様に暗い表情のほかに全員に共通するものはなんだろうと考えつづけた。この手の集団は偶然には生まれない。エドがわれわれの姉妹組織の職員であることはすでにわかっている。つまり、組織間の論争がどれほど熾烈《しれつ》になろうと、エドはわれわれの発見であり、彼らのあやまちだから、あちらも受け入れるしかない。あとは組織間でどこがケーキのどの部分を取るかという侃々諤々《かんかんがくがく》の議論が交わされる。そして議論が尽きたあと、いま私たちがいる部屋の視聴覚システムがきちんと動いているかどうかの確認が、また大急ぎでなされるだろう。失敗は許されないからだ——直近の失敗が何であったにせよ。

みながついに心地よく着席するのを見計らったかのように、私のふたりの世話人が現われ、先ほどと同じコーヒーの保温ポットと水差し、そして映写会のあいだじゅう誰も手をつけなかったサンドイッチを運びこむ。クリケット愛好家のアンディが私にウインクをして、ふたりがいなくなると、幽霊めいた姿のグロリア・フォクストン、情報部の上級精神科医《ユーバー》が、いまベッドから引きずり出されたかのようにふらふらと入ってくる。実際にそうだったのかもしれない。彼女の三歩うしろには、わが人事課のモイラがついている。抱えた分厚い緑色のファイルの何も書かれていない面をたいへん注意深くこちらに向けているところから考えて、私に関する資料なのだろう。

「もしかしてフローレンスから連絡はなかったわね、ナット？」モイラは私の横で立ち止まり、不安げな顔で訊く。

「見てもいないし、連絡もない、残念ながら、モイラ」私は胸を張って答える。

なぜ嘘をついたのだろう。今日に至るまでわからない。頭のなかで練習していたわけではなかった。そうする心づもりもなかった。そもそも嘘をつく必要はないのだ。しかし、モイラを見やると、質問するまえから答えはわかっていたと顔に書いてある。私が正直かどうかを試したのだ。それでいっそう自分が愚か者になった気がした。

「ナット」グロリア・フォクストンがただならぬ精神療法的同情をたたえて言う。「調子はどう？」

「最悪だよ、おかげさまで、グロリア。そちらは？」私は陽気に尋ね、冷ややかな笑みを返される。私のような立場――それがなんであれ――の人間は、精神科医に調子はどうかなどと訊かないのだ。

「素敵なプルーは？」彼女はいっそうの愛情をこめて尋ねる。

「元気いっぱいだ。エンジン全開で。大手製薬会社が射程に入っている」

しかし私が本当に感じているのは、五年前にグロリアから授けられた胸の痛む知識に対する、無分別な怒りだ。ステフのことに関して、私が愚かにも無料のアドバイスを求めたときのことだった。グロリアは言った。「ナット、こういう可能性はない？　ステファニーはクラスの男性全員に自分の体を投げ出すことによって、不在の父親に宣言したいことがある」グロリアの最大の罪は、それがおそらく正しかったことだ。

全員がそろった。いよいよだ。グロリアには下級《ウンター》精神科医が二名加わった。レオとフランチェスカはふたりとも十六歳くらいに見える。総勢十数名ものわが親愛なる同僚《シェール・コレーグ》たちが半円形に坐り、さえぎるものもなく私と向かい合っている。いつの間にか椅子の配置が変わり、私は、最後に父親を見たのはいつかと訊かれている絵のなかの少年のように、ひとりだけ飛び出して坐っていた。ただ、私のまわりの人々が訊いているのは、かわいそうなお父さんのことではなく、エドのことだ。

★

ガイ・ブランメルが〝投球を開始する《オープン・ザ・ボウリング》〟――彼ならそう言うだろう――決意をしている。

筋が通っていなくもない。訓練を受けた法廷弁護士だし、セント・オルバンズにある大邸宅で自前のクリケット・チームを結成しているくらいだから。長年、私もたびたび誘われてそこでプレーしている。

「さて、ナット」彼がポートワインとキジ肉を愛する声で切り出す。「なんたる不運と言いたいところだろうな、おそらく。しごくふつうのバドミントンの試合をしていた友人が、じつはわれわれの姉妹組織の職員で、ろくでもないロシアのスパイだったのだから。まずなれそめから始めようか。きみたちはどうやって出会った？　どこで何をしていたのだ？どんな些細《ささい》なこともらさずに話してもらいたい」

私たちはなれそめから始める――というより、私が。〈アスレティカス〉の土曜の夜。私は川向こうのチェルシーからやってきた対戦相手のインド人と試合後のビールを愉《たの》しんでいる。エドを連れたアリスが登場。エドが私に試合を申しこむ。最初の約束。雇い主に対する彼の冷ややかな物言い――マリオンと槍《やり》持ちが真剣に聞いている。いつもの席《シュタムティッシュ》での初めての試合後のビール。エドがブレグジットとドナルド・トランプを同じ悪のふたつの構成要素と見なして延々《えんえん》と批判する。

「それで、きみもその話につき合ったのか、ナット？」ブランメルが充分和《なご》やかな態度で訊く。

「ある程度は、そう、つき合いました。彼は反ブレグジットで、私もそうだった。いまもそうです。おそらくこの部屋の大半の人と同様に」私はきっぱりと答える。

「トランプは？」ブランメルが訊く。「トランプに関してもつき合ったのかね？」

「それを言ったら、ガイ、この部屋でもトランプは〝今月のおすすめフレーバー〟じゃない。でしょう？　彼はとんでもない解体鉄球だ」

私は賛同者を求めて左右を見まわす。誰も名乗り出ないが、心は乱れない。モイラとのまずいやりとりも気にするな。私はベテランだ。この種の訓練を受けている。担当する要員たちにも教えてきた。

「トランプとプーチンの結びつきは、シャノンに言わせると、悪魔と悪魔の契約です」私は勇敢に続ける。「みなが寄ってたかってヨーロッパを攻撃していて、彼はそれが気に入らない。そういうドイツ的な考えに取り憑《つ》かれている」

「彼のほうから試合を申しこんだわけだ」ブランメルが私の無駄話を手で振り払って追及する。「ほかのみなが見ているまえで。わざわざきみを探し出して、突然現われた」

「私はたまたまクラブのシングルスのチャンピオンだった。彼は私のことを耳にして、挑戦してみようと思った」私は威厳を保って言った。

「きみを探し出し、はるばる自転車で市内を横切って、きみの試合を見に来たのか？」

「来てもおかしくはありません」

「そしてきみに挑戦した。ほかの誰にも挑戦せずに。きみがプレーしたばかりのチェルシーの対戦相手に申しこんでもよかったのに、そうしなかった。きみでなければならなかった」

「もしあなたの言うチェルシーの対戦相手が私に勝っていれば、おそらくシャノンは私ではなく彼に挑戦していたでしょう」私はかならずしも本心で思っていないことを言い放ったが、ガイの口調には嫌な雰囲気があった。

マリオンがガイに一枚の紙を手渡す。彼は読書眼鏡《めがね》をかけ、ゆっくりと読む。

「〈アスレティカス〉にいるきみの知り合いの受付によると、シャノンに挑戦されて以降、きみは彼としかプレーしていない。きみたちはカップルになった。そう言ってかまわないだろうか」

「ペアです、差し支えなければ」

「けっこう。ペアだ」

「私たちは好敵手でした。彼はフェアにプレーして、勝っても負けても潔《いさぎよ》かった。礼儀正しいまっとうなプレーヤーはなかなか見つからないのです」

「だろうね。きみは彼と友だちづき合いもした。飲み仲間だった」

「大げさです、ガイ。定期的に試合をして、そのあとビールを飲んだだけです」

「毎週だ。ときには週に二日。きみほどの運動マニアにしてもやりすぎだ。そしてきみたちは、きみの言う〝雑談〟をした」

「しました」

「どのくらいの時間だね？　ビールを飲みながら」

「三十分。あるいは一時間。その日の気分によります」

「合計すると十六時間、十八時間？　二十？　二十時間だと多すぎるかな？」

「二十時間になるかもしれません。どんなちがいがありますか？」

「独学者というタイプなのかな、彼は？」

「いいえ、ちがいます。グラマー・スクール出身です」

「自分の職業についてきみは具体的に話したのか？」

「冗談はよしてください」

「では何を話した？」

「ごまかしました。外国出張から帰ってきたビジネスマンで、いろいろチャンスをうかがっていると」

「向こうはそれを信じたと思うかね？」

「好奇心は示しませんでした。お返しに、自分の仕事についても同じくらいあいまいにしか話さなかった。メディア関係と言うだけで、その先の説明はなく。ふたりともここまででした」

「きみはふつう、年齢が自分の半分くらいのバドミントンのパートナーと政治の話を二十時間もするのかね？」

「いい試合をしたあと、相手のほうに何か話題があれば、するのでは？」

「きみのことを訊いているのだ、一般論ではなく。単純な質問だ。つまり、きみはこれまで彼と同年代のほかの対戦相手と政治の話をしたことがあるのか、ないのか」

「彼らとも試合をして、そのあと一杯やりました」

「だが、エドワード・シャノンほど定期的にプレーし、ビールを飲み、話した相手はいない？」

「おそらく」

「きみには息子がいない。まあ、われわれが知るかぎりにおいてだが。海外放浪の期間が長かったから」

「いません」

「記録外でも？」

「いません」

「ジョー」ブランメルは内務保安の花形ジョー・ラヴェンダーのほうを向いた。「いくつか質問があったようだが？」

★

ジョー・ラヴェンダーは出番を待たなければならない。ふいにシェイクスピアの伝令よろしくマリオンの二番目の槍持ちが現われ、ガイの許可を得て、保安局《MI5》の調査チームから先ほど出てきた質問を私にする。それは彼が巨大な手で両端をつまんで持った薄い紙切れに書かれている。

「ナット。あなたはエドワード・スタンリー・シャノンと数多くの会話を重ねるなかで」と攻撃的に明確な発声で問いかける。「個人的に、またはどこかの時点から、彼の母イライザが平和ないし同様の幅広い問題に関するデモ参加者、抗議者、権利活動家として記録されていることを知っていましたか？」

「いや、知らなかった」私は誠心誠意答えながらも、胸の内に怒りが湧き起こるのを感じる。

「失礼ながら、あなたの奥様もやはり基本的人権の断固たる擁護者だと聞いています。それは事実ですか？」

「ああ、まさに断固としている」

「もちろんそれは大いに称賛されるべきことであり、ここにいる皆さんも同意見かと思います。では、うかがってもよろしいでしょうか。あなたが知るかぎり、イライザ・メアリー・シャノンと奥様のあいだになんらかのやりとりまたは連絡はありませんでしたか？」

「私が知るかぎり、そのようなやりとりや連絡はまったくなかった」

「ありがとうございます」

「どういたしまして」

伝令退場。

★

次は不規則な質疑応答で、私のあやふやな記憶に関するいわば自由討論となる。ブランメルの親切な表現によれば、ナットの話の〝ゆるんだネジを締め直す〟作業に、わが親愛《シェー》なる同僚《ル・コレーグ》たちが代わる代わる取り組んだのだ。そして沈黙がおり、ようやくジョー・ラヴエンダーが話しはじめる。声にまったく特徴がない。社会的、地域的な起源がわからず、故郷のない、悲しげな鼻にかかった声だ。

「シャノンが〈アスレティカス〉であなたを手に入れた最初の場面に戻りたいのですが」

「私に〝挑戦した〟と言ってくれるかな、もしよければ」

「あなたは彼の面目を保つために——そうおっしゃいましたね——その挑戦を受けた。情報部の訓練を受けた一員として、次のようなことに気づいたとか、いま思い出したりしませんか？　男でも女でも、バーにさりげなく見知らぬ人間がいて、あなたたちのやりとりに通常以上の関心を払っていたと？　たとえば新しい会員とか、すでにいる会員の知人とか？」

「いや」

「そのクラブは公開されていると聞きました。会員はゲストを連れてくることができる。ゲストは、会員についてくれば、バーで飲み物を買うことができる。シャノンがあなたに接触したとき——」

「挑戦したとき」

「——シャノンが挑戦するところを、いずれかの関係者が観察または支援していなかったと確実に言えますか？　当然ながら、今後なんらかの口実をもうけてクラブを訪ね、監視カメラの映像がないか確かめてみるつもりですが」

「誰かが通常以上の関心を払っているなどということは、そのときも気づかなかったし、いまも思い出せない」

「とはいえ、もし彼らがプロであれば、気づかれないようにするはずですよね？」

「バーには少しにぎやかな集団がいたが、みな知った顔だった。それと、映像を探しに行っても無駄だ。監視カメラはないから」

ジョーの眼が演技のように驚きで見開かれた。

「ほう？　ない？　なんと。いまどき奇妙じゃありませんか？　人の出入りが激しく、金銭のやりとりもある大きな場所で映像がないというのは」

「委員会の決定だ」

「あなた自身が委員のひとりだと聞きました。あなたは監視カメラを設置しない決定を支持しましたか？」

「支持した」

「それは奥さんと同じく、監視国家を認めないから？」

「家内のことは質問しないでもらえるかな？」

聞こえたのだろうか。聞こえなかったようだ。忙しすぎて。

「どうして彼を登録しなかったのですか？」膝《ひざ》の上に開いた大型ファイルから眼を上げようともせずに訊く。

「誰を登録するって？」

「エドワード・シャノンです。あなたの毎週、ときに隔週のバドミントンのデート相手。情報部の規則では、性別や活動内容にかかわりなく、定期的に接触のある相手は人事課に報告しなければならない。〈アスレティカス・クラブ〉の記録によると、あなたはシャノンに少なくとも十四回、きわめて短い間隔で会っている。それをどうして届け出なかったのかなと思いまして」

　私はなんとかやんわりと笑みを浮かべる。ぎりぎりの笑みを。「いや、ジョー、私は長年のあいだに数百人の相手と対戦してきた。そのうちの何人かとは、どうだろう、二十回、あるいは三十回プレーしている。私個人のファイルに彼ら全員を登録する必要はないだろう」

「シャノンを登録しないと決めたわけですね？」

「決めるかどうかの問題ではなかった。そんなことは思いつきもしなかった」

「よろしければ別の言い方をしましょう。納得のいく答えが得られるかもしれない。イエスかノーで答えてください。あなたにとって、エドワード・シャノンを定期的に会う知人かつプレーメイトとして登録しないのは意図的決定でしたか、それともちがいましたか？」

「対戦相手と言ってくれ、よければ。答えはノーだ。彼を登録しないのは意図的な決定ではなかった」

「結果論ですが、おわかりのとおり、あなたは何カ月にもわたって、ロシアのスパイと認定された人物とつき合い、登録もしなかった。思いつきもしなかったですまされる問題ではありません」

「彼がくそロシアのスパイだとは知らなかったのだ、ジョー。そうだろう？　おそらくきみも知らなかった。彼を雇っていた保安局《MI5》もだ。ちがいますか、マリオン？　もしかすると、そちらの局は最初から彼がロシアのスパイだと知っていて、われわれに教えようと思わなかったのかもしれないが」私は言ってみる。

この切り返しは無視される。私のまわりに半円形に坐った親愛なる同僚《シェール・コレーグ》たちは、ノートパソコンか中空を見つめている。

「シャノンを自宅に呼んだことはありますか、ナット？」ジョーが気軽な調子で訊く。

「どうしてそんなことをしなきゃならない？」

「どうしてしないんです？　奥さんに紹介したくなかった？　急進派の立派な奥さんだから、彼と意気投合するのではないかと思いましたが」

「家内は多少名のある弁護士だから忙しい。私がバドミントンをする相手全員を紹介する時間もないし、そんなことに興味もない」私は熱くなって言い返す。「そして彼女はきみの言う急進派ではなく、この話にはいっさいかかわっていない。だからくり返すが、家内のことは質問しないでもらおう」

「シャノンがあなたを自宅に誘ったことはありますか？」

もうたくさんだった。

「ここだけの話だが、ジョー、われわれは公園で仲よくフェラチオをし合ったよ。それが聞きたかったのかな？」ブランメルのほうを向いた。「ガイ、いいですか？」

「なんだね？」

「シャノンがロシアのスパイだというのなら——見たところそのようだが——どうしてこんな部屋にのんきに坐って私のことを話し合っているのか教えてもらえませんか。彼が私をだましていたとします。実際そうだった。でしょう？　ここまで引きずりこんだ。保安局やほかのみなをだましていたのと同じように。だったらどうして自分たちに問いかけないんですか。たとえば、誰が彼の資質を見抜いたのか、誰がリクルートしたのか、リクルートがおこなわれたのはこの国か、ドイツか、ほかの場所かといったことを。そして、たびたび出てきたマリアというのは何者なのか。彼を追い払うふりをしたというマリアです」

ガイ・ブランメルはおざなりにうなずいただけで、自分の質問を再開する。

「無愛想な男なのか、きみの仲間は？」

「仲間？」

「シャノンだ」

「ときには無愛想になります、われわれの多くと同じように。だが、すぐ元気になる」

「しかし、どうしてほかならぬ〈ガンマ〉といっしょにいるときに、あんなに無愛想だった？」不満げに言う。「彼はロシア人たちと接触するのにとてつもなく苦労した。これは私の推測にすぎないが、モスクワ・センターの最初の考えは、こいつは食わせ者、だったはずだ。それは誰も責められない。しかし彼らは考えを改め、シャノンは金鉱だと結論した。〈タジオ〉が通りで彼を呼び止め、いい知らせを伝える。ほどなく〈ガンマ〉登場。マリアの態度を詫《わ》び、がぜん張りきって彼と仕事に取りかかる。だとしたら、あの浮かない顔はなんなのだ？　天にも昇る心地でいるはずなのに。〝天啓《エピファニー》〟の意味を知らないふりなどして。あれはどういうつもりだ。今日び、みんなに天啓がくだってるぞ。道を渡ればかならず誰かの天啓の話を聞くほどだ」

「自分がやっていることが気に入らないのかもしれません」私は言ってみる。「彼から聞いた話を総合すると、まだ彼には西側への倫理的な期待があるのかもしれない」

「だからなんだというのだ」

「彼の性格の清教主義的《ピューリタニカル》な部分が、西側には罰が必要だと考えたのかもしれない。ふとそう思っただけですが」

「つまりこういうことか。西側が彼の倫理的な期待に応えられなかったから腹を立てたと？　そう言いたいのかね？」

「私は〝かもしれない〟と言いました」

「だから、ケツに倫理が咬《か》みついても気づかないプーチンに飛びついたわけだ。きみのことばを正しく理解しているかな？　一風変わった清教主義《ピューリタニズム》だな、私に言わせれば。もっとも、私は専門家ではないが」

「そんな気がしただけです。実際に彼がそうしていると信じているわけではありません」

「だったら何を信じてるんだ、え？」

「言えるのは、あれは私が知っている男ではないということだけです。知っていたつもりだったけれど」

「もとからわれわれの知る男などではなかったのさ、まったく！」ブランメルは怒りを爆発させる。「裏切者がわれわれを死ぬほど驚かさなかったら、それはそいつがくだらん仕事しかしてないってことだ。ちがうか？　ほかならぬきみが知らないわけがない。かつてはきみ自身が裏切者を運用してたじゃないか。彼らは自分の破壊的な意見をそこらへんのトムやディックやハリーに触れまわったりしなかった。触れまわったら、くそ長生きはできなかった。だろう？」

苛立《いらだ》ちからか、それとも当惑や、自衛本能の無意識の表われだったのか、そこで私はどうしてもエドの肩を持ってやらなければと感じた。もっと冷静なときだったら、考え直したかもしれないが。

私はマリオンを選ぶ。

「ひとつ思ったんですが、マリオン」と、プルーの同僚にいる学術的な弁護士の思索にふける口調をまねて言う。「シャノンはなんらかの法的な意味で犯罪をおかしたと言えますか？　彼がのぞき見たと主張している暗号つきの極秘文書ですが、現に存在して彼がそれを暴いてしまったのか、それともたんに彼が妄想しているだけなのか。これまでに提供したほかのものに関しては、信用を獲得するためだけに使われたようだ。機密ではないし、どんな意味においても重要ではない。要するに、あなたがたとしては、彼を連れてきて騒《そう》擾《じょう》取締令を読んで聞かせ、精神科医のところに送りこめば、よほど手間が省けるんじゃありませんか？」

マリオンは、握手で私の手の骨を折りそうになった槍持ちのほうを向く。彼は一種驚きの表情で私を見すえる。

「まじめな話ですか？」彼が訊く。

私は人生でこれほどまじめだったことはないときっぱり答える。

「では、よろしければ引用させてください。一九八九年公職守秘法第三項にはこうある——公務員または政府請負業者が、法的な権限なく、国際関係にかかわるなんらかの情報、書類、その他の品目を開示して損害をもたらした場合には、犯罪行為と見なす。国の秘密をもらさないことを厳粛に約束したシャノン自身の誓約書もありますし、もらしたときにわが身がどうなるかは本人も知っている。以上をまとめれば、秘密法廷でごく短時間の裁判がおこなわれ、十年から十二年の禁固刑、本人が自白すれば六年の減刑、プラス本人が要求すれば精神治療が言い渡されるでしょう。正直言って、こんなことは子供にもわかると思っていましたが」

★

私は空《から》っぽの待合室で一時間以上も、落ち着きを保って口論はしないと誓っていた。この大前提を受け入れろ、と自分に言い聞かせつづけた。受け入れて生きるしかない。目覚めているかぎり、この事実は消え去らない。エド・シャノン、〈アスレティカス〉の初々《ういうい》しい新会員、アリスに紹介の労をとらせるほど内気なあの男は、われらが姉妹組織の常勤職員で、飛び入りのロシア・スパイだった。その途上で、理由はまだ解明されていないが、おまえを選んだのだ。けっこう。古典的だ。お見事。じつに手際がいい。彼はおまえと親しくなり、延々《えんえん》と雑談し、おまえを意のままに操った。どう見ても意図的だった。私がベテランの情報部員で、不満を抱いていて、すなわち利用価値があることを知っていた。

だから私に取り入ったのだ、あの男は！　将来使える情報源として開拓した！　開拓したあとは、一歩踏みこんで私を口説《くど》きにかかるか、ロシアのコントローラーにまかせて開**発させるか！**　だとしたら、どうして始めなかった？　**要員を獲得するための最低限の交配シグナル**（交尾をうながす行動や鳴き声）**はどうした？　どこにあった？**　ほころびのきた結婚生活はどうです、ナット？　きみは一度もそう尋ねなかった。借金をしていますか、ナット？　過小評価されていると感じませんか、ナット？　昇進を見送られているとか？　本来支払われるべき報酬や年金をだまし取られていませんか？　訓練講師から教えこまれただろう。**すねに傷を持たない者はいない。リクルーターの仕事はそれを見つけることだ！**　だが、きみはそれを見つけようとしなかった！　探りすら入れず、そのまえまで近づこうともしなかった。決して危険を冒さなかった。

　そもそも、いっしょに坐ったとたんにもったいつけて政治的な不満を言いたて、私のほうから口をはさもうにもほとんどはさめなかったのだから、どうやって危険を冒すことができるのだ。

★

エドに対する酌量の訴えは、わが親愛なる同僚たち《シェール・コレーグ》にあまり受け入れられなかった。まあいい。私は回復する。まだ落ち着いている。被告人に質問したいと合図していたマリオンに、ガイ・ブランメルがおざなりにうなずく。

「ナット」

「マリオン」

「あなたもシャノンも、相手がどういう仕事をしているかぜんぜん知らなかったと先ほど言いましたね。それは正しい？」

「まったく正しくない、マリオン、残念ながら」私はきびきびと答える。「ふたりともはっきりと知っていた。エドは大嫌いなどこかのメディア帝国で働いていて、私は昔の仕事仲間の手伝いでビジネスチャンスを探していると」

「シャノンはあなたに、自分の職場はメディア帝国だと明言したの？」

「いや、そこまでくわしくはなく、ニュース報道を選別して顧客に流しているとほのめかしただけです。そして雇い主は——なんというか——彼の要求に無関心だと」私はにこりとして言い添える。われわれふたつの組織の良好な関係はつねに重要だ。

「つまり、あなたの話によると、ふたりは相手の身元についてそれぞれまちがった認識を持ちながらつながっていたということね？」彼女は続ける。

「そういう言い方もあるでしょう、マリオン。基本的にここは問題にならない部分です」

「どちらも相手の作り話を鵜呑《うの》みにしていたから？」

「鵜呑みというのは強すぎる。互いに詮索《せんさく》しないほうがいいと健全に判断していたのです」

「わが局内の調査報告によると、あなたとエドワード・シャノンは〈アスレティカス〉の男子更衣室で別々のロッカーを借りていたようね。それは正しい？」マリオンは間を置かず、謝りもせずに尋ねる。

「まさか一個のロッカーをシェアするなんて思っていませんよね？」答えなし。期待していた笑いももちろん生じない。「エドにロッカーひとつ、私にロッカーひとつ。そう、正しい」こんな時間に叩き起こされてクラブの帳簿を確かめているアリスを想像しながら言う。

「鍵も別ね？」マリオンが訊く。「ロッカーはコンビネーションじゃなくて、鍵があるのね？」

「鍵がある、マリオン。すべて鍵です」私は一時的な集中力の欠如から立ち直って同意する。「小さくて平たい、切手の大きさくらいの」

「プレーしているあいだはポケットに入れておくの？」

「鍵に紐《ひも》がついているのです」私は答える。初対戦に備えて武装するエドの姿が脳裡に甦る。「その紐をはずしてポケットに入れるか、そのまま首にかけるか。ファッションに応じて選べる。エドと私は紐をはずしました」

「そしてズボンのポケットに入れていた？」

「私の場合、ズボンの横のポケットに。うしろのポケットにはバーで使うクレジットカードと、現金で払って駐車代の小銭を作りたくなったときのための二十ポンド札を入れておくので。これで答えになりますか？」

ならなかったようだ。「あなたの活動記録によると、過去にそのバドミントンの技能を用いてロシアの要員を少なくともひとりリクルートし、同一のふたつのラケットを交換してひそかに連絡をとり合ったことがあるわね。あなたはそのことで大いに称賛された。これは正しい？」

「そのとおりです、マリオン」

「だとすると、これは不合理な仮説かしら」彼女は続ける。「そのすばらしい実績があるあなたは、同じ手法であなた自身の部の秘密情報をシャノンに提供する理想的な立場にあると考えるのは？」

私はゆっくりと半円を見渡す。パーシー・プライスのふだん温和な表情は硬く強張《こわば》ったままだ。ブランメル、ラヴェンダー、マリオンのふたりの槍持《やり》ちも同様。グロリアは聞くことを放棄したように首を傾《かし》げている。彼女の下級《ウンター》精神科医ふたりは、ある種の生物相互作用のさなかのように緊張して前屈《まえかが》みに坐り、両手で膝をつかんでいる。ギタは背筋を反《そ》り返らせ、食卓についた行儀のいい少女のようだ。モイラは窓の外を見ている――この部屋に窓はないが。

「いまの愉《たの》しい意見に賛同するかたは？」私は尋ねる。脇腹を怒りの汗が流れ落ちる。

「マリオンによると、私はエドの下部要員ということですが。私は彼に秘密情報を流し、それがモスクワに伝達される。われわれは全員頭がおかしくなったんですか、それとも私だけですか？」

反応なし。どうせないと思っていた。みな独創的な発想をすることで給料をもらっている。いまもそうなのだろう。マリオンの理論もさして的はずれではないのかもしれない。たしかに往時の情報部にはそれなりに腐ったリンゴが混じっていた。ナットもまたそれなのだろう。

いや、ナットはそれではない。ナットはそのことをわかりやすく説明したい。

「わかりました、皆さん。では教えてください、もし可能なら。いったいなぜ、骨の髄《ずい》まで親ヨーロッパの公務員が、よりにもよってロシアにイギリスの秘密を無償提供しなければいけないのですか。彼に言わせれば、ウラジーミル・プーチンという反ヨーロッパに完全進化した専制君主が支配するあの国に？　そして、もしその問いに自力で答えられないなら、どうしてたんにシャノンとふつうにバドミントンの試合をして、ビールを少々飲みながら他愛ない政治談義をしただけの私をあなたがたのパンチボールに選んだんですか」

さらに思いついて言う——判断ミスだったが。

「あ、ところで、ここにいるどなたか、〈ジェリコ〉というのは何か、教えてもらえませんか？　パスワードで守られていて議論できないのはわかっている。私に知る権限がないのも。だが、それを言ったら、マリアだって同じだし、〈ガンマ〉も、おそらくはモスクワ・センターだってそうだ。もちろんシャノンもだめでしょう。だから、この場かぎりということでどうですか。〈ジェリコ〉がエドのスイッチを入れ、彼をマリアの、それから〈ガンマ〉の腕のなかへ飛びこませたことは、われわれ全員がそれぞれの耳で聞いてわかっているのだから。なのにいまこのときもここに坐って、誰もあの単語を発しなかったかのようにふるまっている！」

彼らは知っている、と私は思う。私を除いて、この部屋にいる全員が〈ジェリコ〉の洗礼を受けている。まあいい。彼らも中身については私と同じくらい知らなくて、私が言ってはいけないことを言ったものだからショックを受けている。

ブランメルが最初に会話力を取り戻す。

「きみからもう一度、話を聞かせてもらわなければならない、ナット」彼は宣言する。

「何をです？」

「シャノンの世界観を。彼の動機の概要《プレシ》を。トランプ、ヨーロッパ、宇宙について彼がまくしたてた御託《ごたく》のすべてを。きみはそれをまるごと呑みこんだようだがね」

★

自分の声が遠くから聞こえる。聞こえるものはみなそうだ。エドではなくシャノンと言うように気をつけているが、それでもときどき口がすべってしまう。ブレグジットについてエドがと言い、トランプについてもエドがと言う。一方からどうしてももう一方に移ったのか、もはやわからない。私は慎重にすべてをエドの肩に背負わせる。つまるところ、彼らが知りたいのはエドの世界観であって、私のではない。

「シャノンに言わせると、トランプは世界じゅうのくだらないデマゴーグや泥棒政治家のためにあえて論争を巻き起こしている」私は精いっぱいそっけない口調で断定する。「シャノンの見方では、トランプは完全に空《から》っぽです。ただの大衆扇動家。しかし、かきたてられるのを待っている世界の下層の一症状として見れば、悪魔の化身です。まあ、きわめて単純な見方と言っていいでしょう。決して全員の意見ではない。それでも感情に深く根ざしている。とりわけ自他ともに認める苛烈な親ヨーロッパ派の場合には。つまり、シャハンのことです」私は力強くつけ加える。彼と私とのちがいがまだ充分明確ではないかもしれないので。

思い出し笑いをすると、静まり返った部屋にその声が奇妙に響く。私はギタを選ぶ。彼女がいちばん安全だ。

「信じられないと思いますけど、ギタ、シャノンはある晩本当にこう言ったんです、アメリカの暗殺者がいつも極右から出てくるように思えるのが残念でしかたない、そろそろ左派も狙撃手を持つべきだ、と」

沈黙がさらに深まることなどあるのだろうか。今回はある。

「そしてあなたは話を合わせたの？」ギタが部屋を代表して訊く。

「ユーモアを交え、気楽な調子で、ビールを片手に、否定はしないという意味をこめて、しかし本当は否定していると推察させるような言い方で、トランプがいなくなったら世界はずいぶん見通しがよくなるだろうねと同意しました。彼が〝暗殺〟ということばを使ったかどうかも定かではない。〝首を刎《は》ねる〟とか〝消す〟だったかもしれません」

ボトル入りの水がすぐそばにあることに気づかなかった。いま気づいた。〝オフィス〟は原則として水道水を使う。ボトル入りは最上階から来たものだ。私はグラスに水をつぎ、長々と飲んで、最後の理性的な男、ガイ・ブランメルに訴える。

「ガイ、頼みますよ」

彼は聞いていない。iPadに没頭している。ついに顔を上げる。

「よろしい、皆さん。高いところからの命令だ。ナット、きみはいますぐバタシーの家に帰って待機する。午後六時の電話を待つように。今日だ。それまでは外出禁止とする。ギタ、現時点からきみが〈ヘイヴン〉を引き継ぐ。要員も、活動も、チームも、すべて。今後〈ヘイヴン〉はロンドン総局の下ではなく、一時的に《プロ・テム》ロシア課に吸収される。ワシントンで奮闘している気の毒なブリン・ジョーダンの承認ずみだ。ほかに気になることがある者は——いない？　ではおのおの仕事に戻ろう」

彼らはぞろぞろと出ていく。最後に去るのはパーシー・プライスだ。四時間にわたってひと言も口にしていない。

「あんたには変わった友だちがいるな」彼はこちらをちらとも見ずに言う。

★

わが家の通りのすぐ先に薄汚いカフェがあり、朝の五時から朝食を出す。そこに坐ってコーヒーを立てつづけに何杯も飲む私の頭に、どんな考えが押し寄せていたのか、そのときにもわからなかったし、いまもわからない。労働者たちがしゃべるのを上《うわ》の空で聞いていたが、ハンガリー語だったので、自分の感情と同じくらい意味不明だった。午前六時になると私は代金を払い、裏口から忍び足で家に入り、階段をのぼり、ベッドで眠っているプルーの横にもぐりこんだ。

17

その土曜日、もしグレート・ミセンデンにいるラリーとエイミー夫妻との恒例のランチデートがなかったら、一日はどんなだったろうと折に触れて考える。プルーとエイミーは学校時代からの友人だ。ラリーは私より少し年上の有能な顧問弁護士で、ゴルフと飼い犬を愛している。夫妻には残念ながら子供がおらず、結婚二十五周年を迎える。今回は四人だけの昼食で、食後にはチルターンズを散策する予定だった。プルーはふたりにヴィクトリア朝ふうのキルトのベッドカバーを買い、きれいにラッピングしていた。彼らが飼っているボクサー犬の咬《か》むおもちゃも買った。永遠に続きそうな熱波と土曜の交通事情を考えると、彼らの家まで二時間はかかるから、遅くとも十一時には出発しなければならないと話していた。

十時になってもまだ私が寝ているので、プルーは親切にお茶を運んできてくれた。私を起こさずに着替えてからどのくらいたっていたのかはわからないが、彼女のことだ、数時間は机にかじりついて大手製薬会社の問題に取り組んでいたのだろう。だからいっそう、仕事を中断して来てくれたのはありがたい。だが、私はわけあって謙虚な気持ちになれなかった。予想どおり、その後の会話は「昨日の夜は何時に帰ってきたの、ナット?」で始まり、私は、いや、プルー、とにかくとんでもない時間だった、といったことを答える。しかし、プルーは私の声か顔から何かを感じ取る。加えて、いま振り返ると、私の帰国以降、横並びで進むはずだった私たちの人生がだんだん離ればなれになっていたことも、彼女にはつらくなりはじめていたのかもしれない。あとで私に打ち明けたのだが、大手製薬会社を相手取った彼女自身の戦いと、叡智《えいち》あふれるオフィスが割り振る標的相手の私の戦いが、互いに補完し合うどころか、私たちを敵対する両陣営に放りこんでいるのではないかというおそれを抱いていたらしい。そうした心配と、その日の私の外見がきっかけとなり、一見慎ましいがじつは重要な会話が始まった。

「出かけるんでしょう、ナット?」彼女が私に訊く。今日まで続くぞっとするほどの直観の鋭さで。

「どこへ?」私は即答を避ける。答えはわかりすぎるほどわかっているが。

「ラリーとエイミーの家よ。結婚二十五周年のお祝いに。ほかにどこがあるの」

「いや、ふたりでは行けないんだ、プルー、申しわけない。私は無理だ。ひとりで行ってもらえないか。あるいは、フィービーを誘うとか？　彼女なら飛んでくるだろう」

　フィービーは隣の家に住んでいて、最高にすばらしい同席者ではないものの、おそらく不在の席よりはましだ。

「ナット、あなた具合が悪いの？」プルーが訊く。

「いや、知るかぎりでは健康だ。待機を命じられている」できるだけきっぱりと答える。

「誰から？」

「オフィスから」

「待機しながら出かけられないの？」

「無理だ。ここにいなければならない。物理的に。この家に」

「どうして？　この家で何が起きるの？」

「べつに何も」

「何もないのに待つなんておかしいでしょう。危険にさらされてるとか？」

「そういうことじゃない。ラリーとエイミーは、私がスパイだというのを知っている。そうだ、彼に電話するよ」私は敢然と提案する。「ラリーはあれこれ質問しない」――言外の意味は、〝きみとちがって〟。

「今晩の劇はどうするの？　サイモン・ラッセル・ビールのチケットが二枚、もし憶えて

れ
ば
だ
け
ど
。
一
階
席
よ
」

「
そ
れ
に
も
行
け
な
い
」

「
待
機
中
だ
か
ら
」

「
六
時
に
電
話
が
あ
る
ん
だ
。
そ
の
あ
と
は
ど
う
な
る
か
、
ま
っ
た
く
わ
か
ら
な
い
」

「
六
時
の
電
話
を
受
け
る
た
め
に
一
日
じ
ゅ
う
待
っ
て
る
わ
け
ね
」

「
そ
の
よ
う
だ
、
少
な
く
と
も
私
は
」

「
そ
の
ま
え
は
ど
う
な
の
？
」

「
家
か
ら
出
ら
れ
な
い
。
ブ
リ
ン
の
命
令
で
。
　
外
出
禁
止
に
な
っ
た
」

「
ブ
リ
ン
の
？
」

「
ブ
リ
ン
本
人
だ
。
ワ
シ
ン
ト
ン
か
ら
直
接
」

「
だ
と
し
た
ら
、
エ
イ
ミ
ー
に
電
話
し
た
ほ
う
が
よ
さ
そ
う
」
彼
女
は
少
し
考
え
て
か
ら
言
う
。
「
チ
ケ
ッ
ト
も
引
き
受
け
て
く
れ
る
ん
じ
ゃ
な
い
か
し
ら
。
キ
ッ
チ
ン
か
ら
電
話
す
る
」

　
こ
こ
に
至
っ
て
プ
ル
ー
は
、
お
そ
ら
く
私
に
対
し
て
我
慢
の
限
界
を
超
え
た
と
き
に
い
つ
も
す
る
こ
と
を
す
る
―
―
一
歩
下
が
っ
て
、
状
況
を
も
う
一
度
見
直
し
、
修
復
に
か
か
る
。
そ
し
て
戻
っ
て
く
る
ま
で
に
、
古
い
ジ
ー
ン
ズ
と
、
家
族
の
ス
キ
ー
休
暇
で
買
っ
た
〈
エ
ー
デ
ル
ワ
イ
ス
〉
の
馬
鹿
げ
た
ジ
ャ
ケ
ッ
ト
に
着
替
え
、
笑
み
を
浮
か
べ
て
い
る
。

「眠った？」彼女は訊き、私が少し振り向くと、ベッドの端に腰をおろす。

「いや、あまり」

プルーは私の額に手を当て、熱がないか確かめる。

「具合は悪くないんだ、本当に、プルー」私はくり返す。

「そう。でも、こんな気がしてしかたないんだけど、もしかして、オフィスから追放されたなんてことはない？」あえて私の心配事ではなく自分の心配事を告白するような言い方で訊く。

「まあ、それにかなり近いな。そのとおりだと思う」私は認める。

「不当に？」

「いや、そうでもない。ちがう」

「あなたがへまをしたの？　それとも彼らが？」

「両方が少しずつだ、じつのところ。いけない連中とかかわってしまった」

「わたしたちの知り合い？」

「いや」

「何かの方法であなたを襲ってこないわね？」

「いや、それはない」と請け合いながら、思っていたほど自分を制御できていないことに気づく。

「オフィス用の携帯はどうしたの？　いつもベッドのそばに置いてたでしょう」

「スーツのなかかな」まだいくらかごまかそうという口調で言う。

「ないわ。見たの。オフィスに没収された？」

「そうだ」

「いつ？」

「昨晩。いや、今朝《けさ》。徹夜の打ち合わせだった」

「彼らに腹を立ててる？」

「どうだろう。自分の感情を確かめているところだ」

「それならベッドにいて確かめて。六時にかかってくる電話は、たぶん家にでしょう？」

「だと思う」

「わたしからステフにメールして、その時間にスカイプの予定を入れないように注意しておくわ。あなたが電話にできるだけ集中できるように」そして玄関に向かいながら気が変わったらしく、振り返ってベッドの同じ場所に戻ってくる。「ひとつ言ってもいい、ナット？　立ち入ったことじゃなくて、ほんの小さな公式声明だけど」

「もちろん」

彼女はまた私の手を取る。今度は脈を測るためではない。

「もしオフィスがあなたを困らせていて」と断固たる口調で言う。「もしあなたがそれでもそこで働きつづける決意をしているのなら、わたしは死がふたりを分かつまで惜しみなくあなたを支援する。男同士の仲よしクラブなんてくそくらえよ。わかった？」

「わかった。ありがとう」

「そしてまた、もしオフィスがあなたを困らせていて、あなたがその場の勢いで、もう知ったことか、年金などいらないとはねつけることにしたら、わたしたちは別の方法で生活できるし、やりくりもつく」

「憶えておく」

「それをブリンに言ってもいいんじゃないの、役に立つなら」彼女は同じくらい決然とつけ加える。「わたしが言ってあげてもいい」

「それはやめたほうがいい」私は言い、思わず笑いだす。ふたりの緊張が解ける。

人間相互の愛情表現は、たいてい第三者に感銘を与えるようなものではないが、その日互いに話したこと――とくにプルーが私に話したこと――は、私の記憶のなかでいまも応援のかけ声のように響いている。それはまるで、彼女がほんのひと押しでふたりのあいだの見えない扉を開けたかのようだった。まさにその扉が開いたことで、エドの理解しがたい行為に対して花火のようにぱっと燃えては消えていた、私の支離滅裂な理論や中途半端な直観が、ぼんやりと意味を持ちはじめたのだ。そう考えたい。

★

「ぼくのドイツ魂の片鱗《へんりん》です」エドはあまりに血気盛んなことを言ったり、説教臭くなったりしたときに、よく申しわけなさそうな笑みといっしょに言ったものだった。

つねに彼のドイツ魂の片鱗だった。

自転車に乗ったエドを停めるために、〈タジオ〉はドイツ語で話しかけた。

なぜだ？　そうしなければエドに酔っ払いだと思われたというのは、本当だろうか。

それにどうして私は、ロシア、ロシアと考えるべきときに、いつもドイツ、ドイツと考えてしまうのか。

私は音痴なのでどうか教えてほしい。どうして記憶のなかでエドと〈ガンマ〉の対話を再生するたびに、まちがった音楽を聴いているような感覚に襲われる？

そうしたつかみどころのない疑問にはっきりと答えられず、謎は深まる一方だったとしても、その日の午後六時には、プルーの力添えのおかげで、朝五時と比べてはるかに戦意と全能感に満たされていた。私は、オフィスがこれから何を投げつけてくるにしろ受けてやるという気になっていた。

★

教会の時計で六時、自分の腕時計で六時、廊下に置かれたプルーの家族伝来の大きな振り子時計で六時。大いなるロンドンの旱魃《かんばつ》の一日がまた終わり、日焼けも痛々しい夕刻。私は半ズボンとサンダルばきで二階の書斎に坐っている。プルーは庭で、かわいそうにも干からびそうになっているバラに水をやっている。ベルが鳴るが、家の電話ではない。玄関のベルだ。

私は跳び上がったが、プルーのほうが先に玄関に到達する。私たちは階段のまんなかで顔を合わせる。

「ちゃんとした服に着替えたほうがよさそう」彼女が言う。「大きな人が車であなたを迎えに来たわ」

私は踊り場の窓から外を見おろす。アンテナを二本立てた黒いフォード・モンデオだ。そしてブリン・ジョーダンの運転手を長く務めるアーサーが、車にもたれて静かに煙草《たばこ》を吸っている。

ハムステッドの丘の上に教会が立っていて、アーサーはそこで私をおろす。ブリンはこれまで自宅以外で人と会おうとしたことがない。

「あとはわかるね」アーサーが質問ではなく宣告として言う。それが「ハロー、ナット」以来、最初のことばだ。ああ、アーサー、わかるよ、ありがとう。

★

私がモスクワ支局の新人で、プルーが情報部公認の配偶者だったころから、ブリンと美しい中国人の妻アー・チャン、音楽ができる娘三人と、手の焼ける息子ひとりは、丘の上からハムステッド・ヒースを見晴らすこの巨大な十八世紀の邸宅に住んでいる。ブレインストーミングの会合や一時帰国休暇のために私がモスクワから戻ってきたときには、呼び出しのボタンひとつがついた高い門の向こうにある、このどっしりした煉瓦《れんが》造りの建物がわれわれの集合場所だった。愉《たの》しい家族の食事では、娘たちがシューベルトの歌曲を歌い、部員のなかで勇気ある者たちもいっしょに歌った。クリスマスが近ければ、それがマドリガル（十六〜十七世紀のイタリアの世俗音楽）になった。われわれが〝ブリンズ〟と呼んでいたこの一家は復古カトリック教徒なのだ。廊下の暗い隅にある十字架のキリスト像がそれを教えてくれた。ウェールズ人がなぜこともあろうに熱心なローマ・カトリック信者になったのかはわからないが、そもそも説明がつかないのが人間性というものだ。

ブリンとアー・チャンは私たちより十歳上だった。才能あふれる娘たちはいずれも輝かしい道を進みはじめて久しい。アー・チャンはサンフランシスコにいる老齢の母親を訪ねている、と玄関前の階段でいつもながら温かく私を迎えたブリンは説明した。

「母さんは先週百歳になったんだが、いまだに女王からの叙勲の電報を待っている。最近は電報ではなく別のものかもしれんがね」鉄道車輛のように長い廊下をずんずん先へ進みながら、彼は不満をもらす。「まっとうな市民として申請したんだ。しかしお国は彼女の資格について少々自信がないらしい。中国生まれだし、サンフランシスコに住んでるしで。加えて、古き良き内務省が彼女のファイルをなくしてしまった。言わせてもらえば、氷山の一角だ。もはや国じゅうが痙攣《けいれん》状態だな。帰国するたびに最初に気づくことを教えようか――何もうまくいっておらず、すべてが間に合わせだ。もし憶えていればだが、かつてのモスクワもそんな感じだったな」

〝かつて〟とは、冷戦時代だ。ブリンを中傷する者たちは、彼がいまだに冷戦を戦っていると言う。私たちはだだっ広い応接間に近づく。

「ちなみに、きみはもう気づいたかな、われわれは愛する同盟国や隣人たちの笑い物だよ」ブリンは愉しそうに続ける。「果物の屋台すら経営できないポスト帝国主義のノスタルジストの集まりだ。きみもそう思うかね？」

大いに、と私は答える。

「きみの友人のシャノンもそう感じているようだな。おそらくそれが彼の動機じゃないか——〝恥〟が。そう考えたことはないかね？　国の屈辱が滴《したた》り落ちて、彼個人の屈辱になった。私ならこの説明で納得するね」

そうとも考えられます、と私は応じる。もっとも、エドを頑固な国家主義者《ナショナリスト》だと思ったことはありませんが。

垂木《たるき》がむき出しの高い天井、ひび割れた革の肘《ひじ》掛け椅子、暗い色の聖画像《イコン》、古《いにしえ》の中国貿易時代の美術品、ところどころ紙片が挟まれ、埃《ほこり》をかぶった古書の山。暖炉の上には折れた木製スキー板が一本飾られ、私たちのウイスキー、炭酸水、カシューナッツののった銀のトレイが置かれている。

「くそ製氷機の調子も悪くてな」ブリンは誇らしげに強調する。「当然だ。アメリカじゃ、どこに行っても氷が出てくる。われわれイギリス人はその氷を作ることすらできんというわけだ。ありがちなことだな。だが、きみは氷は入れない。だろう？」

正しく憶えている。彼の記憶はつねに正しい。私にどのくらいかと訊きもせずに、グラスふたつにスコッチをそれぞれ指三本分つぐと、明るい笑みとともに一個を差し出し、椅子に坐れと手を振る。そして自分も坐り、私に向けていたずら小僧のような善意を発散する。モスクワでは実年齢より老けて見えたが、いまは若さがずいぶん追いついている。潤んだ青い眼はなかば神聖な光をたたえているが、昔より輝きが強く、方向もはっきりしている。モスクワでは偽装の文化担当官をあまりにも生き生きと演じ、きょとんとしたロシア人の聴衆相手に多種多様な学究的話題について講義したので、まわりは彼を本物の外交官だと信じかけたほどだった。〝偽装はな、きみ、信仰の次に大切なものだ〟。ブリンはほかの人が世間話をするように長い礼拝説教ができる。

私は彼の家族について訊く。娘たちは大活躍していると彼は認める。アニーはコートールド美術研究所で、イライザはロンドン・フィルで――そう、チェロだ、まさに、よく憶えていてくれた。すでに生まれたり、これから生まれる孫も大勢いる。まったく喜ばしいことだ。眼をぎゅっと閉じる。

「そして、トビーは？」私は慎重に訊く。

「ああ、完全な失敗だ」悪い知らせでかならず見せる、突き放すような活力で答える。

「まったく希望がない。あらゆる装備がついた二十二フィートのボートを買い与えて、ファルマス沖のカニ漁に出してやったんだが、最後に聞いたときにはニュージーランドにいて、これ以上は考えられないほどの厄介事《やっかいごと》を抱えているようだった」

同情の短い沈黙。

「それで、ワシントンは？」私は訊く。

「いやはや、くそ最低だよ、ナット」――さらに大きく笑みを広げ――「あそこでは内戦がはしかみたいに蔓延《まんえん》してる。誰がどっちの方向にどのくらい長く傾くか、誰が明日馘《くび》になるか、まったくわからない。手綱《たづな》を握るトマス・ウルジー（十六世紀のイギリスで強権をふるった枢機卿・政治家）もいない。ほんの数年前まで、われわれはヨーロッパにおけるアメリカの代表だった。まあ、いいとき悪いときがあって、いつもうまくいくとはかぎらなかったが、それでもあちら側にいた。ヨーロッパの外のパッケージの一部で、ありがたいことに欧州共通外交政策だとか共通防衛政策だとかいったあれこれの淫夢《いんむ》を見ないですんだ」眼をぎゅっと閉じ、声高《こわだか》に笑う。「それがわれわれとアメリカの特別な関係だった。アメリカの力の残りかすをペロペロなめて、歓喜に浸っていた。それがいまはどうだ？　フンとフロッグのうしろについた（それぞれドイツとフランスの蔑称）。みじめなものだ。凋落《ちょうらく》もいいとこだな」

穏やかな笑い。ほとんど間を置かずに次の愉しい話題に移る。

「そう言えば、きみの友だちのシャノンのトランプ評にはなかなか感心させられたよ。あれだけ民主主義的なチャンスがあったのに全部吹きとばしてしまったという意見とか。事実かどうかはわからんがね。トランプについて言うとすれば、あれは生まれも育ちもギャングのボスだ。市民社会の一部になるのではなく、それをことごとく粉砕するように育てられた。きみのシャノン某はそこを取りちがえてるな。不公平な言い方かな？」

トランプにとって不公平という意味か？　それともエドにとって？

「そして、哀れなリトル・ウラジ・プーチンは、民主主義の訓練をこれっぽっちも受けたことがない」彼はにこやかに続ける。「私はそこもシャノンに同意する。スパイとして生まれ、いまもスパイで、おまけにスターリンの被害妄想も染みついている。毎朝目覚めると、西側の先制攻撃で痛い目に遭わされていないことに驚く男だ」カシューナッツをもぐもぐやり、考えながらスコッチで流しこむ。「彼は夢想家だろう？」

「誰です？」

「シャノンだ」

「おそらく」

「どういう種類の？」

「わかりません」

「本当に？」

「本当に」

「ガイ・ブランメルが、くそ怨念説《グラッジファック》を唱えている」そのことばにわんぱく小僧のように喜びながら話しつづける。「聞いたことがあるかね？　くそ怨念《グラッジファック》？」

「ありません。〝クラスター〟をつけるのも最近知ったばかりで、〝グラッジ〟はぜんぜん。外国に長くいすぎました」

「私も聞いたことがなかった。自分はなんでも聞いていると思っていたが。だが、ガイは真剣に主張している。くそ怨念《グラッジファック》ミッションを遂行する男は、浮気でベッドインする相手──この場合にはマザー・ロシア──に、こんなことをする理由はただひとつ、おまえを憎むよりうちのかみさんをもっと憎んでいるからだ、と言う。これがくそ怨念《グラッジファック》ということらしい。きみの男に当てはまると思うかね？　きみ自身の考えはどうだ？」

「ブリン、私自身の考えはこうです。私は昨晩、地獄の仕打ちを受けた。まずシャノンから、次いでわが愛する友人たちや同僚から。だから、どうしてここにいるのか考えている」

「そう、まあ、少々大げさだったな、たしかに」彼はあらゆる見方を受け入れるいつもの態度で同意する。「だがいまは、誰も自分が何者かわかっていない。だろう？　国全体がくそみたいな無秩序だから。それが彼のきっかけだったのかもな。イギリスがバラバラになって床に散らばっている。そこで秘密の修行僧が現われて、絶対なるものを探求する──たとえそれが絶対的な裏切りだとしても。そして彼は議会を吹っとばそうとする代わりに、こっそりロシアへと旅立つ。こういう可能性は？」

　私は、どんな可能性もありますと答える。ブリンが長いあいだ眼を閉じ、心地よい笑みを浮かべたので、私はいよいよ危険な領域に踏み入るのだと悟る。

「では聞かせてくれ、ナット。ここだけの話だ。シャノンの導師、聴罪司祭、代理父、どう呼んでもいいが、そういう立場の人間として、自分の若い弟子がなんの予告もなく、あの高慢な〈ガンマ〉と親しげに話しているのを見て、きみは個人的にどう感じた？」——私のグラスにスコッチをつぎ足しながら。「あそこにぽつねんと坐り、心底驚いて見たり聞いたりしているときに、きみの一個人としての頭、またプロとしての頭にどんな考えが浮かんだ？　あまり考えずに、思うがまま話してくれ」

　ほかのときなら、こんなふうにブリンとふたりきりで閉じこめられれば、本当に心の奥底の感情を包み隠さず話してしまったかもしれない。身じろぎもせずにワレンチナの声を聞いていたとき、ジョージアとロシアのことばの抑揚のほかにそのどちらでもないものが闖入《ちんにゅう》していると想像したことまで。それはオリジナルではなく、コピーした抑揚だった。加えて私は、待機していた一日のあいだにその答えらしきものが浮かんだことも話していたかもしれない。眼もくらむような啓示ではなかった。その答えは劇場に遅れて入った人のように、忍び足で薄暗い通路を少しずつ進んできた。私は記憶のいちばん遠い部屋のどこかで、母の怒りの声を聞いていた。私の怠慢《たいまん》に気づいて、そのときの愛人にはわからないことばで叱りながら大きくなった声を。その言語を母はすぐに捨ててしまったが、ワレンチナ――〈ガンマ〉の声はドイツ語を捨てていなかった。私の耳にとっては。彼女はそれを好んで身につけ、話しことばの英語にドイツ語の抑揚をあえて入れこんでいた。ロシア語とグルジア語（ジョージア語）の染みを抜くために。

　事実というより妄想に近いこんな奔放な考えが浮かんでいるあいだにも、私のなかの何かが、決してこれをブリンと共有してはいけないと告げている。だとしたら、これが私の頭で形をとりつつもぼんやりとしかつかめなかった計画の萌芽《ほうが》の瞬間だったのだろうか。今日までよくそんなふうに考えたものだ。

「おそらく、何を感じたかというと、ブリン」私個人の頭とプロとしての頭について訊いたブリンの質問を受けて、こう答える。「シャノンにはある種の精神疾患があるにちがいないということでした。統合失調症、極度の双極性障害、ほかに精神科医がどう診断するのかわかりませんが。その場合、われわれ素人《しろうと》が彼の合理的な動機を見つけようとしても時間の無駄になる。そしてもちろん、引き金、最後のひと押しがありました」――なぜ私はここまで話を広げているのか――「彼の天啓《エピファニー》ですよ、そんなものはなかったと本人が言った。昔われわれがよく話題にした、サミーを走らせたもの（アメリカの脚本家・小説家バッド・シュールバーグの小説『何がサミーを走らせるのか』より）です」


　ブリンはまだ微笑んでいるが、その笑みは岩のように硬く、もっと話せと挑んでくる。

「要点に入らないか？」私の話などなかったかのように、あっさりと訊く。「今朝《けさ》早く、モスクワ・センターがシャノンに二回目の会合を要求してきた。一週間後で、シャノンはそれに同意した。センターが急ぐのはみっともないが、私にはプロらしい健全な判断と思える。この情報源が長持ちするかどうか不安なのだ。不安にならない者がいるかね？　つまり、もちろんわれわれも同じくらい迅速に動かなければならない」

　ふいに湧き起こった怨嗟《えんさ》の波が私を助けてくれる。

「決まりきったことのように〝われわれ〟と言いますね、ブリン」私はいつもの決然たる陽気さで文句を言う。「私がちょっと納得できないのは、今回のことが私の頭越しにおこなわれている点です。お忘れかもしれませんが、〈スターダスト〉の起案者は私だ。どうしてその私が自分の作戦の進捗《しんちょく》を知らされないんですか」

「知らされているさ、きみ《ディア・ボーイ》。この私によって。情報部のほかの者たちにとって、きみは過去の人だ。それはしかたがない。私が思いどおりにしていれば、きみが〈ヘイヴン〉にまわされることはなかった。時の流れは速いのだ。きみは危険な歳になっている。昔から危険な性格ではあったが、それが外に表われてきている。プルーは元気かね？」

あなたによろしくということです、ありがとう、ブリン。

「彼女は知っているのか、このシャノンの件を？」

いいえ、ブリン。

「そのままにしておけ」

はい、ブリン。

そのままにしておく？　エドに関してはプルーに知らせないということか？　つい今朝がた、たとえ私がオフィスにもう知ったことかと言う気になったとしても、無条件の支援をすると約束してくれた彼女に？　オフィスが望みうるかぎり最高に勇ましい配偶者で、オフィスが寄せた信頼をただの一度も、ささやき声でさえ裏切ったことがなかったプルーに知らせない？　そしていま、人もあろうにブリンが、彼女は信頼できないと私に告げているのか？　くたばれ。

「われわれの姉妹組織はもちろん、シャノンの血を求めて吠えまくっている。きみはまったく驚かないだろうが」ブリンが話している。「逮捕しろ、揺さぶって吐かせろ、見せしめにしろ。そうしたらみんなが表彰される。その結果は？　国をあげてのスキャンダルだ。達成されることは何もなく、われわれはブレグジットのさなか、掛け値なしのまぬけの集団に見える。だから私に言わせれば、その選択肢はすぐさまゴミ箱行きだ」

また〝われわれ〟だ。ブリンはカシューナッツの皿を差し出す。私は彼を満足させるためにナッツをひと握り取る。

「オリーブは？」

いやいい、ブリン。

「大好きだったはずだが。カラマタ・オリーブが」

いや本当にいい、ありがとう、ブリン。

「ならば次の選択肢。彼を本部に引っ張ってきて、古典的な説得を試みる。オーケイ、シャノン、きみは完全にモスクワ・センターの要員と認定された。これからはわれわれの支配下に入るか、厳しく処罰されるかだ。これでうまくいくと思うかね？　きみは彼を知っている。われわれは知らない。情報部も知らない。彼にはガールフレンドがいると考えているが、それすら定かではない。ただの友人かもしれない。インテリア装飾家という可能性もある。アパートメントのリフォームをしているようだから。給与を抵当に入れて、二階のそこを買ったようだ。彼はきみにそのことを話したか？」

いや、ブリン、話さなかった。

「ガールフレンドがいることは？」

いや、ブリン。

「だとしたら、いないのかもしれんな。なしでやっていける男もいるから。どうやるのかは訊かんでくれ。とにかく、そういう例外のひとりなんだろう」

そうかもしれない、ブリン。

「古典的な説得をしたとして、きみの最善の予想はなんだね？」

私はその質問にふさわしい思考の時間を与える。

「最善の予想ですか、ブリン。シャノンは、マスでもかいてろと言うでしょうね」

「なぜ？」

「彼とバドミントンをしてみるといい。一斉射撃を浴びて倒れるタイプです」

「だが、われわれは彼とバドミントンをしているのではない」

「エドは屈服しません、ブリン。大義が自分自身より重要だと思えば、なだめすかしても無駄だし、妥協も保身もしないでしょう」

「では殉教するしかないな」ブリンは踏みならされた小径《こみち》を見つけたかのように、満足げに言った。「ところで、言うまでもなくわれわれは、彼の身柄をどこが預かるかについていつもの綱引きをしている。彼を発見したのはわれわれだ、ゆえに、本人が活動しているかぎり、われわれの管理下にある。そしてもう役に立たないとなれば、ゲームオーバーで、邪悪な姉妹組織が好きなようにする。さて、ひとつ訊かせてくれ。きみはいまも彼を愛しているのか？　肉体的にという意味ではない。本当に愛しているのか？」

ブリン・ジョーダンとはこういう人間だ。一度しか渡れない川なのだ。相手を魅了し、相手の不満や提案に耳を傾け、決して声を荒らげず、性急な判断は下さず、つねに論争から超越していて、自分の庭を案内してまわるが、相手の吸う空気をわがものにしたと見るや、いきなり串刺しにする。

★

「いいやつだと思いますよ、ブリン。少なくとも、こんな騒ぎが起きるまではそう思っていました」私は長々とウイスキーを飲んだあと、軽い口調で言う。

「向こうもそう思ってるだろうな、きみ《ディア・ボーイ》。彼がほかの誰かに、きみに対するのと同じようにしゃべるところを想像できるかね？　われわれはそれを利用できる」

「でもどうやって、ブリン？」私は思いつめた笑みを浮かべて主張する。ブリンが嬉々《きき》として私の〝個人としての頭〟と呼ぶもののなかで、せめぎ合ういくつもの声のコーラスが響きわたっているが、それでも良き弟子を演じて。「さっきから訊きつづけているのに、どうも答えていただけないようだ。この状況で〝われわれ〟とは誰なんです？」

サンタクロースの眉がめいっぱい持ち上がり、彼は数ある笑みのなかでも最大のものを私に下げ与える。

「いやはや、わがきみ《マイ・ディア・ボーイ》、きみと私のことだよ。ほかに誰がいる?」

「それで、何をするんです? 訊いてもよければ」

「きみがつねにいちばんうまくやってきたことだ! きみの男と最後まで仲よくなることだ。すでに半分まで来ている。頃合いを見計らって、もう半分も達成したまえ。自分の職業を明かし、彼のあやまちを穏やかに、淡々と指摘し、寝返らせるのだ。彼が〝わかった、そうする、ナット〟と言った瞬間に、その首に端綱《はづな》を引っかけて、そっとパドックまで連れてくる」

「そっとパドックに入れたあとは?」

「彼を逆に利用する。日中はせっせと働かせ、こちらで注意深くでっち上げた偽情報を渡して、モスクワに送らせる。彼が持ちこたえているうちはわれわれが運用して、用がすんだらトランペットのファンファーレつきで姉妹組織に〈ガンマ〉ネットワークの取りつぶしをまかせる。きみはチーフから表彰され、われわれは活動中のきみに声援を送る。それがきみの若い友人にとっても最善の措置だ。ブラヴォー。これよりちょっとでも少なければ不実だし、ちょっとでも多ければ有罪だ。次にこれを聞いてもらおう」ブリンは私に反論の機会を与えず、精力的に続ける。

★

ブリンにメモは必要ない。一度もメモを使ったことがない。オフィス用の携帯電話から事実と数字をすらすらと読み上げているのではない。休止もせず、眉もひそめず、細かい部分を忘れて苛立《いらだ》ちながら心のなかを探ったりもしない。彼はローマのソヴィエト研究施設にいたとき、一年きっかりでロシア語が流暢《りゅうちょう》になり、空いた時間で中国語も技能に加えた男だ。

「過去九カ月のあいだに、きみの友人のシャノンは、ロンドンで開かれたヨーロッパ外交関連の行事に合計《イン・トト》五回参加し、雇用主に正式に報告している。うち二回はフランス大使館で開かれたたんなる文化イベント、三回はドイツ大使館で、ドイツ統一記念日の催しが一度、イギリス人ドイツ語教師の授賞式が一度だ。もう一回は目的がはっきりしない社交行事だった。いま何か言ったかな？」――突然に。

「いや何も、ブリン。ただ聞いているだけです」

私が何か言ったのだとしても、頭のなかだけだ。

「これらの訪問はすべて彼の局で承認された。事前か事後かはわからないが、とにかく日付は記録されていて、それがこれだ」と体の横からジッパーつきのフォルダーを魔法のように出してくる。「そして、ホクストンの公衆電話からドイツ大使館に、使途不明の電話を一回かけている。旅行課のフラウ・ブラントをお願いしますと言って、そういう職員はいないと言われた。実際にいない」

そこで間を置くが、私がしっかり聞いていることを確かめただけだ。確かめるまでもない。私は身じろぎもせず集中している。

「こういうこともわかった。街の監視カメラがわれわれに与えてくれた情報によると、シャノンはゆうべ自転車でベータ地区に向かう途中で教会に立ち寄り、なかで二十分間すごした」――寛大な笑み。

「どういう教会です？」

「低教会だ（高教会と比べて典礼や伝統を重んじず、聖書に即した信仰を重視する）。今日び、門戸を開放しているのは低教会しかない。銀器もなければ、聖画もなし、ちょっとした祭服すらない」

「彼は誰と話しました？」

「誰とも。路上生活者がふたりいた。どちらも本物《ボナ・フィデ》で、通路の反対側には黒い服を着てなよなよした男がいた。それと、聖堂番が。その聖堂番によれば、シャノンはひざまずかず、坐っていた。そして教会から出て、自転車で去った。さて」――また生き生きとうれしそうに――「彼は何をしていたのか。創造主に己《おのれ》の魂をゆだねていたのか。なぜよりにもよってそんなときにと私は思うが、人はみなそれぞれだから。あるいは、尾《つ》けられていないことを確かめていた？　こっちのほうがいい。きみは彼がなんのためにフランスとドイツの大使館を訪ねたと思う？」

彼はまたふたりのグラスに酒をつぎ足し、じれたように椅子の背にもたれて私の答えを待つ。私も焦《あせ》るが、すぐに答えは出てこない。

「うーむ、ブリン。たまには先に言ってみませんか？」私は彼のゲームにつき合って提案し、彼は喜んで応じる。

「私の意見を言えば、〝大使館トローリング〟だ」と満足げに答える。「自分のロシア中毒につぎこむ追加のうまい情報を見つけようとしていたのだ。〈ガンマ〉のまえでは純真そうにふるまっていたかもしれないが、私が思うに、彼はもっと先を見ている。途中でくそ馬鹿げたへまをしなければだが。以上。質問があればいくらでもしてくれ」

したい質問はたったひとつだが、もっと軽いものから始めろと本能が言う。私はドム・トレンチを選ぶ。

「ドム！」彼は叫ぶ。「おお、わが神よ！　ドム！　彼は追放だ。選択の余地なく無期限の庭仕事」

「なぜ？　彼がどんな罪を犯したというんです」

「そもそもわれわれにリクルートされたこと。それはわれわれの罪だな。われらが親愛なるオフィスは人の人生を盗むのが大好きで、その度がすぎることがある。身の丈を上まわる妻と結婚したのは彼の罪だ。そして、パンツをおろしているところをダークウェブのドブあさりどもに見つけられたのも。連中も多少細かいところはまちがっていたが、ほとんど正しかった。ところで、きみはうちから出ていったあの娘とやってるのか？　フローレンスだったか？」——もっとも遠慮深い笑みとともに。

「フローレンスとはやっていません、ブリン」

「一度も？」

「一度も」

「だったらなぜ公衆電話から彼女にかけて食事に連れ出した？」

「彼女は〈ヘイヴン〉を見捨てて、要員を困らせていました。本人も混乱していたから、連絡をとりつづけるべきだと思いました」言いわけが多すぎるが、まあいい。

「ふむ、これからはせいぜい気をつけることだな。彼女は話題にできない人間になった。きみもだ。ほかに質問は？　ゆっくり考えたまえ」

　私はゆっくり考える。さらに時間をかける。

「ブリン」

「なんだね？」
「〈ジェリコ〉作戦とはいったいなんなんです？」私は訊く。

★

不信心な人に、暗号名がついた資料の神聖さを伝えるのはむずかしい。暗号名は情報内容と同様に機密として扱われ、敵を惑わすために作戦途中で頻繁に変えられる。アクセス許可のあるわずかなメンバーのひとりが、テントの外の人々に聞こえるところで暗号名を口にすることは、ブリンの辞書によれば大罪だ。しかしいま、あろうことかこの私が、偶像視されているロシア課のトップに答えを要求しているのだ――〈ジェリコ〉とはいったいなんなんです、と。

「いや、つまりです、ブリン」私は彼の硬い笑みに怯《ひる》まず続ける。「シャノンは、それがコピー機を通るのをちらっと見た瞬間に、これだと思った。何を見たにせよ、あるいは見たと思ったにせよ、それが決定的だった。彼から意見を求められたら私はどうすればいいんです？　なんの話かさっぱりわからないと答える？　それじゃ彼のあやまちを指摘することにはならない。首に端綱《はづな》を引っかけて、そっと連れてくることもできない」そしてもっと力強く、「シャノンは〈ジェリコ〉のことをすっかり知っていて――」

「知っていると思っているのだ」

「――モスクワも知っている。〈ガンマ〉は〈ジェリコ〉に大いに興奮して、みずからこの仕事にかかわることにしたようだ。モスクワの全面的な支援体制つきで」

笑みが広がる。同意しているようにも見えるが、唇《くちびる》はひと言ももらさないぞと言わんばかりに固く閉じられている。

「対話だ」彼はついに言う。「大人同士の対話」

「その大人たちとは誰です?」

彼はその質問を無視する。

「わが国は分裂している、ナット。きみも気づいているかもしれないが。国全体の分裂はわれわれの主人たちの分裂にきれいに反映されている。ふたりの大臣が同じ日に同じように考えることはない。したがって、われわれにおりてくる諜報の要求がそのときどきで変わり、互いに矛盾することすらあるのは驚くにはあたらない。結局、われわれの任務の一部は、考えられないことを考えることだからな。ロシア担当の古株たちが何度そうしろと言われたと思う? まさにこの部屋に坐って、考えられないことを考えろと」

彼は箴言《しんげん》を探している。いつものように、それを見つける。「道しるべは指さすだけで、歩かないのだ、ナット。どちらに行くかを選ばされるのは、しがないわれわれ庶民だ。道しるべはわれわれの進路の責任を負わない。ちがうかね？」

ちがいません、ブリン。いや、ちがうのか。いずれにせよ、あなたは私をそうとう煙《けむ》に巻いている。

「しかし、あなたをKIM／1と想定してもいいんでしょう？」と言ってみる。「ワシントンにいるわれわれの代表だから。それとも、これは想定しすぎですか？」

「わがきみ《マイ・ディア・ボーイ》、好きなように想定したまえ」

「私に言えるのはそこまでですか？」

「ほかに何を知る必要がある？　わずかだが教えよう。きみに話せるのはそこまでだ。問題の極秘の対話は、われわれとアメリカのいとこたちのあいだでおこなわれている。その目的は調査、探求だ。最高レベルでの話し合いで、情報部は仲介役、すべて理論上の話であって、確定していることは何もない。シャノンは、自身の証言によると、五十四ページの書類の取るに足りない部分を見て、おそらくは不正確に記憶し、誤った結論を導き出して、それをモスクワに伝えた。具体的にどの部分だったかはわからない。そこを現行犯《イン・フラグランテ》で押さえられたわけだ。きみたちの努力のおかげで、とつけ加えてもいいな、たとえそれが本来の狙いではなかったとしても。彼に弁証法的な議論をさせる必要はない。ただ鞭《むち》を見せて、必要がないかぎりこの鞭は使わないときみから言ってやればいい」

「私が知りうるのはここまでですか？」

「すでに多すぎるくらいだ。私も一瞬感情に動かされた。これを受け取れ。私だけに通じる。私はDCとのあいだを往《い》ったり来たりだから、飛行機に乗っているあいだは話せない」

突然の〝これを受け取れ〟とともに、私たちのあいだの飲み物のテーブルに金属の物体が投げられた音がする。私がかつて自分の要員に配っていたのと同じ、シルバーグレーのスマートフォンだ。私は見つめ、ブリンに眼を上げ、またスマートフォンを見る。ためらうふりをしながらテーブルから取り上げ、上着のポケットに収める。じっと視線を注いでいたブリンの表情が和らぎ、声に愛想のよさが戻ってくる。

「きみはシャノンの救世主になるのだ、ナット」そう言って私をなだめる。「あの男に対してきみの半分でもやさしくできる人間はどこにもいない。決断がためらわれるなら、ほかの選択肢を考えてみたまえ。私からガイ・ブランメルに彼を引き渡すほうがいいかね？」

私は選択肢について考える――ブリンが考えているものとはちがうにせよ。ブリンが立ち、私も立つ。ブリンが私の腕を取る。よくそうするのだ。触れ合いを重視することに誇りを抱いている。私たちはまた鉄道車輌のような廊下に入り、ジョーダン家の先祖の肖像画が連なるまえを長々と行進して引き返す。

「ご家族は元気かな？」

私はステフが婚約していることを話す。

「なんてことだ、ナット。まだほんの九歳じゃないか！」

互いに笑う。

「アー・チャンはこのところ絵画に夢中でね」彼は言う。「大規模な展覧会がコーク・ストリートで開かれるんだ、じつに大きなやつが。もうちんけなパステル画じゃないぞ。水彩画でもない。グワッシュ画ともちがう。油絵に決まってる。きみのプルーは昔、彼女の作品をずいぶん褒《ほ》めてくれたな。憶えている」

「いまもです」初耳だったが、私は忠実に応じる。

私たちは玄関口で向き合って立つ。ともにもう二度と会わないという予感があったのかもしれない。私はあわてて当たり障りのない話題を探す。例によってブリンが先に見つける。

「ドムのことでは頭を悩まさなくていい」彼はくすっと笑って助言する。「あの男は人生で触れるものすべてをぐちゃぐちゃにしてきたから、今後も大いに需要がある。おそらくいまこのときも国会の議席が待っているだろう」

私たちは世の悪人のように、したりげに笑う。ブリンは握手をしながらアメリカふうに私の肩を叩き、慣例にしたがって階段の半分までいっしょにおりる。モンデオが目のまえに停まる。アーサーが家まで送ってくれる。

★

ブルーはノートパソコンのまえに坐っている。私の顔をひと目見て立ち上がり、ひと言も発さずに、庭につながるサンルームのドアを開ける。

「ブリンは私にエドをリクルートさせたがっている」私はリンゴの木の下でブルーに言う。

「以前話した彼だ。いつもバドミントンをしていた相手。大口を叩く」

「いったいなんのためにリクルートするの？」

「二重スパイとして」

「相手は誰？　あるいは何？」

「ロシアの標的だ」

「でもそのためには、まず一重スパイでないといけないでしょう？」

「定義次第では、彼はすでにスパイだ。われわれの姉妹組織の上級事務員で、ロシアに機密情報を渡している現場を押さえられた。そのことを本人はまだ知らないがね」

長い沈黙ののち、彼女は自分の専門分野に避難する。「その場合、オフィスはあらゆる証拠を集めなければならない。彼に有利なものも不利なものも。そしてそれを検察庁に提出し、公開法廷で、同僚職員も同席のうえ、公正な裁判を受けさせなければいけない。彼を脅迫したり、いじめたりする友人たちの餌食《えじき》にならないように。ブリンにはノーと言ったんでしょう？」

「やると言った」

「なぜ？」

「エドはまちがったベルを押したと思うから」

18

レナーテはいつも早起きだった。

日曜の朝七時。太陽が昇り、熱波は和らぐ気配もない。私はリージェンツ・パークの焼け野原を北のプリムローズ村へと歩く。調査は事前にしてあった——自分のノートパソコンではなく、プルーのを借りて。プルーは、どうしたのと言いたげにこちらを見ていた。私としても、わが情報部にいくばくかの忠誠心が残っていたのと、自分の過去のあやまちを蒸し返したくない配慮から、彼女にすべては明かしていなかったのだ。私が探しているのは〝きわめて良好な保存状態のヴィクトリア朝ふうのアパートメント・ハウス。管理人《ポーター》つき〟だ。外交官は母船——レナーテの場合には、ベルグレイヴ・スクウェアにあるドイツ大使館——のまわりに集まりがちだから、意外な住所にも思えるが、ヘルシンキで彼女と私がそれぞれの支局のナンバーツーだったときから、レナーテは外交の連中《ディプロマーテンゲジンデル》から礼を失しない範囲でできるだけ距離を置き、自由を得たいと言っていた。

プリムローズ村に入る。パステルカラーのエドワード朝ふうの邸宅が立ち並ぶ村を、神聖な静寂が支配している。どこかで教会の鐘が鳴りはじめるが、おそるおそるといった感じだ。勇敢なイタリア軽食堂の店主がストライプの日除けをカタカタとおろし、その軋《きし》みが私の足音のこだまと韻《いん》を踏む。私は右に曲がり、左に曲がる。〈ベリシャ・コート〉は灰色の煉瓦《れんが》の六階建てで、袋小路の日陰の部分を占有している。石の階段を上がると、ワグナーの舞台ふうのアーチ型ポルティコがあり、両開きの黒い扉があらゆる訪問客を拒《こば》んでいる。きわめて良好な保存状態のアパートメントには、番号はあるが名前がない。唯一のベルに〝管理人《ポーター》〟の表示はあるものの、その板のうしろには〝日曜は休み〟というぞんざいな手書きのメモが挟まれている。鍵の所有者しか入ることができず、錠前は驚いたことに旧式の南京錠だ。オフィスの錠前担当なら数秒で開けることができる。私はもう少しかかるが、あいにくピックがない。錠は度重《たびかさ》なる使用で側面が傷だらけだ。

袋小路の陽が当たっているほうに移り、ショーウィンドウの子供服に興味があるふりをしながら、ガラスに映る両開きの扉を観察する。〈ベリシャ・コート〉でも、何人かの住人は朝のジョギングをしなければならない。扉の片方が開く。ジョギングをする人ではなく、黒い服を着た年配のカップルだ。これから教会に行くところだろう。私は安堵《あんど》の声をあげ、急いで道を渡って彼らに近づく――あなたたちは救い主だ。うっかりにもほどがあるんですが、鍵を階上《うえ》に忘れてきてしまって、と説明する。ふたりは笑う。ああ、わたしたちもこのまえやったばかりですよ、あれは——いつだった、ダーリン？　別れたあと、カップルはまだくすくす笑い合いながら急ぎ足で階段をおり、私は窓のない廊下を左手の突き当たりの部屋へと進む。庭に出るドアのすぐ手前だ。レナーテはヘルシンキ時代と同じようにロンドンでも、便利な裏口がある一階の広いアパートメントが好きだ。

八号室のドアには、きれいな真鍮《しんちゅう》の郵便の受け口がついている。私が手にしている封筒には〝レニ親展〟と書いてあり、親展のスタンプが押してある。彼女は私の手書きの文字を知っている。私に〝レニ〟と呼ばれるのが好きだった。私は受け口から封筒を入れ、その蓋《ふた》を何度か開け閉めし、ブザーを押して、袋小路まで急いで廊下を引き返す。左、右と曲がってハイ・ストリートに戻り、軽食堂のまえを通りながらイタリア人の店主に手を振って「やあ」と挨拶《あいさつ》し、通りを渡り、鉄の門を抜けて、前方に広がる乾いた煙草《たばこ》色のドームのようなプリムローズ・ヒルを登る。そのてっぺんで、明るい色の服を着たインド人の家族が菱形の巨大な凧《たこ》を揚げようとしているが、風はそよとも吹いていない。私ひとりが坐ったベンチのまわりの枯れ葉もまったく動かない。

★

たっぷり十五分待ち、十六分目に入ったときには、私はほとんどあきらめていた。彼女はあそこにいなかったのだ。ランニングに出ている。要員といっしょにいる。あるいは愛人と。よくある文化関連の小旅行でエディンバラかグラインドボーンか、とにかく偽装のために顔を見せて握手する必要のある場所に出かけている。愛するジルト島の浜辺で跳ねまわっている。そこで第二の可能性、こちらのほうがずっと困った可能性が波のように押し寄せてくる――彼女の夫か愛人が家にいて、私の手紙を彼女の手から引ったくり、私を捕まえようと丘を上がってくるのではないか。ただ、このとき丘を力強く上がってきたのは、復讐に燃える夫や愛人ではなく、レナーテその人だ。ずんぐりした小さな体のまわりで両の拳《こぶし》を振り、一歩ごとにブロンドのショートヘアを揺らし、青い眼をぎらつかせたミニチュア版のワルキューレが、おまえは戦いで死ぬと私に告げに来る。

彼女は私を見つけ、うしろに土埃《つちぼこり》を蹴り上げて方向を変える。近づいてくるので私は礼儀正しく立ち上がるが、彼女は私を無視してベンチにどすんと坐り、こちらを睨《にら》みながら私が隣に坐るのを待つ。ヘルシンキではそこそこの英語と、それより達者なロシア語をしゃべっていたが、感情が激すると両方を放り出し、生来の快適なドイツ北部のことばを話しはじめる。最初の集中砲火で、私が最後に聞いたときから彼女の英語が格段に上達していることがわかる。八年前、バルト海沿岸のぼろコテージで人目を忍んで会った週末以来だ。ダブルベッドと薪《まき》ストーブのある部屋だった。

「あなたのそのちっぽけな頭は完全にネジがはずれてるんじゃない、ナット？」彼女は私を睨みながら慣用句を使って問い質《ただ》す。「いったいどういう意味よ。〝親展――きみだけに――オフレコの相談〟？　わたしをリクルートしたいの？　それともファック？　どっちにも興味はないから、あなたを送ってきた人にそう言って。あなたは完全に問題外で、馬鹿げてて、あらゆる点で大迷惑。わかる？」

「わかる」私は同意し、彼女が落ち着くのを待つ。レナーテのなかの女性は、スパイよりつねに衝動的だからだ。

「ステファニーはなんとかやってる？」一瞬怒りが収まって、彼女は訊く。

「なんとかよりずっといいよ、おかげさまで。やっと地に足がついて婚約してる。信じられるか？　ポールは？」

ポールは彼女の息子ではない。レナーテは子供がいないことを悲しんでいる。ポールは夫だ。正しくは、夫だった。中年のプレイボーイであり、ベルリンの出版業者でもある。

「ありがたいことにポールも絶好調よ。つき合う女がどんどん若く馬鹿になり、出す本はどんどんくだらなくなる。つまり、ふつうの人生ってこと。あなたは、わたし以降ほかに小さな愛人はいた？」

「いない。落ち着いている」

「まだプルーといっしょだといいけど？」

「大いにいっしょだ」

「そう。じゃあ、わたしをわざわざここに呼び出した理由を説明して。それとも、うちの大使に電話して報告しなきゃならない？　彼の下にいるロンドン支局長のわたしに、イギリスの友人たちが公園で不穏当な提案をしてるって」

「報告するなら、私は情報部から放り出されて、救出活動に専念していると伝えてくれ」

私は言い、彼女の体が小さくまとまるまで待つ——両肘と両膝をぴたりと合わせ、組んだ手を膝にのせるまで。

「嘘でしょ？　馘《くび》になった？」彼女は訊く、「くだらない策略じゃないわよね？　いつ？」

「昨日だ、記憶にあるかぎり」

「無分別な恋愛《アムール》のせいで？」

「ちがう」

「誰を救出しに来たの？　訊いてよければ」

「きみたち《ユー》を。きみ《ユー》ひとりじゃない、複数形だ。きみたちと、きみたちの職員、きみたちの支局、きみたちの大使、そしてベルリンにいる何人か」

レナーテが話を聞きながら大きな青い眼を見開くと、それがまばたきをするとは信じられなくなる。

「まじめに言ってるのね、ナット？」

「大まじめだ」

彼女はそのことについて考える。

「そしてもちろん、この会話はのちのちのために録音している？」

「いや、してない。きみのほうは？」

「こちらも〝いや、してない〟よ」彼女は答える。「ならお願いだから、早くわたしたちを救出して。そのために来たんでしょう」

「ここロンドンにあるイギリスの諜報コミュニティの一メンバーが、われわれとアメリカのパートナーのあいだの最高機密の対話に関する情報を、きみたちに流している——私の元職場がそういう情報をつかんだと言ったら、きみはどう答える？」

答えはすぐ来るだろうと思っていたが、それよりもっと早かった。丘を登りながら準備していたのか？　それとも、アパートメントを出るまえに上役から助言されていた？

「あなたがたイギリス人がくだらない探りを入れてるんだろうと答えるわ」

「どういう探りを？」

「差し迫ったブレグジットに関して、わたしたちがプロとして信頼できるかどうか、ざっと確かめようとしてるんでしょう。いまの馬鹿げた危機において、あなたたちのいわゆる政府が何をしても驚かない」

「だが、きみに対してその情報提供の申し出があったわけではない？」

「あなたが仮定の質問をしたから、わたしは仮定の答えを返したの」

そこで彼女は固く口を閉じ、会合が終わったことを示す。ただ、憤慨して立ち去るどころか、じっとベンチに坐ったまま、黙って次の情報を待っている。インド人の家族が凧《たこ》揚げに飽きて丘からおりていく。丘の麓《ふもと》では、ジョギングをする人の群れが左から右へ走っている。

「かりに彼の名前を、エドワード・シャノンとしよう」私が言う。

彼女はどうでもいいというふうに肩をすくめる。

「そしてこれも仮定だが、シャノンはかつてベルリンで、西側諜報機関同士の連絡にたずさわるチームに所属していた。そこでドイツに魅せられ、ドイツの虜《とりこ》になった。彼の動機は複雑だが、私たちのいまの会話には関係ない。とにかく本人に悪意はない。むしろ善意で動いている」

「当然だけど、そんな人の話は聞いたことがない」

「当然だろう。しかし、それでも彼は、過去数カ月のうちに何度となくそちらの大使館を訪ねている」私はブリンの話にもとづいて日付を順にあげる。「彼のいまの仕事はロンドンのきみの支局とつながっていないから、機密情報を流そうにも誰に連絡すればいいかわからなかった。そこで手当たり次第にドイツ大使館の職員と話をして、きみの支局の誰かと引き合わせてもらおうとした。シャノンは知的な男だが、こと陰謀に関しては、きみたちの言う大まぬけ《フォリデイオツト》だ。こういうシナリオはありうるかな？　あくまで仮説として」

「もちろんありうるわ。お伽噺《とぎばなし》のなかではなんでもありうる」

「シャノンがマリア・ブラントというそちらの職員に対応されたと言えば、多少参考になるかもしれない」

「マリア・ブラントなんて職員はいない」

「もちろんいない。だが、いないときみの支局が判断するまでに十日かかった。十日間、気が変になるほど考えに考えて、きみたちは彼に、その申し出には興味がないと告げた」

「もし興味がないと告げたのなら——そもそもそんなことはなかったと念を押しておくけれど——どうしてわたしたち、こんなところに坐ってるの？　あなたは彼の名前を知っている。彼が機密情報を売ろうとしていることも。彼が大まぬけ《フォリデイオツト》であることも。囮《おとり》の買い手をぶつけて逮捕すれば片づくじゃない。その仮定の出来事に関して、わたしの大使館はあらゆる点で正しく行動した」

「囮の買い手だって、レニ？」私は驚きの声をあげた。「エドが値段をつけたと言ってるのか？　信じられない」

　またこちらを見つめるが、先ほどよりやさしく、親密だ。

「エド？」彼女はくり返す。「あなたはそう呼んでるの？　あなたの仮定の裏切者を？　エドと？」

「ほかの連中がそう呼んでる」

「だとしても、あなたも？」

「たんに移っただけだ。意味はない」私は思わず守勢にまわって言い返す。「きみはいま、シャノンが機密情報を売ろうとしたと言ったね」

　今度は彼女が守勢にまわる。

「そんなことは言ってないわ。あなたの馬鹿げた仮説について話し合ってるだけ。情報の行商人は当然のように値段をつけるわけではない。まず手持ちのものを見せて、買い手の信頼を得る。条件の交渉が始まるのはそこからよ。あなたもわたしもよく知っているように。でしょ？」

たしかによく知っている。そもそもヘルシンキで私たちが知り合ったのは、ドイツ生まれの情報提供者がいたからだった。どうも胡散《うさん》くさいとブリン・ジョーダンが言いだして、ドイツの友人たちともう少し調べてみろと私に命じた。そこで出てきたのがレニだった。

「つまり十日間、昼も夜もじっくり考えた末に、ベルリンはようやくきみに彼の申し出を断われと命じたわけだ」私は考えながら言う。

「あなたが話してるのは、まったくのナンセンス」

「いやちがう、レニ。きみの心労をともに味わおうとしてるんだ。十日間の昼と夜、ベルリンが卵を産むのを待っていたときの。ロンドン支局長のきみがいて、輝かしい賞品に手が届きそうになっている。夢のような生情報をシャノンが流してくれるというが、くそ、もし彼の行為がばれたら？　どれほどの外交的痛手となることか。親愛なるイギリスの報道機関は〝ブレグジットのさなかにドイツ発五つ星のスパイ事件！〟と書きたてるだろう」

彼女は反論しかけるが、私は小休止を与えない。自分自身にも与えていないからだ。

「きみは眠れたか？　眠れなかった。きみの支局は眠れたか？　きみの大使は？　ベルリンは？　十日後にようやく、シャノンに申し出は受け入れられないと伝えよという連絡が来る。再度彼が接触してきたら、然るべきイギリス当局に報告する。マリアは彼にそう伝えて、緑の煙のなかに消える」

「そんな十日間は存在しない」彼女は言い返す。「例によって、あなたの妄想よ。かりにそんな申し出があったら——実際にはなかったけど——うちの大使館は即刻、交渉の余地なく拒否して、おしまい。あなたの職場だか元職場が別の考えを持っているとしたら、たんに勘ちがいしてるだけ。いきなりわたしを嘘つき呼ばわりするの？」

「いや、レニ。きみは自分の仕事をしてるだけだ」

彼女は怒っている。私に対して、自分に対して。

「またその魅力でわたしを降伏させるつもり？」

「ヘルシンキでそうしたと？」

「もちろんそうよ。あなたはみんなを魅了する。そのことで有名。だから彼らに雇われたんでしょう。ロミオとして。万人受けする同性愛的な魅力を買われて。あなたはしつこくて、わたしは若かった。そういうこと《ヴォワラ》」

「ふたりとも若かった。そして、ふたりともしつこかった。もしきみが憶えていればだが」

「そんなことは憶えてないわ。同じ不幸な出来事に関して、わたしたちの記憶はぜんぜんちがう。そのことはこの先永遠に認め合いましょう」

彼女は女性だ。私は圧力をかけ、答えを強要している。彼女は高い地位にあるプロの諜報員だ。追いつめられていて、そのことが気に入らない。私は元恋人で、誰もがそうするように昔の記憶を編集している。私は彼女の人生のささやかながら大切な一部だから、突き放されることはない。

「こうしたいだけなんだ、レニ」もう自分の声に焦《あせ》りが加わるのを抑えようとせずに主張する。「十日のあいだに、そちらの諜報部門の内と外でとられた手続きを、できるだけ客観的に把握したい。イギリス内の対象に関する最上級の情報を流すというエドワード・シャノンの一方的な申し出について、きみたちが何をしたのか。あわてて何回会議を開いた？　何人が関連文書を扱い、かならずしも最高レベルに安全ではない回線で互いに電話し、メールや信号をやりとりした？　パニックに陥った政治家たちや保身に躍起《やっき》な公務員たちが、廊下でどのくらいひそひそ話をした？　いいかげんにしろ、レニ！」私はついに爆発する。「ベルリンできみたちと暮らし、働いたことのある若者が、きみたちの言語と国民を愛し、自分にはドイツの心があると思っている。彼は金目当てのごろつきなんかじゃなく、真剣にものを考える人間で、ヨーロッパを自分ひとりで救うというクレイジーな使命を帯びている。きみは彼のためにマリア・ブラントを演じたとき、それを感じなかったというのか」

「わたしがマリア・ブラントを演じた？　突然？　いったいどこでそんないかれた考えを抱いたの」

「彼をナンバーツーにまかせたなんて言わないでくれ。きみにかぎってそれはない、レニ。イギリスの諜報関係者が飛びこんできたんだぞ、極秘情報の買い物リストつきで」

また反論するだろうと思った。私たちがどちらも訓練されたように、あくまで否定、否定だろうと。しかし、ある種の同情かあきらめに支配されたらしく、彼女は私から眼をそらし、朝の空に相談する。

「そのせいで解雇されたの、ナット？」彼女は訊く。「彼のせいで」

「部分的には」

「そして彼からわたしたちを救うためにここに来た」

「エドからではない。きみたち自身からだ。私の言いたいことがわからないか？　ロンドン、ベルリン、ミュンヘン、フランクフルト、あるいは、きみの上役が話し合ったほかの場所を結ぶ線のどこかで、きみたちに対するシャノンの申し出が漏洩《ろうえい》しただけでなく、ライバル機関に割りこまれて、横取りされたんだ」

カモメの群れが私たちの足元にいっせいに舞いおりた。

「アメリカの機関ということ？」

「ロシアだ」私は言い、カモメにひたすら眼を凝らしている彼女の次のことばを待つ。

「わたしたちの組織のふりをしているの？　わたしたちになりすましている？　モスクワがシャノンをリクルートしたの？」確認のために訊く。

膝の上で戦闘に備えて握りしめられた小さな拳《こぶし》だけが、彼女の憤怒《ふんぬ》を表わしている。

「マリアが申し出を断わったのは、行動の準備を整えるための遅延作戦だった――連中はシャノンにそう説明したんだ」

「で、彼はそんなでたらめを信じたの？　なんてこと」

私たちはまた黙りこむ。だが、彼女の防御用の敵意はすっかり消えている。私たちはまたヘルシンキのときのように、同じ大義を掲げる同志になった――たとえ自分からは認めないにせよ。

「〈ジェリコ〉というのはなんだ？」私は訊く。「その極秘中の極秘の暗号名がついた資料が、彼を動かした。シャノンはほんの一部を読んだだけだが、きみのところに駆けこむには充分だった」

彼女は眼を見開いてじっとこちらを見ている。昔愛し合ったときのように。その声からは公務の鋭さが失われた。

「〈ジェリコ〉を知らないの？」

「知る資格がない。これまでもなかったし、いまの状況からすれば今後もなさそうだ」

彼女の体から力が抜けた。瞑想《めいそう》している。催眠状態《トランス》に入っている。ゆっくりと眼を開ける。私はまだいる。

「わたしに誓える、ナット？　ひとりの人間として、自分の全存在を懸《か》けて。つまり、あなたは本当のことを言ってるの？　完全な真実を語ってる？」

「完全な真実を知ってたら、もう語ってるさ。いま言ったことが私の知るすべてだ」

「ロシアは彼をだましきったのね？」

「彼だけでなく、わが情報部もだましきった。じつにいい仕事をしたよ。〈ジェリコ〉とはなんだ？」私はまた訊く。

「シャノンがわたしに話したことでいい？　あなた自身の国の醜い秘密を知ることになるけど」

「事実がそうならしかたない。〝対話〟だということは聞いた。それが私の得た精いっぱいの情報だ。英米間の諜報チャンネルを通じておこなわれた、きわめて慎重な扱いを要するハイレベルの対話だと」

彼女は息を吸い、また眼を閉じ、開けて、私の眼をじっと見つめる。

「シャノンによると、彼が読んだのは、すでに計画段階にある英米の秘密作戦の明白な証拠で、その目的はふたつ、EUの社会民主主義的な制度を攻撃し、関税を撤廃させること」ここでまた深く息を吸って、続ける。「ブレグジットのあと、イギリスは是が非でもアメリカとの取引を増やさなければならない。アメリカはイギリスの要求に応じるけれども、条件をつける。その条件のひとつは、共同の秘密作戦によってヨーロッパの支配者集団内にいる役人、国会議員、世論形成者を説得し——そこには賄賂《わいろ》や脅迫も含まれる——取りこむこと。さらに、EU加盟国のあいだにすでに存在する対立を深めるために、フェイクニュースを大々的な規模で拡散すること」

「それはシャノンのことばの引用かな、もしかして？」

「彼が〈ジェリコ〉資料の導入部と言っていたものを、できるだけそのまま引用してる。本人は三百語を記憶したと言ってたわ。わたしはそれを書き留めた。最初はとても信じられなかった」

「いまは信じている？」

「ええ。わが諜報機関も信じている。わが政府もね。彼の話を裏づける付加的な情報も手に入れてるみたい。もちろん、アメリカ人全員がヨーロッパ恐怖症ではないし、イギリス人全員が何をおいてもトランプのアメリカと貿易同盟を結ぼうと熱狂してるわけでもない」

「それでもきみは彼の申し出を断わった」

「ドイツ政府は、いつかイギリスがまたヨーロッパの仲間に加わると信じたいの。だから、友好国に対するスパイ活動はできるだけしたくない。ミスター・シャノン、ご提案には感謝しますが、そういう事情でこちらでは受け入れられません」

「きみは彼にそう言ったわけだ」

「そう言えと指示されたの。だからそう言った」

「ドイツ語で？」

「いいえ、英語で。彼のドイツ語は本人が言うほどにはうまくなかったから」

だからワレンチナも、彼とはドイツ語ではなく英語で話したのだ。これで偶然、ひと晩じゅう頭に引っかかっていた疑問が解けた。

「彼の動機については訊いた？」私は尋ねる。

「もちろん訊いたわ。彼はゲーテの『ファウスト』を引用した。〝初めに行為ありき〟。協力者はいるのかと訊くと、リルケを引用した。〝イッヒ・ビン・デア・アイネ〟」

「その意味は？」

「私はひとつだ。孤独なひとりということかもしれない。あるいは、唯一の存在。両方かも。リルケに訊いて。引用元を探してみたけど見つからなかった」

「それはきみたちの最初の会合だったのか。それとも二度目？」

「二度目の会合では、彼はわたしに腹を立てた。この仕事でふつう泣くことはないけれど、あのときにはわたしも泣きかけた。彼を逮捕するの？」

ブリンの箴言《しんげん》が頭のなかに漂ってくる――

「この仕事でよく言うように、彼は逮捕するには優秀すぎる」

彼女の眼は乾ききった丘の斜面に戻る。

「救出に来てくれてありがとう、ナット」目覚めたら私がいたかのように、ようやく彼女は言う。「恩返しができなくて申しわけないわ。さあ、そろそろプルーのいる家へ帰りなさい」

19

十五回目のバドミントンの試合をするために〈アスレティカス〉の更衣室にのんびり入ってきたエドから、私がどんな反応を期待していたのか神のみぞ知るだが、実際に目にした上機嫌の笑みと「どうも、ナット、愉《たの》しい週末でしたか？」では断じてなかった。私の経験上、何時間もまえに自分のなかのルビコン川を渡って、もう引き返せないと知っている裏切者が発散するのは、通常いかにも満ち足りた雰囲気ではない。自分が宇宙の中心にいると信じた歓喜のあとには、たいてい恐怖と自己批判、底なしの孤独への落下が控えている。なぜなら、敵以外にこの世で誰も信用できなくなるのだから。

そして、たとえエドでも、完璧主義者のアネッテがかならずしもいちばん信頼できる全天候型の友人ではないことにもう気づいているかもしれない。いくら彼女が〈ジェリコ〉をかぎりなく褒《ほ》めたたえてもだ。彼女についてほかにも気づいたことがあるかもしれない。たとえば、ドイツ語訛《なま》りの英語の発音がときどき不安定になって、いつしかジョージアふうのロシア語訛りになり、あわててもとに戻したりすることとか？　ドイツ人的な所作が大げさで、少々型にはまりすぎ、どこか古くさいこととか？　日中の服から急いで着替える彼を見ながら、第一印象が勘ちがいだったことを示すものが少しでもないかと探すが、見つからない。私の眼を盗んで暗い表情を浮かべることも、仕種《しぐさ》にためらいが生じることも、声がふだんと変わることもない。

「愉しい週末だったよ、おかげさまで」私は彼に言う。「きみのほうは？」

「最高でした、ナット。そう、本当に最高だった」彼は請け合う。

私が知るかぎり、出会った最初の日から、彼が自分の感情をほんのわずかでも偽ったことはなかったから、裏切りの初期の陶酔がまだ続いていると考えるしかない。本人はヨーロッパにおけるイギリスの大いなる理想を裏切るどころか、実践したと思っているのだから、見た目どおり満足しきっているのだろう。

私たちは一番コートに向かう。エドがラケットを振りながら颯爽《さっそう》と先を歩き、笑い声をあげる。先攻を決めるためにシャトルをトスする。シャトルの頭がエドのサイドを向く。エドの連戦連勝が始まったあのブラックマンデーの夕方以来、なぜ毎回彼がトスに勝つのか、造物主がいつの日か教えてくれるだろう。

だが、私は怯《ひる》まない。コンディションは最高とは言えない。不可抗力《フォース・マジュール》によって、朝のランニングとジムでのワークアウトが中断している。しかし今日は、複雑すぎて解明できない理由から、死んでも彼に勝とうと固く心に誓っている。

ゲームカウント二対二になる。あらゆる状況から見て、エドは、何度かのラリー中に勝ちにこだわらなくなるいつもの黄昏《たそがれ》の気分になりつつある。私がうまくエンドラインにロブを上げつづければ、スマッシュをはずしはじめるだろう。私はロブを高く上げる。ところがエドは、それをネットに打ちこむという私の当然の期待をはぐらかして、ラケットを空中高く放り投げ、受け止めて愛想よく宣言する。

「終わりにしましょう、ありがとう、ナット。今日はふたりとも勝者です。それからいまのうちに言っておくと、ほかのことにも感謝します」

いい、いい、いい、ほかのことにも？　たとえば、ロシアのくそスパイだったのをたまたま暴いたことか？

エドはネットの下をくぐってきて、私の肩にぽんと手を当て——初めてだ——バーのなかをいつもの席《シュタムティッシュ》まで導き、私を坐らせる。それから冷えたカールスバーグ・ラガーのパイントグラスふたつ、オリーブ、カシューナッツ、ポテトチップスを買って戻ってくると、私の向かいに坐り、グラスを一個こちらによこし、自分のグラスを上げて、北部のルーツが響く声で用意していた演説を始める。

「ナット、ぼくにとって非常に重要なことをお話しします。あなたにとっても重要だといいんですが。ぼくはすばらしい女性と結婚します。あなたがいなければ彼女と会うことはなかった。だから本当に感謝しています。この数ヵ月、すごく愉しいバドミントンの試合をしてくれただけでなく、夢の女性を紹介してくれたことに。ですので本当に、心から感謝します。そう」

〝そう〟が出てくるはるかまえに、私は話の趣旨をすべて理解していた。私が彼に紹介したすばらしい女性はひとりしかいない。フローレンスが怒って共有しなかった頼りない作り話にしたがえば、私はきっかり二度、彼女と会っていることになっている。一度目は、私が架空の友人の商品先物トレーダーのオフィスに足を踏み入れ、彼女が上級臨時雇用の秘書をしていたとき。二度目は彼女が、もう腐りきった嘘はたくさんと私に通告したときだ。その後彼女はフィアンセに、あなたの大切なバドミントン相手は年季の入ったプロのスパイよと話したのだろうか。私といっしょにグラスを持ち上げた彼の混じり気のない笑みがなんらかのヒントになるとすれば、話していない。

「エド、それは文句なしに最高のニュースだが」私は不満をもらす。「そのすばらしい女性というのはいったい誰だ？」

彼は私を嘘つきの詐欺師となじるだろうか。フローレンスと私がこの半年の多くをほとんど密着するほどの共同作業ですごしていたことを、知りすぎるほど知っているから？

それとも、手品師の抜け目ない笑みを浮かべ、帽子のなかから彼女の名前を取り出して私をどぎまぎさせるのだろうか――いまやっているように。

「もしかして、フローレンスという名前に聞き憶えはありませんか？」

私は思い出そうとする。フローレンス？　フローレンス？　ちょっと待ってくれよ。年頃の女性だろう。首を振る。いや、すまない、憶えてないな。

「いっしょにバドミントンをしたじゃありませんか、ほら、ナット！」彼は大声で言う。

「まさにここで。ローラと。三番コート。思い出しました？　あなたの仕事仲間のところでしばらく働いていて、ダブルスをやるために連れてきた」

記憶が甦る時間を置く。

「そうだ！　あのフローレンスか。まさにとびきりの女性だ。心からお祝いするよ。どうして忘れてたんだろう。まぬけにもほどがある――」

エドと握手しながら、私はさらに解決できないふたつの問題に取り組んでいる。少なくとも私から見て、フローレンスはまだ情報部の誓約書に縛られている。そして、ロシアのスパイであることが発覚したエドが、最近情報部に雇われた彼女にプロポーズして、これが国家的なスキャンダルに発展する可能性を無限大に高める。そんな散漫な考えが私の頭のなかを漂っているあいだに、エドは〝くだらない儀礼抜きでさっさと登記所に行く〟計画を説明している。

「母に電話したところ、魔法みたいなことが起きたんです」彼は熱中するあまりビール越しに身を乗り出して、私の前腕をつかむ。「母はそうとう信心深いキリスト教徒なんです。ローラもだけど、昔からずっとそうだった。だからてっきり、ほら、イエス様が立ち会わない結婚は台なしだと言うと思ってた」

ブリン・ジョーダンの声が聞こえる――〝教会に二十分間坐っていた……低教会……銀器もない〟。

「でも、母は旅行できないんです、簡単には」エドが説明している。「急に言っても来られない。脚も悪いし、ローラもいるし。だから、ふたりでいいようにやりなさいと言ってくれた。ぼくたちの準備ができるまで待って、そのあときちんと教会で式を挙げ、大勢の人に知らせて、みんなに来てもらいましょう、と。母はフローレンスのことは最高の人だと思っています――そう思わない人がいます？ ローラも同じです。というわけで、さっそく今週金曜の十二時きっかりに、ホルボーンの登記所で式を挙げることにしました。週末に向けて申込者が多いので、最大十五分で次のカップルが入ってきて、すんだらパブに向かう。急な話ですが、もし都合がつけば、あなたとプルーに来てもらいたいんです。奥さんは忙しい腕利きの弁護士だからむずかしいかもしれませんけど」

私は、ステフが見たら激高する父親らしい柔和な笑みを浮かべている。つかまれた前腕を引き下げずに、驚くべき知らせに追いつく時間を稼《かせ》ぐ。

「つまり、プルーと私をきみたちの結婚式に招待してくれるということか、エド」とその場にふさわしく、厳粛な気持ちで確認する。「きみとフローレンスの。これ以上の名誉はないよ。それしかことばが出てこない。プルーも同じ気持ちだろう。きみのことはいろいろ話したから」

この重大な知らせをなんとか受け入れようとしているところで、彼がとどめの一撃《クー・ド・グラス》を放つ。

「そう、それで思ったんですが、あの、花婿《はなむこ》の付添人のようなものを務めていただけませんか。もしよければですが」彼はそう言い足し、特大の笑みを浮かべる。あらゆる機会に私をつかみたがる新しい癖とともに、その笑みはこの会話のあいだじゅう張りついたようになっている。

眼をそらせろ。下を向け。頭をはっきりさせろ。顔を上げろ。とても信じられないという自然な笑みを浮かべろ。

「もちろん、いいどころか、喜んでやらせてもらうよ、エド。だが、同年代でもっと親しい友人もいるんじゃないかな。昔の同級生とか、大学時代の誰かとか」

彼はそれについて考え、肩をすくめ、首を振り、決まり悪そうに微笑む。「いません」と答えが返ってくるころには、私は実際に感じていることと、感じているふりをしていることの区別がつかなくなっている。腕を彼の手から抜き取り、私たちはまた男らしく、イギリスふうに握手する。

「で、もしよければ、プルーには結婚立会人になってもらえないだろうかと考えてたんです。誰かにしてもらわなければいけないので」彼は容赦なく続ける。私のカップはもうあふれているのに。「いなくて困ったら登記所が手配してくれるんですが、プルーのほうがいいんじゃないかと思ったんです。弁護士でしょう？　すべて法律どおり、きちんとしてくれますよね」

「もちろんだ、エド。その日、仕事から抜けられれば問題ない」私は用心深くつけ加える。

「それと、もしよかったら、われわれ三人で八時半から中華レストランを予約してるんですが」彼は私がすべて聞き終えたと思った矢先に続ける。

「今晩？」

「もしよければです」彼は言い、眼を細めてバーカウンターのうしろの時計を見る。十分進んでいて、八時十五分を指している。「プルーが間に合わなくて残念ですが」考えながら言う。「フローレンスは彼女に本当に会いたがっていました。というか、いまも会いたがってます。そう」

たまさかプルーは無償奉仕《プロボノ》の顧客との約束をキャンセルして、今晩の結果を聞こうと家で待っている。だが、私はそれをしばらく伏せておくことにする。〝作戦行動の男〟が支配力を回復しつつある。

「フローレンスはあなたにも会いたがっていますよ、ナット」彼は私が嫉妬しないように言い添える。「当然ですね。ぼくの付添人だし、これだけ試合もしてますし」

「私も彼女に会いたいよ、当然ながら」私は言い、中座して男子トイレに駆けこむ。途中で通りすぎたテーブルに女性と男性がふたりずついて熱心に話しこんでいた。私の思いちがいでなければ、女性のうちの背の高いほうは、ベータ地区でベビーカーを押していた。更衣室のシャワールームで男たちがしゃべる声にまぎれて、私は適度に落ち着いた声でプルーに朗報を伝え、即席の行動計画を説明する――中華料理を食べたあと、彼らを家に連れて帰る。プルーの声は変わらない。とくに手伝うことはあるかと私に訊く。私は、ステフに電話をかける約束をしているので十五分間書斎にこもりたいと言う。プルーは、もちろんいいわ、ダーリン、そのあいだはわたしがなんとかする、ほかには？　と訊く。いま思いつくことはない、と答える。私は後戻りできない計画の第一歩を踏み出した。みずから認めたくないその起源は、私の推測がまちがっていなければ、このまえブリンと話して以来、彼が私のもうひとつの頭と呼んでいるもののなかにある。それよりまえからあったのかもしれない。部内の精神科医に言わせれば、反乱の種は、結果の行動が外に出るずっとまえにまかれているものだからだ。

いま述べたプルーとの短い会話について、私は記憶にあるかぎり完全に客観的だ。しかしプルーの記憶では、私は客観性をほとんど失っている。ただ、疑いなく言えることがある。プルーは私の声を聞くが早いか、自分たちが作戦行動のモードに入ったことを理解した。そして私が言うことは許されないが、情報部にとって、プルーが協力しなくなったことはいまなお大いなる損失だ。

★

〈金月亭《ゴールデン・ムーン》〉は喜んで私たちを迎え入れる。中国人のオーナー兼支配人は〈アスレティカス〉の生涯会員で、エドが私の定期的な対戦相手であることに感心している。フローレンスが少しラフな魅力的な恰好《かっこう》で時間どおりに到着し、彼女の前回の来店を憶えていたウエイターたちの心をたちまちとらえる。建築業者に協力していた場所から直接やってきたのだ。その証拠に、ジーンズにはペンキの染みがついている。

理性的にどう考えても、私はすでに途方に暮れているが、もっとも気がかりだったふたつの心配事は、ほとんど席につくまえから解決する。まずフローレンスは、あえて私たちの現実味のない作り話にしたがっていた――友好的だが距離を感じさせる〝またお会いしましたね〟からわかる。そして、私の計画のすべてがかかっているプルーを交えた食後のコーヒーへの招待は、婚約者ふたりに大きな驚きと喜びをもって受け入れられる。あと私のやるべきことは、彼らを祝ってスプマンテ（イタリアのスパークリングワイン）を注文し――それがこの店でいちばんシャンパンに近い――ふたりを家に連れ帰って書斎にひとりでこもるまで、からかったり冗談を言ったりしてすごすことだけだった。

　若い恋人たちを引き合わせたのが昨日のことのように思われるので、訊いたほうがいいだろうと思い、私は、お互いひと目惚《ぼ》れだったのかと訊く。その質問にふたりは戸惑う。答えられないからではなく、見当ちがいだと思っているからだ。バドミントンのダブルスをしましたよね？――まるでそれがすべての説明であるかのように。だが、ほとんど説明にはならない。あの日の記憶でいつまでも私の頭に残っているのは、情報部を辞《や》めて私に怒りを爆発させたフローレンスだからだ。そして、あなた抜きで食べた中華料理がありました――「まさにいま坐っているこの席で、だろう、フロー？」とエドが誇らしげに言う。ふたりは片手で箸《はし》を持ち、もう一方の手を互いになで合っている。「そこからは、まあ、もう決まったようなものでした、なあ、フロー？」

私が聞いているのは本当に〝フロー〟という呼びかけだろうか。〝彼女をフローと呼んじゃいけない〟――たまたま彼女の人生の伴侶でないかぎり。結婚を控えたふたりのおしゃべりと、起きているあいだ片時も相手をひとりにしておけない様子は、日曜の昼食時のステフとジュノを思い出させる。ステフも婚約しているという話をすると、ふたりは共生する生き物のように仲よく喜び合う。私はすでに十八番《おはこ》になっているバロ・コロラド島のオオコウモリの話を披露する。ひとつの問題は、エドが会話に加わるたびに、いつしかその愛情あふれる明るい声を、三日前にワレンチナ、別名アネッテ、別名〈ガンマ〉が耐えなければならなかった無愛想な声と比較していることだ。

携帯電話の受信状態が悪いふりをして、私は店の外に出、快活な声でプルーに確認の電話をかける。通りの向かいに白いバンが駐まっている。

「今度はどんな問題?」プルーが訊く。

「いや、問題はない。そっちはだいじょうぶかと思って」私は答え、自分がまぬけになったように感じる。

テーブルに戻り、プルーが法律事務所から戻って、私たちが来るのをいまかいまかと待っていると告げる。そのことばを隣のテーブルにいるふたりの男が聞いている。ふたりとも食べるのが遅い。諜報技術《トレードクラフト》の手順を忘れず、彼らは私たちが店を出るときにもまだもぐもぐやっている。

本部の私の個人情報ファイルには、現場の作戦に関する思考能力は一級だが、書類仕事にかならずしも同じ能力は認められないとあけすけに書いてある。三人でわが家に向かう途中、手に手を取って数百メートルの距離を歩きながら――エドはスプマンテのハーフボトルでいっそう機嫌がよくなり、付添人としてこの骨張った左手で握られるのは気の毒ですねと私に言いつづけている――私はふと、相変わらず作戦的な思考は一級かもしれないが、いまやすべては書類仕事の出来にかかっているのだと気づく。

★

ここまでプルーの人物描写が控えめだったのは、たんに、強制的な疎遠の雲が吹き払われて互いへの敬意が正しい色合いで現われるのを待っていたからだ。私がわが親愛なる同僚《シェール・コレーグ》たちから尋問を受けたあとの朝、プルーが私の命を救う政治声明を発してくれたおかげで、それが完了した。

私たちの結婚が万人に理解されるとは思わないが、プルーについてもそうだ。抑圧された貧しい人々を助ける、歯に衣着せぬ左派の弁護士。怖れ知らずの集団訴訟の闘士。バタシーのボリシェヴィキ。彼女についてまわる安易なキャッチフレーズのどれも、私が知るプルーを正確にとらえていない。あらゆる点で一流の家庭に育ちながら、彼女は叩き上げの人だ。判事だった父親はわが子が競い合うのを嫌うろくでなしで、子供たちの人生を地獄に変え、プルーの大学やロースクールの学費も断固払おうとしなかった。母親はアルコール依存症で亡くなり、弟は堕落の道を進んだ。プルーの思いやりと良識は、私にとっては当たりまえだが、ほかの人々、とくにわが親愛なる同僚《シエール・コレーグ》たちに対しては、折を見て強調しておく必要がある。

★

大喜びの挨拶《あいさつ》が終わった。私たち四人はバタシーのわが家のサンルームに落ち着き、愉快に雑談している。プルーとエドがソファに坐っている。そうするまえにプルーは庭に面したドアを開けて、外の空気や風を入れた。すでにキャンドルも灯し、もうすぐ花《はな》婿《むこ》になるふたりのために、贈り物をしまう抽斗《ひきだし》からしゃれたチョコレートの箱を掘り出している。うちにあることも知らなかった年代物のアルマニャックのボトルもどこからか出してきて、ピクニック用の大きな保温ポットにはコーヒーが作ってある。だが、これだけ愉《たの》しいことに取り囲まれていても、プルーには気がかりなことがあり、口にせずにはいられない。

「ナット、ダーリン、ごめんなさい、でもお願いだからステフと例の急ぎの用事で話すのを忘れないでね。たしか九時と言ってたでしょう」――それを合図に私は腕時計を見て、あわてて立ち上がり、「あ、そうだ。よく思い出してくれた。すぐ戻ってくる」と言って、二階の書斎へと急ぐ。

亡き父が礼装で写った額入りの写真を壁からはずし、机に表向きに置いて、抽斗からメモ用箋《ようせん》を取り出し、ガラスの表面に跡を残さないように一枚ずつのせていく。オフィスのルールを片っ端から破る準備をしながら、オフィス古来のやり方にしたがっていたと気づくのは、のちのことだ。

まず、エドに不利なこれまでの情報をまとめて書く。そして現場の指示を十個、ひとつずつはっきりと段落を区切って書いていく。フローレンスの言う、くだらない副詞抜きで。文書の最初に、かつてオフィスでフローレンスを表わした略号を入れ、最後に私自身の略号を入れる。書き上げたものをもう一度読み、まちがいがないのを確かめてから二回折り、無地の茶色の封筒に入れて、教養に欠ける文字で〝ミセス・フローレンス・シャノン様宛て請求書〟と書く。

サンルームに戻ると、私は不要の人員であることに気づく。プルーはすでに、表立っては言わないが、フローレンスがオフィスの束縛から逃れた仲間であることを認めて、理屈抜きであっさり意気投合している。いまの話題は建築業者だ。フローレンスはブルゴーニュの赤が好きだと公言していたが、年代物のアルマニャックをたっぷりついだグラスを手に、もっぱらしゃべっている。エドはソファの彼女の隣でうとうとしながら、ときおり眼を開けてうっとりと彼女を眺める。

「そうなんですよ、正直なところ、プルー、石工《いしく》がポーランド人、大工がブルガリア人、作業長がスコットランド人ですから、もう字幕をお願いって感じ」フローレンスはそう言い放って大声で笑う。

　トイレに行きたいというので、プルーが場所を教える。エドはふたりが部屋から出ていくのを見つめ、頭を膝《ひざ》の上に落として両手をあいだに挟み、また夢想しはじめる。椅子の背もたれにフローレンスの革ジャケットがかかっていたので、私はエドに気づかれずに取り上げ、廊下に持っていって、茶色の封筒を右ポケットに入れ、玄関ドアの横にかけておく。フローレンスとプルーが戻ってくる。フローレンスはジャケットがないことに気づき、問いかけるように私を見る。エドはまだ頭を膝にのせている。

「ああ、ジャケットか」私は言う。「きみが忘れるといけないと思ってね。ポケットから何か飛び出してたよ。怖ろしい請求書のように見えたが」

「いけない」彼女はほとんどまばたきもせずに答える。「ポーランド人の電気技師かも」

メッセージは伝わった。

プルーが大手製薬会社の大物たちを相手取ったいまの法廷闘争について簡単に説明する。フローレンスが「彼らは最悪中の最悪ですね。地獄に堕ちればいい」と熱心に応じる。エドは半分寝ている。そろそろいい子はベッドに行く時間かな、と私が提案する。フローレンスが同意し、ロンドンの反対側に住んでるんです、と私が知らないかのように言う。正確に言えば、ベータ地区から一・五キロほど自転車で走ったところだが、彼女はそこまでは言わない。もしかすると、それも知らないのかもしれない。私は家庭用の携帯電話を使って〈ウーバー〉を予約する。車は不気味なくらい早く到着する。私はフローレンスが革ジャケットをはおるのを手伝う。たくさんの「ありがとう」のあと、彼らの出発はうまい具合にあわただしい。

「本当に、本当に愉しい夜でした、プルー」フローレンスが言う。

「最高だ」眠気とスプマンテと年代物のアルマニャックで朦朧《もうろう》としながらエドも同意する。

私たちは玄関前の階段に立ち、走り去る車に手を振る。見えなくなるまで手を振りつづける。プルーが私の腕を取る。この非の打ちどころのない夏の夜に公園を散歩するのはどう?

★

公園の北の端、川とヤナギの木立のあいだの少し開けたところに遊歩道があり、ベンチが置かれている。プルーと私はそこを〝われわれのベンチ〟と呼び、ディナーパーティのあと、天気がよくて、招待客がそれなりに早い時間に帰ったときには、よくいっしょに坐って休む。私の記憶では、モスクワ時代の本能の名残《なごり》からか、ふたりともそこに坐るまで、聞かれて困る会話はしなかった。そのベンチでは私たちの声は川のせせらぎと夜の街の喧騒に埋もれて聞こえなくなる。

「あれは本物だと思う？」私は長い沈黙を破る役目を引き受けて、彼女に訊く。

「あのふたりが結婚すること？」

ふだんはなんでもきわめて慎重に判断するプルーだが、この件はまったく疑っていない。

「彼らは波間を漂う二個のコルクだったんだけど、いまお互いを見つけたの」有無を言わさぬ調子で言いきる。「それがフローレンスの見方で、私も喜んで賛成する。ふたりは同じコルクガシの木から生まれて、この先もずっとうまくやっていけると彼女は思ってる。彼が彼女のすることを無条件で信じてくれるから。妊娠してるかもしれなくて、そうだといいのにと彼女は言ってるけど、確信はない。だから、あなたがエドのために何を企てているにしろ、彼ら三人のためにやってるってことを憶えておいて」

★

そのあとの小声のやりとりのなかでどちらが何を考え、何を言ったかについて、プルーと私の意見は分かれるが、ふたりの声がモスクワのレベルまで落ちたことはとてもはっきりと憶えている。まるでバタシーではなく、ゴーリキー中央公園にいるかのように。私はブリンに言われたこと、レニに言われたことをすべて彼女に話した。彼女は何も言わずに聞いていた。ワレンチナと、エドの裏の姿を暴いた経緯については、ほとんど説明しなかった。すでに遠い過去のことだったからだ。問題は、作戦行動計画ではたいていそうだが、エドに対する敵の方策をどう利用するかだった。とはいえ、オフィスを敵と定義することについては、私はプルーより消極的だったが。

そこから計画の細部を詰めて徐々にマスタープランができたとき、純粋な感謝の気持ちに満たされたことも憶えている。私たちの考えとことばがひとつにまとまり、もはやどちらのものとも言えなくなった。けれども、プルーは当然ながら計画の細部までは聞きたがらず、代わりに、私がフローレンスに宛てたきわめて重要な手書きの指示書を振り返って、すでにした準備をひとつずつ点検していく。プルーのなかでは、あくまで私が原動力であり、彼女はその流れにうしろからついていくだけだ。彼女としては、オフィスに服従していた若い配偶者としての自分と、成熟した弁護士の自分とのあいだに関連性をいっさい認めなくてすむことが、いちばん大事なのだ。

確実に言えることがある。私がわれわれのベンチから立って川沿いに数メートル歩き、ブルーに声が届く範囲で注意深く立ち止まって、ブリンからもらった細工ずみの携帯電話のボタンを押したとき、ブルーと私は、重要項目のすべてについて――彼女のことばを借りれば――完全かつ誠実な合意に達していた。

★

ブリンは、ロンドンとワシントンを移動中かもしれないと断わりを入れていたが、イヤフォンから聞こえる背景音からすると、陸地《テラ・フィルマ》にいる。まわりに人――ほとんど男――がいて、みなアメリカ人だ。したがって私は、ワシントンDCで会議中の彼をつかまえたのだろうと推測する。つまり、運がよければ、彼は完全に集中できない。

「ああ、ナット、どうしてる?」――いつもながら親切な口調だが、わずかに苛立《いらだ》ちが感じられる。

「エドは結婚します、ブリン」私は淡々と伝える。「この金曜。〈ヘイヴン〉で私のナンバーツーだった人と。以前話した女性、フローレンスです。場所はホルボーンの登記所。いましがた私たちの家から帰っていきました」

ブリンは驚かない。すでに知っていたのだ。私より知っている。これまでそうでなかったことがあるだろうか。だが、私はもはや彼の部下ではない。独立した人間だ。ブリンは私が彼を必要とする以上に私を必要としている。それを忘れるな。

「私に花婿付添人になってほしいと。信じられますか」私は言い添える。

「引き受けたのかね？」

「ほかにどうしろと言うんです」

彼が急ぎの用事を片づけるあいだ、こもった音が聞こえる。「クラブでたっぷり一時間はふたりきりですごしただろう」ブリンは苛々《いらいら》と指摘する。「どうして話を切り出さなかった？」

「どうすべきだったんですか？」

「付添人の役目を引き受けるまえに、やつ自身について知っておくべきことがひとつふたつあると言ってやるべきだった。そこから次に進む。いっそこの仕事はガイにまわそうか。彼ならだらだらと時間を無駄にしない」

「ブリン、聞いてもらえますか？　彼らの結婚は四日後です。シャノンは別の惑星にいる。

誰が切り出すかという問題じゃありません。いま言うか、彼が結婚するまで待つかという問題です」

私も苛立ってきた。私は自由人だ。川沿いの遊歩道の五メートル先のベンチから、プルーが無言でうなずき、同意する。

「シャノンは舞い上がっています、ブリン。いま口説《くど》いても、失せろと言われるのが落ちだ。どうなったって知るか、と。ブリン？」

「待て！」

私は待つ。

「聞いてるか？」

ええ、ブリン。

「シャノンがわれわれの側につくまで、〈ガンマ〉だろうとほかの誰だろうと、これ以上のトレフは認めない。わかったか？」

〝トレフ〟とは秘密会合のことだ。ドイツの諜報用語。そしてブリンの。

「本気で彼にそれを言えということですか？」私は怒って言い返す。

「さっさとくそ仕事をしろということだ。これ以上時間を無駄にするな」ブリンもすぐに言い返す。ふたりとも熱を帯びてくる。

「だから言ってるでしょう、ブリン。いまの彼の気分ではとてもじゃないが管理はできない。以上。地上におりてくるまで彼には近づけない」

「だったらどこへ近づくのだ」

「花嫁と話をさせてください。フローレンスと。シャノンに近づける道があるとしたら、彼女しかありません」

「彼に情報をもらすじゃないか」

「彼女はオフィスで訓練を受け、私の部下でもあった。機転が利くし、勝算がどれだけあるかもわかってる。私から状況をきちんと説明すれば、それをシャノンにきちんと言って聞かせるでしょう」

ごそごそいう背景音のあと、ブリンが激しい口調で戻ってくる。

「彼女は知ってるのか？　あの男が何をしてるか」

「そこは重要ではないと思います、ブリン。私から状況を説明すればすむ。もしシャノンと共謀したら、自分も厳しく罰せられるのがわかるでしょう」

ブリンの声が少し穏やかになる。

「どうやって話すつもりだ？」

「昼食に誘います」

また背景の雑音。怒声が戻ってくる。「何をするだと？」

「彼女は大人です、ブリン。ヒステリーは起こさないし、魚が好きです」

まわりの声が消える。だが、ブリンの声は消えない。

ようやく――「どこに連れ出すつもりだ、まったく」

「まえにも連れていった場所へ」もう少し怒らせるときだ。「ブリン、もしこの提案が気に入らないなら、私はかまわない。このくそ仕事をガイにまわしてください。それか、あなたが戻ってきて自分でやればいい」

われわれのベンチから、プルーが指で喉《のど》を切る仕種《しぐさ》をしている。電話を切れという合図だが、ブリンがひと言、「彼女と話したらただちに報告しろ」と言って私に先んじる。

私たちは腕を組み、うつむきかげんで家まで歩いて帰る。

「でも、彼女もうすうす勘づいていると思う」プルーが考えながら言う。「多くは知らないかもしれないけれど、心配する程度には知ってるわ」

「ああ、いまはもう勘づくどころじゃなくなってる」私は容赦なく答える。ホクストンのアパートメントで、エドが正しき者の眠りをむさぼっているあいだ、建築業者が残していったものに囲まれてひとりうずくまり、私の十項目の手紙を呼んでいるフローレンスを思い浮かべながら。

これまでになく緊張した無表情のフローレンスの顔を見ても、私は驚かなかった。そうでなければ驚いた。同じレストランで彼女が向かいの席に坐って、ドム・トレンチと慈善好きの女性男爵妻の犯罪録を読み上げたときでさえ、これほどではなかった。

まわりの多くの鏡に写った私自身の顔は、まあ、よく言って作戦上の無表情といったところだ。

20

レストランはL字形で、バーのある一画にはふかふかのベンチが置いてあり、テーブルの準備ができていないと言われた客が坐って、一杯十二ポンドのシャンパンはいかがですかと勧められる。私もいまそこでフローレンスが入ってくるのを待っている。とはいえ、彼女を待っているのは私だけではない。眠たげで気むずかしいウェイターたちは消え、本日の店員は、すぐにでも予約席に案内したがり、お客様かお連れ様に召し上がれないものや特別なご要望はございますかと訊いてくる給仕長に始まって、みな不気味なくらい愛想がいい。予約席は、私が要求した窓際ではなく――申しわけございません、窓際のテーブルはかなりまえからみな予約が入っておりまして――この静かな隅でよろしいでしょうかと給仕長がうかがいを立てた席だ。ついでに〝パーシー・プライスのマイクにも都合がよろしいので〟とつけ加えてもよかった。パーシーによれば、背景の話し声が大きいなかで音を拾いたい場合、窓はかなりの悪さをすることがある。

しかし、パーシーの魔法使いたちでさえ、混み合ったバーの隅々《すみずみ》までカバーすることはできない。したがって、給仕長の次の質問は、彼の職業で好まれるあいまいな時制でこのように発せられる――

「ここからまっすぐテーブルに移動して、落ち着いた雰囲気でアペリティフを愉《たの》しむことにいたしましょうか。それとも、バーの席を試してみましょうか、少々にぎやかすぎるとおっしゃるかたもおられますが？」

にぎやかさこそまさに私が求め、パーシーのマイクが求めないものなので、私はバーを試すことにする。ふたり用の豪華なソファを選び、十二ポンドのシャンパンのフルートグラスに加えて、ブルゴーニュの赤の大きなグラスを注文する。食事客の一団が入ってくる。おそらくパーシーのチームだろう。フローレンスは彼らにぴたりとついてきたにちがいない。気づくと私の横に坐っていたからだ。こちらを見もしない。私がブルゴーニュの赤のグラスを指さすと、首を振る。私はレモン入りの氷水を注文する。彼女はオフィスの服装ではなく、しゃれたパンツスーツ姿だ。見苦しい銀の指輪をはめていた薬指には、何もない。

私のほうは濃紺のブレザーとグレーのフランネルのズボン。ブレザーの右ポケットには、筒状の真鍮《しんちゅう》のケースに収まった口紅が入っている。日本製で、プルーがよく使う口紅だ。口紅の下半分を切り取ると、ちょうどマイクロフィルムが入る大きさと深さの空洞ができる。私の場合には、小さく切ってメッセージを書きこんだタイプ用紙を入れた。

フローレンスは気楽な態度を装っている。当然そうだろう。私から昼食に誘われたが、そのときの私の口調は謎めいていて、偽装の物語のなかでは、これからその理由がわかるのだから——未来の花婿《はなむこ》の付添人という立場で呼んだのか、かつての上司という立場なのか。私たちは決まりきった挨拶《あいさつ》を交わす。彼女は礼儀正しいが、用心している。まわりの喧噪《けんそう》を上まわらない声で、私は本題に取りかかる。

「質問その一」私は言う。

彼女は息を吸い、私の頬に髪がチクチク当たるくらい首をこちらに傾ける。

「ええ、まだ彼と結婚したい」

「次の質問？」

「ええ、彼にはやりなさいと言ったけど、何をするのかはわたしにもわからなかった」

「だが、彼の背中を押した」私は確認する。

「彼は、反ヨーロッパの陰謀を阻止するためにやらなければならないことがある、でもそれは規則に反していると言った」

「きみの考えは？」

「彼がそうしたいなら、やればいい。規則なんてくそくらえよ」

私の質問を無視して、彼女は一気に続ける。

「それをしたあと――金曜日でした――彼は家に帰ってきて泣いたんです。理由は言わなかった。わたしは、何をしたにせよ、正しいと信じてやったのならいいじゃないと言った。彼は、正しいと信じていると言った。だからわたしは、それならいいわ、そうでしょう？と」

彼女は最初の決意をくつがえして、ブルゴーニュをひと口飲む。

「もし自分が誰と取引しているかわかったら？」私はうながす。

「自首するか、自殺するでしょう。それが聞きたかった？」

「それも情報だ」

彼女の声が大きくなりはじめる。それを自分で抑える。

「あの人は嘘がつけないんです、ナット。真実しか知らない。だから、二重スパイとしては使えない。たとえ本人がやる気になっても――決してならないでしょうけど」

「きみたちの結婚式は？」またうながす。

「式のあと、世界じゅうの知り合いをパブに招待したわ、あなたの指示どおり。エドには気がふれたと思われてる」

「ハネムーンはどこへ？」

「行きません」

「家に帰ったらすぐトーキー（イングランド南西部のトー湾岸の町）のホテルを予約するんだ。〈インペリアル〉か同格のホテルのブライダル・スイートを。二泊で。予約金が必要だと言われたら払え。さあ、ハンドバッグを開いて私たちのあいだに置く理由を見つけてくれ」

彼女はハンドバッグを開き、ティッシュを一枚取り出して眼に当てると、不注意にもふたりのあいだでバッグの口を開けたままにしておく。私はシャンパンをひと口飲み、左手を体のまえにまわして、ブルーの口紅をバッグのなかに落とす。

「食事の席についた瞬間から盗聴される」私は彼女に言う。「テーブルに盗聴器が仕掛けられていて、レストランはパーシーの部下だらけだ。昔ずっとそうだったように不機嫌でいてくれ。あれ以上に。わかったね？」

上《うわ》の空のうなずき。

「いいね？」

「わかってるわよ、もう」小声で私に鋭く言い返す。

給仕長が待ち構えている。私たちは心地よい隅のテーブルで向かい合って坐る。店でいちばん眺めがいい席ですと給仕長が請け合う。パーシーは彼をチャームスクール（女性に礼儀作法や社交術を教える学校）に送ったにちがいない。以前と同じ巨大なメニュー。オードブルからいこうと私が言い張る。彼女はためらう。スモークサーモンにしようと言うと、わかったと答える。メインはふたりともヒラメにする。

「本日はおふたりとも同じ料理ということですね」給仕長が感嘆する。そう言えば本日がほかとちがう特別な日になるかのように。

ここまで彼女はこちらを見ずにすませていた。いま見る。

「どうしてこんなところに呼び出したのか、とっとと教えてもらえません？」私の顔を見すえて要求する。

「もちろん」私も同じくらい鋭い語気で答える。「きみが同棲していて、どうやら結婚を考えている男のことだ。きみがかつて所属していた情報部は、彼をロシア課報部門への積極的な協力者と特定した。だが、知らない話でもなかったのかな？　それとも知らなかっ

がら。

た？」

幕が上がる。本番だ。モスクワのマイクのまえで演技したプルーと私自身を思い出しな

★

フローレンスは癇癪《かんしゃく》持ちだと〈ヘイヴン〉では聞かされたが、これまで私は彼女が怒るのをバドミントン・コートのなかでしか見たことがなかった。いまのフローレンスは本気なのか演技なのかと訊かれたら、生まれつきだと答えるしかない。これは即興の大見せ場だ――技術をきわめたアドリブ、天衣無縫《てんいむほう》、あくまで自然で、情け容赦ない。

まず彼女は表情を強張《こわば》らせ、死のように沈黙して私の話を聞く。私は、エドの裏切りには疑問の余地のない映像と音声の証拠があると言う。その映像を見たければ内輪で喜んで見せよう――真っ赤な嘘だ。オフィスから追放されるころには、きみがイギリスの政治エリートに対する憎しみを募らせていたと信じるに足る理由は大いにあるから、社会に恨みを抱いて復讐を夢見、わが国の極秘情報をロシアに流している一匹狼と結びついたと聞いても、私は驚かない。この特大を超える愚行にもかかわらず、私は命綱を投げる権限を与えられている、と彼女に告げる。

「まずきみのほうからエドに、わかりやすいことばで、空の果てまで吹きとばされていることを説明する。情報部はあらゆる面で盤石の証拠を握っている。彼自身の局が彼の血を流したがっているが、無条件でわれわれに協力することに同意すれば救済の道が開けると教えてやるんだ。もし疑って協力しないなら、残る道は何十年もの懲役刑だ」

おわかりいただきたいのだが、私は以上のことをすべて静かに話した。劇的な展開はいっさいなく、スモークサーモンが来たときだけ中断して。フローレンスは終始無言だったので、正義の怒りをかきたてているのがわかったが、それまで私が彼女について見聞きしたどんなことからも、続く爆発の大きさを想像することはできなかった。彼女は私がいまはっきりと伝えたメッセージを完全に無視して、伝令――つまり私――への正面攻撃を開始する。

スパイだからって、あなたは自分を神に選ばれた人間と思ってるんでしょう。くそ宇宙のへそだって。でもちがう。あなたもまた、抑制されすぎたパブリックスクール出のただのマスかき男。あなたは〝バドミントン・トローラー〟。バドミントンでかわいい男の子を釣り上げる。エドに熱を上げ、言い寄って拒《こば》まれたものだからロシアのスパイに仕立て上げたのよ。

むやみにこう斬りこんでくる彼女は、傷ついた獣だ。自分の男とまだ生まれぬ子供を獰《どう》猛《もう》なまでにかばっている。ひと晩かけて私に対する過去の暗い考えを集めつくしたとしても、これほどの効果はあげられなかっただろう。

　用もないのに給仕長が来て、すべてご満足でしょうかと訊いてくる中断を挟んで、彼女は攻撃を再開する。訓練マニュアルどおり機先を制して、最初の戦略的撤退を見せる。
いいわ、議論のために、かりにエドの忠誠心が揺らいでいるとしましょう。ある晩、ひどく酔っ払ったときに、ロシアに接触されて弱み《コンプロマート》を握られた。エドは言われるがままになる――そんなことは千年たってもありえないけど、そう仮定しましょう。それであなたは、彼があなたたちの好きなときに穴に突き落とされると完全にわかっていながら、いっさい条件なしで、くそ二重スパイになることに同意すると本気で思ってるの？　要するに、お祈りもなしにくそライオンの口のなかに頭を突っこむ二重スパイに、あなたのオフィスはどんな保証をしてくれるのか、説明できるならぜひしていただきたい。

　エドは取引ができる立場にはなく、われわれを信用するか、甘んじて結果を受け入れるしかないと私が答えると、また猛攻が始まり、それはヒラメの皿が出てくるまで続いた。彼女は魚に怒りのフォークを突き刺し、さっさとたいらげながら、次の戦略的撤退の機をうかがう。

「かりに彼が実際にあなたの下で働いたとしましょう」ほんのわずか和らいだ口調で、そこまで譲歩する。「あくまで仮定の話よ。わたしが彼を説得したとして——ほかの方法はありえない——彼がへまをするか、ロシア人に見破られる。そのどちらかが起きたとき、どうなるの？　正体がばれて使用ずみ、あとは死ねでゴミの山に行く。どうしてそんなくそみたいな道を選ばなきゃいけないの、わざわざ。おまえらなんか失せろと言って刑務所に入ればいいじゃない。結局どっちがいいと思います？　両方の側からくそマリオネットみたいに操られて暗い路地で死ぬのと、社会への責務を果たして刑務所から無事に出てくるのと」

それを私は最後通牒《つうちょう》を出すべき合図と受け取る。

「きみはわざと、彼の罪の大きさと有罪確実な証拠の山を無視している」もっとも説得力のある抑えた口調で言う。「あとはただの空論だ。きみの将来の夫は首まで厄介事《やっかいごと》に埋まっていて、われわれは彼を掘り出すチャンスを与えようというんだ。受けるか否か、ほかに交渉の余地はない、残念だが」

しかし、これもまた激烈な反応に火をつけるだけだ。

「つまりあなたは判事で陪審員なのね？　法廷なんてゴミよ！　公正な裁判もゴミ！　人権も、あなたの市民社会派の奥さんが支持するあらゆるものも、ただのゴミ！」

彼女が長々と考えこんだあと、ようやく、ここまで懸命に説得した私にほんの小さな突破口が与えられる。ただ、事ここに至っても彼女は外見上の威厳を保っている。

「わたしは何も譲歩しませんからね。いい？　何ひとつ」

「続けて」

「もし、本当にもしだけど、エドが、わかった、ぼくが悪かった、この国を愛しているから協力する、危険を承知で二重スパイになると言ったら——いい、あくまでもしよ——彼は恩赦《おんしゃ》になるの、ならないの？」

私は時間をかける。あとで取り消せないことは約束するな。これもブリンの箴言《しんげん》だ。

「もし彼が誠実にそう言うなら、そしてそれをわれわれが認めて、保安局《MI5》も正式に同意したら、そう、まずまちがいなく恩赦になる」

「それから？　彼は無償で自分の身を守るの？　わたしも？　危険手当はなし？」

もう充分だ。彼女は疲れている。私もだ。幕をおろす頃合いだ。

「フローレンス、われわれはここまで手間暇をかけてきみと会った。無条件の命令遵守を求める。きみにも、エドにも。その代わりに、こちらは専門的な対処と全面的な支援をおこなう。ブリンは明確な答えを求めている。いまだ。明日ではない。答えは〝はい、ブリン、そうします〟か〝いいえ、ブリン、結果を受け入れます〟だ。どっちにする？」

「まずエドと結婚します」彼女は顔を上げずに言う。「すべてはそのあと」

「そのあと、いま合意したことを彼に話すのか」

「ええ」

「いつになる?」

「トーキーのあとで」

「トーキー?」

「そこへ四十八時間のくそハネムーンに行くのよ」見事に怒りを呼び戻して言い捨てる。

ふたりとも押し黙る。息を合わせた演出。

「われわれは友人同士だね、フローレンス?」私は訊く。「私はそうだと思う」

彼女に手を差し出す。フローレンスはうつむいたままその手を取り、最初はためらいがちに、次いで心をこめてぎゅっと握る。私は胸の内で彼女の一世一代の演技に拍手を送る。

21

二日半の待ち時間は百日にも感じられた。私は一時間ごとに憶えている。フローレンスの難詰《なんきつ》は、いくら的はずれだとはいえ、現実にもとづいている。目前に控えた作戦上の不測事態についてあれこれ考えるのをやめたまれな時間には、あの辛辣《しんらつ》な演技が脳裡《のうり》に甦って、私の犯していない罪と、犯した多くの罪をなじっているような気がした。

例の団結宣言からこのかた、プルーはその決意が揺らぐような気配すら見せなかった。私とレニの逢い引きについても、つらそうなそぶりひとつ見せなかった。その種のことは、はるか昔に取り戻せない過去として片づけていた。法律家としてのキャリアに疵《きず》がつくのではないか、と私が思いきって心配を口にしたときにも、少し気色《けしき》ばんで、それは重々承知している、ありがとう、と答えただけだった。イギリスの判事は、ドイツに秘密を流すこととロシアに流すことのあいだになんらかの線引きをするだろうかと訊くと、彼女は暗く笑い、親愛なる多くの判事たちにとって、ドイツに流すほうが重い罪でしょうねと答えた。その間ずっと、本人は否定しつづけている彼女のなかの訓練されたオフィスの配偶者は、秘密の任務を、私が気を利かせて指摘しない効率のよさで淡々と遂行していた。

プルーは、仕事ではストーンウェイという旧姓を使いつづけていた。今回もその名前で助手にレンタカーを手配させた。会社から免許証の情報を求められたら、車を取りに行ったときに教える。

彼女は私に頼まれてフローレンスに二度、電話をかけた。一度目は女性同士の内々の話で、新婚カップルはトーキーでどのホテルに泊まるのかと尋ねた。わたしはどうしても花が贈りたいし、ナットも同じくらいの決意でエドにシャンパンのボトルを贈りたがっているからと言って。フローレンスは、〈インペリアル〉にシャノン夫妻で予約していると答えた。パーシーの盗聴者のために、彼女はしっかり集中して落ち着きのない花嫁をうまく演じている、とプルーは報告した。そして花を贈り、私もシャンパンを贈った。パーシーのチームがここまで周到に調べることを想定して、どちらもオンラインの注文で。

プルーは、フローレンスにかけた二度目の電話で、結婚したあとのパブのパーティの準備で手伝えることはないか、うちの法律事務所は通りのすぐ先だから、と尋ねた。フローレンスは、大きな個室を予約した、まずまずの部屋だけどトイレ臭い、と答えた。プルーは、ちょっと見てみると約束したが、ふたりとも部屋をいまさら変えるのはむずかしいという意見だった。パーシー、聞いてるか？

私のではなくプルーのパソコンとクレジットカードを使って、私たちはヨーロッパ各地に向かう航空便を調べ、休暇のハイシーズンでも大手航空会社のビジネスクラスはかなり空いていることを確かめた。そしてリンゴの木の下でもう一度、私たちの作戦計画の詳細を一つひとつ検討していった。何か重要な行動を見落としていないか。生涯を秘密の行動に捧げてきたあと、もうすぐというところで最後の柵に足を引っかけて転ぶなどということが考えられるだろうか。考えられない、とプルーは言った。あらゆる手配を見直したけれど、どこにも抜かりはなかった。だから意味もなくやきもきする代わりに、エドに電話をかけて、ランチの時間があるか訊いてみれば？　それ以上の後押しは必要なかった。エドがフローレンスと誓いを交わす二十四時間前に、花婿付添人《はなむこ》として私がやるべきことはそれだ。

私はエドに電話をかける。

彼は大いに喜ぶ。すばらしい考えですね、ナット！　最高だ！　一時間しか空いていませんが、もう少し長くできそうだ。〈ドッグ&ゴート〉サルーンバー（パブやホテルのバーのなかにある中流階級以上向けの空間）、一時ちょうどでどうです？

〈ドッグ&ゴート〉だね、私は言う。ではそこで。十三時ちょうどに。

★

この日、〈ドッグ&ゴート〉サルーンバーはスーツ姿の公務員でひどく混み合っている。ダウニング街、外務省、大蔵省から五百メートルのところだから無理もない。そのスーツ組の大半はエドと同年代なので、どうも具合が悪いと思っていると、彼が人混みをかきわけるようにして近づいてくる。結婚前夜の男に気づいて振り向く人はほとんどいない。

いつもの席《シュタムティッシュ》はないが、エドは長身と両肘をうまく使って、雑踏《メレ》のなかにスツール二脚を確保する。私もどうにか前線までたどり着き、水滴がつくほどではないがそれなりに冷えたドラフト・ラガーのパイントグラスふたつを買い、チェダーチーズ、タマネギのピクルスにクリスプ・ブレッドつきの農夫のランチふた皿を、カウンターのまえに並んだ人伝いに渡してもらう。

こうした必需品とともに、私たちは自力でうまく見通しのきく席につき、まわりの騒音を上まわる声で話し合う。パーシーの部下たちがなんとか盗聴器を仕掛けられていればいいが。エドが言うことはすべて、すり減った私の神経をなだめてくれるからだ。

「彼女がとんでもないことになってしまって、ナット！　あのフローがです！　式のあとのパブに上流の友だちを全員呼ぶって！　子供から何からみんなでです！　おまけに、プールやマッサージ店までついたトーキーの贅沢《ぜいたく》ホテルに予約を入れて！　聞いてくださいよ」

「なんだね？」

「ぼくたちはすっからかんなんです、ナット！　破産だ！　建築業者にみんな持っていかれて！　そう！　結婚式の翌朝から皿洗いをしなきゃならない！」

ふいに彼は、ホワイトホールの暗い穴のような職場に戻らなければならなくなる。バーは退去命令でも出たかのように人が消え、私たちは比較的静かな歩道に立っている。ホワイトホールの車だけが轟音《ごうおん》を立てて通りすぎる。

「バチェラー・ナイト（新郎が独身最後の夜を男友だちとすごすパーティ）をするつもりだったんですよ」エドがおずおずと言う。「あなたとぼくとで、その手のことを。でも、フローにやめさせられました。男どもの馬鹿げた習慣だって」

「フローレンスが正しい」

「彼女の指輪を取り上げたんです」彼は言う。「ぼくの妻になったときに戻すからということで」

「いい考えだ」

「忘れないようにいまも持ってます」

「明日まで私が預かろうか？」

「いや、だいじょうぶ。バドミントンの試合は本当に愉《たの》しかった、ナット。これまでで最高でした」

「きみたちがトーキーから帰ってきたら、またいくらでもできる」

「だといいけど。そう。じゃあ、明日また」

ホワイトホールの歩道では、抱擁《ほうよう》はしない。エドはするつもりだったのではないかと思うが。その代わりに両手の握手ですませる。彼は私の右手を両手でつかみ、勢いよく上下させる。

★

なぜか時間が早くすぎて、夕方になっている。プルーと私はまたリンゴの木の下で、彼女はｉＰａｄを使い、私はステフに薦められた来《きた》るべき大災害に関する環境問題の本を読んでいる。上着を椅子の背にかけて、ある種の夢想の世界に入っていたにちがいない。耳に入ってくる大きな音が、暗号化されたブリン・ジョーダンの携帯電話から出ていると気づくまでにしばらくかかる。今回にかぎって動くのが遅すぎたので、プルーが私の上着からそれを取り出し、自分の耳に当てる。

「いいえ、ブリン。彼の妻です」彼女はきっぱりと言う。「過去からの声ですよね。お元気ですか？　よかった。ご家族は？　すばらしいわ。彼はあいにく寝ています、ちょっと具合が悪くなりまして。バタシー全体に感染が広がっているようですね。何かわたしでお役に立てることが？　まあ、それを聞けば本人はいまよりずっと具合がよくなるわ、まちがいなく。起きたらすぐに伝えます。あなたも、ブリン。いいえ、まだですけど、ここの郵便配達はめちゃくちゃなので。もし行けるようでしたら、ぜったいうかがいます。奥様は本当に優秀ですね。わたしも昔、油絵をやってたんですよ。でも、ちっともうまく描けなくて。おやすみなさい、ブリン、いまどちらにいるのかわかりませんが」

彼女は電話を切る。

「お祝いのことばを贈りたかったんですって」プルーは言う。「コーク・ストリートで開かれているアー・チャンの展覧会の招待状も送ったそうよ。わたしたちは行けないと思うけど」

★

朝だ。長いあいだ朝だった。カルロヴィ・ヴァリの丘の森の朝。雨に濡れそぼったヨークシャーの丘の上の朝。ベータ地区と、指令室のディスプレイ二面の朝。プリムローズ・

ヒル、〈ヘイヴン〉、〈アスレティカス〉の一番コートの朝。私は紅茶を淹《い》れ、オレンジジュースを搾《しぼ》って、ベッドに戻っている。前日決めかねたことを決めたり、週末に何をするか、休日にどこへ行くかを思いついたりするのに最適の時間だ。

しかし今日の話題はもっぱら、大事な行事に何を着ていくか、どれほど愉しい一日になるか、私のほうからトーキーを提案したのがどれほど天才的な閃《ひらめ》きだったかだ。というのも、子供たちは実務的なことを自力で何ひとつ決められないようだから——〝子供たち〟というのは、最近私たちが使っているエドとフローレンスの省略形だ。私たちの会話は、予防措置としてモスクワ時代のことに戻る。パーシー・プライスについてひとつ確かなことがあるからだ——監視対象のベッドのすぐそばまで電話線が延びていれば、友情は二の次になる。

昨日の午後まで、結婚式はすべて一階でおこなわれると思っていた。しかし〈ドッグ&ゴート〉からの帰りに目標地域をこっそり入念に偵察したところ、にわかにその点の修正を余儀なくされた。エドとフローレンスの選んだ登記所は六階にあり、これほど間際の連絡でその登記所に空きがあった唯一の理由は、受付に着くまでに急な石の階段を八つ、さらにそこから短い階段をもうひとつのぼって、ようやくアーチ天井の洞窟のような待合室に入る構造だったからだ。舞台のない劇場を思わせるその部屋には静かな音楽が流れ、座面の柔らかい椅子が並んでいて、そわそわした人々がいくつかの集団に分かれて坐っていた。いちばん奥にあるラッカー塗装の黒光りするドアには〝結婚のみ〟と書かれている。エレベーターは、体の不自由な人が優先して使う玩具のように小さな一基だけだった。

同じ偵察で、四階全体が公認会計士の事務所に貸し出されていて、そこから通りの向かい側の似たような建物にヴェネチアふうの歩道橋がつながっていることもわかった。なお都合のいいことに、その先には灯台内部のような階段があり、まっすぐ地下駐車場までおりられた。あまり衛生的ではない駐車場からその階段をのぼろうという愚か者を妨《さまた》げるものはないが、四階の歩道橋を経由しておりることは、その街区の特定の住人にしかできない。頑丈そうな両開きの電動ドアに〝一般の立入禁止〟という派手な貼り紙がしてあるのだ。公認会計士の真鍮《しんちゅう》プレートには六人の名前があげられ、いちばん上は、ミスター・M・ベイリーだった。

その翌朝、プルーと私はほとんどものも言わずに着替える。

★

これからの出来事をいつもの特殊作戦の報告書のように記したい。私たちは計画どおり、早めの午前十一時十五分に現地に到着する。石の階段をのぼる途中、四階で足を止め、花のついた帽子をかぶったブルーが微笑みながら立っているあいだ、私は公認会計士事務所の女性の受付係と雑談をする。いいえ、当事務所の金曜の終業が早くなることはありません、と彼女は私の質問に答えて言う。私は、昔からミスター・ベイリーにはお世話になっていると返す。受付嬢は自動的に、ミスター・ベイリーは午前中ずっと打ち合わせですと応じる。私は、彼とは学校時代からの友人だが、邪魔をしてもいけないので来週どこかで正式に予約を入れると言い、残っていた最後の赴任先の名刺――〝タリン在住イギリス大使館　商務担当参事官〟――を手渡して彼女が読むのを待つ。

「タリンというのはどこですか?」彼女が親しげに訊く。

「エストニアだ」

「エストニアって?」――くすくす笑い。

「バルト三国だ」私は教える。「ラトヴィアの北にある」

バルト三国はどことは訊かれなかったが、くすくす笑いで私が得点を稼《かせ》いだことがわかる。偽装の身分も明かしてしまったが、誰が気にする?　私たちはさらに二階分をのぼり、洞窟めいた待合室に入って、入口近くの席に坐る。少将の肩章がついた緑色の軍服の大柄な女性が、結婚する人たちを一列で先導してくる。式が終わるたびにスピーカーからジングルベルが鳴り、黒光りするドアに近いカップルから順に招き入れられる。ドアが閉じると、十五分後にまたジングルベルが鳴る。

十一時五十一分、フローレンスとエドが腕を組んで階段から現われる。建築組合の宣伝ポスターのようだ。エドはおろしたてのグレーのスーツを着ているが、まえのと同じくらい体型に合っていない。フローレンスは、千年前のある晴れた春の日に着ていたのと同じパンツスーツだ。将来有望な若手諜報員として、運営理事会の賢明な年長者たちに〈ローズバッド〉作戦を説明したのだった。いまは赤いバラの花束を持っている。エドが彼女のために買ったにちがいない。

私たちは互いにキスをする――プルーからフローレンス、プルーからエド、そのあと花婿付添人として、私からフローレンスの頬に、初めてのキス。

「いまはよけないでくれよ」私は精いっぱいおどけた口調で彼女の耳元にささやく。

彼女にキスをして離れないうちに、エドの長い腕が私を絡《から》め取り、不器用な男の抱擁《ほうよう》に入る――それまで抱擁などしたことはなかったはずだ。いつしか私は胸と胸をくっつけたまま彼の背の高さまで持ち上げられ、窒息しそうになっている。

「プルー」エドが宣告する。「この人はバドミントンは下手《へた》くそですが、ほかはまずまずです」

彼は興奮に息を荒らげ、笑いながら私を床におろす。その間、私はいま着いたばかりの人々を見渡して、すでに知っていたことを確信させる顔や仕種《しぐさ》、人影を探す——つまり、決してプルーだけがこの結婚の立会人ではないことを。

「エドワードとフローレンス組、どうぞ！　エドワードとフローレンス組、はい、こちらへどうぞ。先へ進んで」

　緑色の軍服の少将が私たちを整列させるが、黒光りするドアはまだ閉じている。ジングルベルの音が徐々に大きくなり、やがて消える。

「ねえ、ナット、馬鹿げたことに指輪を忘れましたよ」エドがニヤニヤしながらつぶやく。

「だとしたら、最低の男だ」私は切り返す。彼は私の肩を押して、冗談だったことを示す。

　フローレンスは、私がハンドバッグにひそませたプルーの高価な日本製の口紅の中身を見ただろうか。そこに書かれた住所を読み、グーグル・アースで調べて、トランシルヴァニア・アルプスの人里離れた高地にあるゲストハウスだと確認しただろうか。かつて私の要員だったカタロニア人の老夫婦が所有しているゲストハウスだ。いや、確認はしていないだろう——彼女は賢すぎるし、防諜にもくわしい。だが少なくとも、同封した老夫婦宛ての手紙は読んだだろうか。われわれの最良の伝統にもとづいて、タイプ用紙の小片に書きこんで丸めたあの手紙を？　〝親愛なるパウリとフランチェスカ、この善良な人たちにできるだけのことをしてやってくれ、アダム〟。

登記官は厳粛な姿勢で正義に奉仕する堂々たる女性で、髪は豊かなブロンド、声の辛抱強い調子から、生活のために来る年も来る年も人々を結婚させてきたことがわかる。夜家に帰ると、夫が「今日は何組だった、ダーリン?」と訊き、彼女は「一日じゅうひっきりなしよ、テッド」、またはジョージ、あるいは彼の別の名前を呼んで、ふたりでテレビのまえに落ち着くのだ。

私たちは結婚式のクライマックスに達している。私の経験では、花嫁にはふたつのタイプがある——誓いを聞こえないくらい小さな声でつぶやくタイプと、世の民よ聞けとばかりに大声で唱えるタイプ。フローレンスは後者だ。エドは彼女の声を合図にみずからも誓い、彼女の手をつかんですぐ近くから彼女の顔をまっすぐ見つめる。

空白。

登記官は不満顔だ。ドアの上の時計に眼をすえている。エドがもたもたする。新しいスーツのどのポケットに指輪を入れたか思い出せず、「くそ」とつぶやく。登記官の不満顔が、わけ知りの笑みに変わる。あった!——新しいズボンの右のポケット、バドミントンで彼が私を負かしているときにロッカーの鍵を入れる場所だ、そう。

ふたりは指輪を交換する。プルーがフローレンスの左側に移動する。登記官が非常に気持ちのこもった祝いのことばを述べている。これを一日に二十回述べるのだ。ふたりの結びつきを喜び知らせるジングルベルが鳴り響く。私たちのまえに第二のドアが開く。式は終わった。

廊下を左へ、次を右へ。階段を四階へとおりる。みな駆け足だが、フローレンスだけが遅れている。気が変わったのか？　公認会計士事務所の受付嬢が、近づくわれわれに笑みをこぼす。

「調べてみたんです」彼女は誇らしげに言う。「家の屋根が赤いのね。タリンのことですけど」

「そのとおり。ところで、ミスター・ベイリーはいつでも歩道橋を使っていいと言ってくれてたんだが」私は言う。

「もちろんです」彼女は歌うように言い、横にある黄色いボタンを押す。電動ドアがガタンと揺れて、ゆっくりと開き、私たちが通ったあとで閉まる。

「どこへ行くんです？」エドが訊く。

「近道よ」プルーが先頭に立って、ヴェネチアふうの歩道橋を早足で渡りながら言う。私たちの下を車が走っていく。

私は灯台の階段を一段とばしで真っ先に駆けおりる。エドとフローレンスがすぐうしろにいて、プルーが殿《しんがり》だ。しかし、地下駐車場に入っても、パーシーの部下たちが追ってきているのかどうかはわからない。自分たちの足音があとからついてきただけか？　レンタカーは黒いフォルクスワーゲン・ゴルフのハイブリッド車だ。プルーが一時間前にここに駐めておいた。彼女はロックを解除して運転席に乗りこむ。私は花嫁と花婿を乗せるためにうしろのドアを開ける。

「さあ、入って、エド。サプライズがあるの」プルーが巧みに言う。

エドはためらい、フローレンスを見る。フローレンスは私のまえを駆け抜けて後部座席に入り、横の空いた場所をぱしんと叩く。

「さあ、来て、あなた。無駄にしないで。行くわよ」

エドが彼女の横に乗りこみ、私は助手席に入る。エドは横向きに坐って長い脚を収納している。プルーがすべてのドアをロックし、駐車場の出口まで運転して、精算機に券を入れる。ゲートのバーが震えて上がる。ここまでふたつのサイドミラーには何も映っていない――車も、オートバイも。だからといって、パーシーの部下たちがエドの靴に追跡装置を仕掛けていないとはかぎらない。あるいはエドの新品のスーツや、ほかの何かに。

プルーがあらかじめナビにロンドン・シティ空港を登録していたので、行き先が表示されている。くそ。考えておくべきだった。見落とした。フローレンスとエドはいちゃつくのに忙しかったが、ほどなくエドが首をまえに伸ばしてナビを見つめ、フローレンスに眼を戻す。

「どういうことだ?」彼は訊く。誰も答えないので、「どうなってる、フロー? 教えてくれ。ごまかさずに。きみにはごまかされたくない」

「外国に行くの」フローレンスが言う。

「無理だ。荷物が何もない。パブに呼んだ大勢の人はどうする? パスポートだってないじゃないか。いかれてる」

「パスポートは持ってるわ。荷物はあとで来る。足りないものは買えばいい」

「支払いは?」

「ナットとプルーが多少貸してくれた」

「なぜ?」

みながそれぞれに押し黙る。プルーは私の横で。バックミラーに映ったエドとフローレンスは互いに離れて見つめ合いながら。

「彼らは知ってるからよ、エド」フローレンスがついに答える。

「知ってるって何を?」エドが訊く。

またしばらく車が走るだけ。

「あなたが良心にしたがってやったことを知ってるの」彼女は言う。「彼らはその現場を押さえて、怒っている」

「彼らとは？」エドが訊く。

「あなた自身の組織。そしてナットの」

「ナットの組織？　ナットに組織なんてないぞ。彼はただのナットだ」

「あなたの姉妹組織、彼はそこの部員なの。彼が悪いわけじゃない。だから、あなたとわたしはナットとプルーの助けを借りて、しばらく外国へ行く。でないと、ふたりとも刑務所に行くことになる」

「いまの話は本当ですか、ナット？」エドが尋ねる。

「残念ながら、本当だ、エド」私は答える。

★

それ以降、すべては夢のようにうまくいった。作戦的には、望みうるかぎり最高の脱出補助だった。私も何度かやったことがあるが、自分の国から脱出させるのは初めてだった。プルーが離陸間際のウィーン行きのビジネスクラスの航空券を自分のクレジットカードで買ったときにも、騒ぎは起きなかった。搭乗手続き《チェックイン》でも、スピーカーから名前を呼ばれることはなかった。こちらへどうぞと言われることも。プルーと私は、出発ゲートから保安検査に入る幸せなカップルに手を振った。たしかに彼らは手を振り返さなかったが、ほんの数時間前に結婚したばかりだからしかたがない。

たしかにフローレンスが私の正体を明かしたときから、エドは私に話しかけず、さよならすら言わなかった。プルーとのあいだにはしこりがなく、「お元気で、プルー」とつぶやき、頬に軽くキスすらしたが、私の番になると、大きな眼鏡《めがね》越しにただこちらを見つめて、受け止めきれないものを見てしまったかのように眼をそらした。私は誠実な人間だぞ、とエドに言ってやりたかったが、時すでに遅しだった。

謝辞

本書の初期の草稿を苦労して読み、時間をかけて示唆と助力を与えてくれたひと握りの親切な友人と先行読者のかたがたに、心より感謝したい。なかには名前を伏せておきたいという人もいる。ハミッシュ・マクギボン、ジョン・ゴールドスミス、ニコラス・シェイクスピア、キャリーとアンソニーのローウェル夫妻、バーナード・ドックの名前はあげておく。もう半世紀になるだろうか、家族内の文学の第一人者であるマリー・イングラムは、今回もまた博識と熱意で私たちの期待に応えてくれた。作家でジャーナリストのミーシャ・グレニーは、ロシアとチェコに関する専門知識を惜しみなく授けてくれた。ときどき私の小説は、作家で勅撰《ちょくせん》弁護士のフィリップ・サンズに救い出してもらう純粋な喜びを味わうために、わざとイギリスの法律実務の迷宮に転がりこんでいるのではないかと思うことがある。本書でも彼は、威厳に満ちた眼で原文の不適切な箇所を指摘しながら、またしても助けてくれた。バドミントンの詩趣《ししゅ》については、息子のティモシーに負うところが大きい。私の長年のアシスタントであるヴィッキ・フィリップスには、その勤勉さ、多様な技能、尽きることのない笑みに衷心から謝意を表する。

訳者あとがき

長篇二十五作目の『スパイはいまも謀略の地に』からは、今日《こんにち》の状況が痛いほど伝わってくる……ル・カレの新刊はどれもみな爽快なくらい以前の作品とちがい、その作品ならではの説得力を持っている。

――《エコノミスト》紙

ひとつ確実に言えるのは、スパイ活動は決して終わらないということだ。スパイ活動はこの建物の電気配線のようなもので、要するに、誰が引き継いで明かりのスイッチを入れるかという問題なのだ。それはいつまでも、いつまでも続く。

――ジョン・ル・カレ、《パリ・レビュー》誌、一九九七年

「スパイ小説の巨匠」と呼ばれ、『ティンカー、テイラー、ソルジャー、スパイ』、『スクールボーイ閣下』、『スマイリーと仲間たち』のいわゆるスマイリー三部作や、『寒い国から帰ってきたスパイ』、『リトル・ドラマー・ガール』など、数々の傑作を生み出した作家ジョン・ル・カレは、二〇二〇年十二月十二日に、八十九歳の生涯を閉じた。没後、遺作の『シルバービュー荘にて』が発表されたが、本書『スパイはいまも謀略の地に』は、そのひとつまえの作品だ。

回想録『地下道の鳩』でみずからの作家人生を振り返り、『スパイたちの遺産』で過去の傑作群をつなぎ合わせるような作品を書き上げたあとの執筆である。年齢も年齢だから、そろそろ筆を折る心づもりではないかとも思われたが、そこで本書が上梓され、そんな懸念を吹き飛ばす完成度の高さと、トランプ大統領やイギリスのブレグジット（EU離脱）をタイムリーに取り入れた内容で話題となった。

本書の主人公は、イギリス情報局秘密情報部（SIS）のベテラン部員、ナット。ロシア関連の作戦遂行で成果をあげてきて、引退間近となったところで、人員の吹きだまりのような部署に異動となる。着任早々、ナットは新興財閥《オリガルヒ》の怪しい資金の流れを探る作戦の準備に忙殺される。あわただしい日々のなか、数少ない気晴らしのひとつは、近所のスポーツクラブでバドミントンをすることだった。向かうところ敵なしの彼に、エドという若者が挑戦してきて、ふたりは互いに実力を認め合い、親しくなる。ほどなくナットのところに、利用価値はないと思われていたロシア人亡命者から緊急の連絡が入る。どうやらロシアの大物スパイがイギリスで活動を始めるようだ。やがてそれは情報部全体が色めき立つような重要案件となり……。

いつもながらと言うべきか、プロットは周到で、まだこういう手があったかと感心させられる展開だ。ほんの小さな描写（たとえば、ある女性のキスのしかた）にまで注意深く伏線が張られているところもいつもどおり。登場人物は個性に富み、ナットやエドはもちろん、ナットの部下のフローレンスや、妻プルー、娘のステフ、情報部ロンドン総局長ドム・トレンチ、ロシア課課長ブリン・ジョーダン、かつての要員アルカジーなど、まわりの布陣もじつに存在感がある。これまでル・カレの小説を読んだことのないかたにも、最初の一冊として、自信を持ってお薦《すす》めできる。

もはやずいぶん昔のことのように思えるが、イギリスは二〇二〇年一月三十一日、正式に欧州連合（EU）から離脱した。本書が執筆されたのは、ブレグジットに関する国をあげての議論と騒動のさなかだったから、あちらの書評には〝ブレグジットに揺れるイギリスをル・カレが活写〟といった論調が多かった。

たしかに、ベルリンの壁ができて二年後に『寒い国から帰ってきたスパイ』を発表し、情報部員キム・フィルビーのソ連亡命事件を受けて『ティンカー、テイラー、ソルジャー、スパイ』を書き、イラク戦争に対する怒りを『サラマンダーは炎のなかに』で爆発させた作家である。時事問題に敏感であることはまちがいない（しかもその取材力と発信力は一流ジャーナリスト並み）。しかし、それはあくまで一面にすぎず、ル・カレの作品にはつねに、個人と組織の相剋《そうこく》、忠誠心のあり方、信頼と裏切り、他者との共存といった、人間存在にかかわる大きなテーマが伏流している。だからこそ、冷戦終結でスパイ小説が低調になったと言われるいまも、時代や世代を超えて読み継がれているのだ。

本書に関して作者がBBCのインタビューを受けている。全体的に興味深い内容だが、そのなかでインタビュアーが、この作品のテーマは「decency とは何か？」だと指摘している。私も翻訳中に気づいた。a very decent game、the decent thing、a decent man というふうに、要所要所で decent という単語が使われるのだ。decent（名詞 decency）というのは訳しにくいことばで、英和辞書には〝かなり立派な〟、〝上品な〟、〝慎み深い〟といった訳語が並ぶ。だが、〝大人としてまっとうな〟、〝ちゃんとした人間にふさわしい〟あたりがニュアンスをよく伝えているだろう。

インタビューでル・カレは言う。「不思議なことに、私自身は実生活でまっとうではないかもしれないが、私のすべての小説で、彼ら（登場人物）はまっとうな人間（decent

て彼の考えるdecencyを示す。作者の発言の裏には、自分も含めてdecentであることはmen）であることが明らかになる」そのことばどおり、本書のナットも、最後に身をもっむずかしく、現実世界はdecencyからかけ離れているという認識があったにちがいない。

本作邦訳の文庫化にあたって再度読み直したが、ル・カレの世界情勢のとらえ方は古びていないばかりか、たとえば昨年来のロシアとウクライナの戦争さえ予見していたのではないかと思わされる。加えて、ナットとエドの関係や、ナット夫妻が次代に託す希望の描き方なども、やはり大家の技だ。もう新作は読めなくなってしまったが、これからも過去の珠玉の作品群を読み返すことになるだろう。

二〇二三年一月

本書は、二〇二〇年七月に早川書房より単行本として刊行された作品を文庫化したものです。

訳者略歴　1962年生，東京大学法学部卒，英米文学翻訳家　訳書『シルバービュー荘にて』『スパイたちの遺産』ル・カレ，『ジョン・ル・カレ伝』シズマン（共訳），『レッド・ドラゴン〔新訳版〕』ハリス，『葬儀を終えて〔新訳版〕』クリスティー（以上早川書房刊）他多数

HM=Hayakawa Mystery
SF=Science Fiction
JA=Japanese Author
NV=Novel
NF=Nonfiction
FT=Fantasy

スパイはいまも謀略《ぼうりゃく》の地《ち》に

〈NV1506〉

二〇二三年二月二十日　印刷
二〇二三年二月二十五日　発行
（定価はカバーに表示してあります）

著者　ジョン・ル・カレ
訳者　加《か》賀《が》山《やま》卓《たく》朗《ろう》
発行者　早川　浩
発行所　株式会社　早川書房

郵便番号　一〇一‐〇〇四六
東京都千代田区神田多町二ノ二
電話　〇三‐三二五二‐三一一一
振替　〇〇一六〇‐三‐四七七九九
https://www.hayakawa-online.co.jp

乱丁・落丁本は小社制作部宛お送り下さい。
送料小社負担にてお取りかえいたします。

印刷・株式会社亨有堂印刷所　製本・株式会社明光社
Printed and bound in Japan
ISBN978-4-15-041506-8 C0197

本書は活字が大きく読みやすい〈トールサイズ〉です。